김유정문학상

제 8 회 수 상 작 품 집

이 도서의 국립중앙도서관 출판시도서목록(CIP)은 서지정보유통지원시스템 홈페이지(http://seoji.nl.go.kr)와 국가자료공동목록시스템(http://www.nl.go.kr/kolisnet)에서 이용하실 수 있습니다 (CIP제어번호: CIP2014018844)

2014 제8회 김유정문학상 수상작품집

1판 1쇄 인쇄 2014년 6월 27일
1판 2쇄 발행 2014년 9월 18일

지은이 · 이장욱 외
펴낸이 · 주연선

책임 편집 · 백다흠
편집 · 이진희 심하은 강건모 이경란 오가진 윤이든
디자인 · 김현우 김서영
마케팅 · 장병수 김한밀 정재은
관리 · 김두만 구진아 유효정

도서출판 은행나무
121-839 서울특별시 마포구 양화로11길 54
전화 · 02)3143-0651~3 | 팩스 · 02)3143-0654
등록번호 · 제 10-1522호(1997. 12. 12)
www.ehbook.co.kr
ehbook@ehbook.co.kr

잘못된 책은 바꿔드립니다.

ISBN 978-89-5660-786-3 03810

2014
김유정
문학상
제 8 회
수 상
작 품 집

이장욱

김성중

김 숨

김이설

이기호

이승우

전성태

편혜영

은행나무

　무명이었다가 사후에 '요절한 천재'가 된 화가 정귀보의 약전이
랄 수 있는 이 소설에서 주인공의 천재성이나 남다른 운명성 등 어
떤 특별함은 찾아볼 수 없다. 그러나 그의 생몰연대로 기록된 '1972-
2013'은 산업화사회로 진입하면서 숨 가쁜 전방위적 격변기를 거치
고 마침내 상업주의와 물질주의를 교묘히 변용 포장한 이른바 문화의
시대로 표방되는 시기로, 의미심장하다. 작가의 시선은 그 연대를 살
아온 사람들의 평균적 삶의 형태와 의식을 포착하여 그 전형을 정귀
보라는 인물로 창조해낸다. 그 시기에 태어나 성장하고 성인이 된 한
인물이 사회현상화되어가는 과정과 절차가 다소 생뚱스럽게 해학적
으로 그려져 쓴웃음을 자아내게 한다. 작가가 조금도 특별할 것이 없
이 주인공에게 갖는 깊은 애정과 더불어 세상을 향해 던지는 경쾌하
고 날카로운 야유에 통쾌해하다가 문득 가슴이 서늘해진다. 평범한 재
능이 천재성으로 부각되며 주목을 받게 되기까지의 과정과 예상치 못
했던 결말, 그리고 읽고 난 후의 긴 여운과 성찰로써, 특별할 것 없는

우리들이 저마다 무한한 세계를 품고 있으며 진정한 이야기들이라는 것을 깨닫게 한다. 정귀보라는 인물을 통해, 우리들의 초상 혹은 그림자 혹은 실존으로 다양하고 폭넓게 우리의 모습을 비쳐주고 있는 이 작품은 현란하고 모호한 수사와 선정성이 요란스러운 이 시대에 시사하는 바가 크다.

오정희(소설가)

제8회 김유정문학상 본심은 세심한 논의를 거치며 더디게 진행되었다. 예심을 거친 스무 편의 소설들이 모두 문학적 완성도가 높은 작품이었기 때문에, 좋은 작품들을 읽고 이야기하는 과정만으로도 큰 즐거움을 누릴 수 있었다. 하지만 즐거움이 컸던 만큼 어려움도 많았다. 본심위원들은 수상 후보작 군을 조금씩 압축해나갔고, 마지막 단계에서 김숨의 「초야」, 이장욱의 「우리 모두의 정귀보」, 전성태의 「성묘」에 대해 집중적인 논의를 했다. 그리고 진지한 논의 끝에 본심위원 전원의 합의로 이장욱의 「우리 모두의 정귀보」를 제8회 김유정문학상 수상작으로 선정했다. 삶과 문학의 관계에 대해 다시 성찰하고자 하는, 작품의 주제의식이 오늘날의 한국문학에서 중요한 의미를 가진다고 판단하였기 때문이다.

이장욱의 「우리 모두의 정귀보」는 전(傳)의 양식적 특징을 매우 세련된 방식으로 원용하면서, 삶과 문학의 근원적인 관계에 대해 섬세한 문제의식을 제시하고 있는 작품이다. 유머러스한 이야기 구성과 작가 특유의 감칠맛 나는 문체 너머로부터 배어나는 주제의식이 정말로 귀한 보석마냥 작품 곳곳에서 빛을 발한다. 「우리 모두의 정귀보」는 뉴욕 현대미술관의 초청을 받자마자 의문의 사고로 실종된 화가 정귀보에 관한 이야기이다. 세계적 명성과 돌연한 죽음으로 정귀보는 신화가 되었고, 작중화자는 정귀보의 평전을 쓰고자 하지만 뜻대로 되지 않는다. 정귀보의 삶이란 특별할 것 없는 출생과 성장, 그저그런 연애들, 생각지도 않았던 우연, 베끼기의 혐의가 농후한 유서의 집합에 지나지 않았기 때문이다. 소설가이자 본심위원인 오정희가 정확하게 지적한 바 있듯이, 이 작품은 인간과 문학의 탈신화화를 주제로 삼고 있는 작품이다. 작중화자가 작품의 끝에 이르러 평전을 쓸 수 있게 된 것도 사회적 신화를 벗어버린 정귀보의 삶을 있는 그대로 응시할 수 있었기 때문이다. 작가 이장욱은 「우리 모두의 정귀보」를 통해 '문학은 어디에서 다시 시작해야 하는가'라는 물음을 던지고 있었던 셈이다. 그리고 작품을 통해서 이렇게 말하고 있는 듯하다. 삶과 마주한 글쓰기의 그 도저한 막막함, 그리고 그 막막함으로부터 역설적으로 솟아나는 글쓰기에 대한 욕망이야말로 문학의 출발점이 아니겠는가고. 삶 속에 아직까지 씌어져 본 적이 없는 삶이 존재한다는 것은, 문학의 근원적 한계이자 동시에 영원한 출발점이다. 이장욱의 소설은 언제라도 되돌아와서 확인해야 할 문학의 자리를 더듬고 있다. 김유정도 이 작품을 읽으며 빙긋 미소를 띠고 있을 것 같다. 삶과 문학에 주목하며 문학의 영도(零度)를 즐겁게 모색하는 과정에서, 잠깐 동안이나마 정말로 귀한 보석을 엿보았기 때문일 것이다.

김동식(문학평론가)

흔히 작가는 신(神)에 비견되기도 합니다. 비록 사소하고 보잘것없다고 하더라도, 어쨌든 홀로 하나의 세계를 창조하고 완성하는 자니까요.

물론 이 알량한 작가-신은 전지전능한 존재가 아닙니다. 저에게 이 신은 자신이 만든 세계에 지배되는 자로 느껴집니다. 그는 자신이 만든 세계의 뒷골목을 방황하는 자이며, 피조물들의 희로애락에 고통받는 자이며, 깊은 밤에 혼자 통음을 하는 자입니다. 그는 스스로를 견딜 수 없고, 자신을 확신할 수 없으며, 자신이 만든 세계를 구원할 수 없는, 그런 존재에 가까울 것 같습니다.

스스로 만들어낸 인물들을 혐오하고, 냉소하고, 그러면서도 끝내 사랑하지 않을 수 없는 자. 피조물들의 무관심을 견딜 수 없어서 그 피조물들에게 끊임없이 개입하고, 급기야 자신이 만든 세계 안에서 스스로를 십자가에 못박으려는 자, 그것이 바로 소설이라는 세계를 짓는 신-작가에 가까울 것 같습니다.

이쯤에서 작가 김유정은 저를 꾸짖을 듯합니다. 그분은 세계를 '창조'하지 않았으며, 인물들을 '만들지' 않았으며, 원래 그곳에 그렇게 있는 세상인 듯이, 그 세상의 인물들과 더불어 그저 살아가듯이, 소설을 썼기 때문입니다. 창조니 구원이니 하기 이전에 그분은 등장인물들과 함께 지지고 볶고 뒹굴며 울고 웃는 작가였습니다. 그래서일까요. 오랜 시간이 흐른 지금도 그분의 세상에는 여전히 「동백꽃」이 피고 「땡볕」이 내리쬐고 「소낙비」가 내릴 것 같습니다. 웃음과 눈물 속에서 흘러가는 「봄, 봄」의 하루처럼 말입니다.

그의 이름으로 된 상을 받는 것은 저에게 기쁘고 무거운 사건입니다. 무겁다는 것은 그의 이름을 저의 약력에 적고 기억해야 하기 때문이고, 기쁘다는 것은 그의 이름을 저의 약력에 적고 기억할 수 있기 때문입니다. 이 기쁨과 무거움을 오래

오래

기억하겠습니다.

2014년 여름

이장욱

제 8 회
김유정문학상
수상작

이장욱

우리 모두의 정귀보

이장욱

2005년 문학수첩작가상을 받으며 등단했다. 소설집『고백의 제왕』, 장편소설『칼로의 유쾌
한 악마들』『천국보다 낯선』등이 있으며, 시집으로『내 잠 속의 모래산』『정오의 희망곡』
『생년월일』이 있다. 2011년 제1회 웹진문지문학상을 받았다.

무명이었다가 사후에 유명해진 화가 정귀보(鄭貴寶, 1972-2013)의 인생은 놀랄 만큼 단조로운 것이었다. 나는 미술을 전문으로 하는 모 출판사의 다급한 청탁을 받고 화집을 겸한 평전 집필에 착수했지만, 특기할 만한 것이 없는 이력 탓에 고민에 빠졌다.

　정귀보가 태어난 곳은 담양이었지만 그건 정귀보를 설명하는 데 별다른 도움이 되지 않았다. 그의 부모는 당시 시내에서 약간 떨어져 있는 초등학교 앞에서 문방구를 운영했는데, 문방구라는 가게는 특별히 영업수완이 필요한 것도 아니고 약간의 부지런함만 있으면 되었기 때문에 운영에 큰 문제는 없었다. 부모 모두 살아오면서 누군가에게 심각한 원한을 산 적도 없었고, 특별한 인생관을 가진 적도 없었으며, 삶의 의미 같은 걸 추구한 적도 없었다. 그런 건 그냥 다른 세계의 이야기였다. 옆의 가게들이 백반집에서 떡볶이집으로, 떡볶이집에서 오락실로 바뀌는 동안, 그들은 유리 진열장 하나 바꾸지 않고 문방구를 지켰다.

하지만 정귀보가 태어난 후 말을 채 배우기도 전에 그의 부모는 서울로 이주했다. 그의 모친 말로는 "벨다른 이유는 읎"었다. 비가 부슬부슬 내리던 1974년 가을의 어느 아침, 지금은 고인이 된 부친이 가게 셔터를 열고 돌아서다가 차양 끝에서 톡, 톡, 떨어지는 빗방울을 보았다고 한다. 그런데 그 빗방울에 얼비친 햇빛이 하도 애처로워서, 문득 이사를 가볼까 그런 생각이 들었다는 것이다. 이왕이면 서울로, 하는 생각이 자연스럽게 따라왔는데, 뜬금없다는 느낌보다는 아 왜 이제야 이런 생각이, 하는 기분이었다고 한다. 훗날 정귀보의 모친은 혼자 앉아 뜨개질을 하거나 텔레비전을 보다가 그 시절이 생각나면, 그 양반이 그날따라 쪼까 바람이 들었제—라고 중얼거렸다. 그렇게 말할 때 그녀의 입가에는 쓸쓸한 미소가 살짝 스쳐갔는데, 그녀 자신은 그걸 깨닫지 못하는 모양이었다.

부모를 따라 서울로 옮겨온 후 정귀보는 담양에 간 기억이 거의 없었다. 상경 후 막노동까지 마다하지 않던 부친이 다소 이르게 세상을 뜬 탓도 있고, 담양에 남아 있던 몇 안 되는 친척들 역시 광주나 서울, 또는 인천 같은 곳으로 흩어져버렸기 때문이었다. 그러니까 1974년 가을에 그의 부친이 망연히 바라보던 비 내리는 아침이라든가, 그 아침의 차양 끝에 매달려 있던 작은 빗방울이라든가, '담양 태생'이라는 약력은, 정귀보라는 인간을 설명하는 데 그리 도움이 되지 않았다. 후에 정귀보는 서울 변두리, 이를테면 하계동이나 방학동 또는 장위동 부근에 살면서 평범한 학창 시절을 보냈다.

정귀보는 남들이 학교에 들어갈 때 들어갔고, 졸업할 때 졸업했으며, 인생의 중대한 결단 같은 것에 직면한 적도 없었다. 학창 시절의 성적은 중위권 정도로 아무도 성적 같은 것으로 그를 주목한 적은 없는 것 같았다. 중학교 3학년이던 1987년에 고등학교 선배들을 따라 시위에 참가하기도 했지만, 집에 돌아와서는 곧 다음날의 국사 숙제에 몰두했다. 고교 입학 후에는 점심시간에 벌어진 몇 번의 패싸움에 휘말린 적이 있고, 2박 3일 동안 가출해서 서울역 근방의 뒷골목을 전전한 일도 있었다. 물론 그건 그 시절 그 또래의 남학생들이라면 누구나 작은 훈장처럼 이마에 붙이고 다니는 사건이었다.

교내 합창대회 우수상이나 1년 개근상 같은 상장을 받은 적도 있지만, 그건 버리기도 그렇고 오랜만에 꺼내 봐도 별다른 감회가 들지 않는 기념품들이었다. 사생대회 같은 곳에는 나간 기록조차 없었다. 그래서 "어린 시절부터 드로잉에 재능을 보여" 등등의 빤한 문장조차 쓸 수 없었다. 생활기록부에는 '성격 활달하지만 말이 없는 편'이라든가 '의외로 내성적이지만 인사성 밝음' 따위의 알쏭달쏭한 평들이 쓰여 있었다. 그건 고등학교 시절 정귀보의 담임을 맡은 교사가 우연히도 삼 년 내내 같은 사람이었기 때문이다. 그 교사는 고질적인 우울증을 앓고 있었는데, 인간은 언제나 양면적이며 모순적이기 때문에 도무지 알 수 없는 존재라고 믿는 사람이었다. 당연하게도 그는 그 무렵 신춘문예에 매년 소설을 투고하고 있었다. 말하자면 작가지망생이었던 셈인데, "이 응모자는 소설이 인생을 닮으려 하면 할수록 인생과 멀어진다는 점을 유념하라"는 이상한 평을 받고 그 평을 쓴 원로작가에게 항의전화를 걸기까지 했다. 그는 그런 말도 안 되는 평을 듣느니 소설을 때려치우겠다고 선언했는데, 원로작가는 그의 말을 처음부터 끝까지 침착하게 듣고 난 뒤에 다음과 같이 대꾸했다고 한다.

"그렇습니다. 그것도 좋은 방법이지요."

정귀보는 고등학교를 졸업한 후 서울 근교에 위치한 한 대학의 서

양화과에 들어갔다. 입학이 그리 까다롭지 않은 학교였기 때문에 실기가 부실했는데도 무난히 들어간 모양이었다. 정귀보가 그린 아그리파는 여러모로 단순하고 서툴러 보였는데, 평점을 매기던 세 명의 교수들은 정귀보의 그림이 다른 응시생들의 작품에 비해 기본기가 떨어진다는 점에 충분히 동의했다. 다만 그들은 정귀보의 아그리파에서 다소 묘한 점을 발견했다. 다른 조각상에 비해 아그리파는 깊이 파인 눈의 어둠을 표현하는 게 중요한데, 정귀보의 데생에서는 눈뿐 아니라 코와 입술 등 여러 곳의 명암이 논리적이지 않았던 것이다. 하지만 교수들은 그 어긋남이 이상하게 생동감을 준다는 점에 동의했으며, 전날 회식 자리에서 자신들이 나눈 이야기, 즉 기본기의 완성도보다는 향후의 가능성이 중요하다는 이야기를 동시에 떠올렸다. 그리고 명암조차 정확하게 표현하지 못하는 그 학생에게 자신들도 놀랄 정도로 후한 점수를 주었던 것이다.

대학에 입학한 정귀보는 저학년 시절에 한두 번 연애 비슷한 것을 하기도 했다. 하지만 그리 심각한 수준은 아니었던 모양으로, 정귀보 스스로 그 시절 만났던 여자들은 이름조차 기억하지 못한다고 회고한 바 있다. 그건 정귀보의 기억력에 문제가 있어서가 아니라, 그 여자들이 정말 그의 마음을 살짝 스쳐간 수준이었기 때문이다.

정귀보의 인생에서 '심각한 연애'로 기억되는 여성은 세 명 또는 네 명이었다. 세 명 또는 네 명이라고 애매하게 말한 데는 이유가 있다. 그 가운데 두 사람이 쌍둥이였기 때문이다. 정귀보가 쌍둥이 자매를 한꺼번에 좋아했기 때문에, 세 명 또는 네 명이라는 표현은 어느 정도는 사실에 근접한 것이었다. 쌍둥이를 한 사람으로 느꼈는지, 전혀 다른 둘로 느꼈는지는 지금까지도 명백히 밝혀진 바 없다. 아마도 정귀보 자신조차 확언하기는 어려웠을 거라고 생각한다. 어쨌든 심각한 연애 상대가 세 명 또는 네 명이라면, 그리 많지도 적지도 않은 숫자라고 할 수 있겠다.

대학 시절의 연애 상대는 조영숙(가명, 1973~)이라는 같은 과 후배였다. 조영숙은 정귀보의 애정 고백을 듣자마자 그 자리에서 키스를 해주었다고 술회했다. 정귀보는 3학년이었고 그녀는 2학년이었으며, 장소는 방과 후의 실습실이었다. 그는 실습용 앞치마를 두른 채 조영숙의 입술을 허겁지겁 핥았다. 그녀의 허리를 감싸안고 놓지 않았다. 아, 그때 그 사람, 온몸을 부들부들 떨더라니까요. 그게 귀여웠지. 너무 진지하고 순진하달까?

그렇게 말할 때 조영숙의 표정에는 약간의 자부심과 함께, 회상하는 사람 특유의 습기 찬 눈빛이 스쳐갔다. 그녀는 이어서 정귀보의 손이 어떻게 자신의 가슴과 엉덩이를 만졌는지, 그 손길이 얼마나 예민하게 떨렸는지, 텅 빈 실습실의 이젤 쓰러지는 소리가 어땠는지 등을 다소 지나칠 만큼 세세하게 묘사했다.

하지만 대학 시절의 연애가 대개 그렇듯 그들은 헤어졌다. 이유는 명확하지 않았다. 단지 그녀는 정귀보를 만날 때마다 이상하게도 감정이 휘발되는 느낌을 받았다고 진술했다. 정귀보가 눈앞에 없을 때는 견딜 수 없는 그리움이 차올랐지만, 정작 그와 함께 있으면 아무런 감정도 느낄 수 없었다는 것이다. 실제로 곁에 있으면 감정이 사라지는 사람을 일생의 연인이라고 할 수 있을까요? 아, 그렇다고 제가 특별히 열정적인 사랑을 원한 건 아니에요. 취향상 나는 미친 사랑의 노래보다는 따뜻하고 지속적인 감정 쪽을 좋아하니까. 미친 사랑의 노래는 대개 자기최면에 불과하잖아요.

조영숙은 다소 수세적으로 그렇게 설명했는데, 그러면서 인생을 아는 사람 특유의 쓸쓸함을 느끼는 것 같았다. 눈가의 주름이 미세하게 떨렸다. 자신의 내면을 드러낼 때의 긴장감이 그렇게 만들었을 것이다. 그녀는 인생이라는 것이 결국, 불꽃이 점화되었다가 천천히 식어가는 과정이라고 믿는 낭만적 허무주의의 세계를 살아가고 있었다. 그녀는 정귀보에 대해 다음과 같은 결론을 내렸다.

귀보씨는…… 멀리 있어야만 가까이 있을 수 있는 사람이었어요.

그런 이유로 그녀는 정귀보를 떠났다. 이별의 과정은 상투적이었다. 정귀보가 군대에 갔을 때 고무신을 거꾸로 신은 것이다. 그녀는 그간의 사정과 자신의 마음을 솔직하게 설명하는 편지를 정귀보에게 보냈다. 하필이면 힘든 곳에 있을 때 이런 편지를 보내서 미안하다는 말은 ps.로 덧붙였다.

정귀보는 탈영을 하거나 자살소동을 벌이지는 않았다. 애수에 찬 답장을 적어 보내지도 않았으며, 원한에 사무친 표정으로 그녀의 집 앞에 나타나지도 않았다. 휴가를 나왔을 때 홍대 앞 카페에서 그녀를 만나 아쉬움을 표한 적이 있지만, 약간의 시간이 흐른 뒤 조용히 모든 것을 수긍하고 그녀의 시야에서 사라졌다. 정귀보가 마지막으로 그녀에게 남긴 말은 여러 면에서 암시적인 것이었다.

안녕. 아름다운 동화에서 한 페이지를 찢어냈는데도 이야기가 연결되는 느낌으로, 그렇게 살아갈게.

이 고별사는 조영숙에게 강한 인상을 남겼다. 그녀는 슬픈 동화의 주인공이 된 것 같은 기분에 잠겼다. 영원히 찢어진 한 페이지라는 로맨틱한 비극의 세계로 내던져진 느낌이었다. 그것은 쓸쓸하면서도 달콤한 고독의 감정을 그녀에게 남겨주었다.

그런데 대학을 졸업하고도 한참 시간이 흐른 뒤에, 그녀는 정귀보를 자꾸 생각하고 있는 자신을 발견하게 된다. 그것은 아직 남아 있는 사랑의 감정 때문은 아니었다. 그 사람, 이렇게 말하면 이상하지만, 지금도 내 주변에 있는 것 같은 착각이 들어요. 날 스토킹한다는 말이 아니라 그냥 그런 느낌이 든다니까요. 내 삶의 모든 페이지에서 여전히 그 사람이 살아가고 있는 느낌이랄까요. 페이지를 넘기면 그 자리에서 숫자가 차례차례 바뀌듯이 말예요……

3학년 2학기에 휴학을 하고 현역병으로 입대한 뒤 실연을 당했으니, 정귀보로서는 쓸쓸한 청춘이라고 할 만했다. 처음에는 연인의 변심 때문에 약간의 고통을 받았지만 큰 문제가 될 정도는 아니었다. 밤에 불 꺼진 내무반의 캄캄한 천장을 바라보고 있으면 슬픔과 쓸쓸함이 함께 몰려왔다. 하지만 우울과 고독을 가만히 느껴볼 겨를도 없이…… 잠이 쏟아졌다. 그것이야말로 병영이라는 곳의 지극한 장점이다—라는 것이 후일 정귀보의 회고였다.

그후 군생활은 대체로 순조로웠다. 이병 때 사수의 집요한 괴롭힘에 시달리기도 했지만, 그건 흔하디흔한 고충일 뿐이었다. 나중에 상병이 되었을 때는 정귀보 역시 후임을 갈구거나 심지어 구타하기까지 했던 것이다. 김일성이 사망했을 때 군 전체에 데프콘 3이 떨어졌던 것, 야간행군 때 뒤꿈치가 상한 걸 방치한 탓에 파상풍 판정을 받고 서울 창동에 위치한 군인병원에 입원했던 것 등이 그나마 기억할 만한 사건이었다. 말년에는 외박을 나갔다가 임질을 얻어온 일도 있었지만, 그건 퇴역이 얼마 안 남은 사병들에게는 흔하디흔한 추억이었다. 정귀보 역시 거꾸로 매달려도 국방부 시계는 간다고 습관적으로 중얼거리는 대한민국 육군의 일원이었으나, 그렇다고 그의 국가관에 문제가 있다고 보기는 어려웠다. 나중에 2002년이 되었을 때는 거리에 나가 '대~한민국'을 목청껏 외치기도 했던 것이다.

정귀보는 제대하자마자 복학을 했고 졸업할 때가 되어 졸업했다. 회화 작업을 했지만 별다른 열정은 없었다. 열정이 없었으니 눈에 띄는 진전도 없었다. 졸업전시회에도 참여했지만 아무도 관심을 보이지 않았다. 서울 변두리 도로변을 걸어가는 행인들의 모습을 전통적인 유화 작법으로 재현한 그의 작품은 눈에 뜨이지 않았다. 그것은 가운을 빌려 입고 찍은 졸업사진 속의 정귀보가 눈에 뜨이지 않는 것과 마찬가지였다.

정귀보는 취직이냐 예술이냐, 유학이냐 국내 잔류냐 같은 고민도 해본 일이 없었다. 산업디자인을 전공하지 않았는데도, 아는 선배의 적극적인 도움으로 중견 가구업체에 계약직으로 자리를 잡았다. 입사 후 얼마 지나지 않아 IMF가 터졌으니 불행이 그를 간신히 빗겨갔다고 할 만했다. 까탈스러운 선임 디자이너 밑에서 정귀보는 성실하게 일했다. 트렌드 조사에 심혈을 기울였고 모델하우스에도 열심히 나갔다. 덕분에 그는 이 년간 계약을 연장할 수 있었고, 그 뒤에는 정규직으로 자리를 잡았다. 회사 사람들의 평판도 나쁘지 않았다. 정귀보 자신도 회사라는 조직에 그리 큰 거부감을 갖지 않았다. 당시 그 가구업체는 싱크대 등 시스템키친의 점유율이 업계 상위권이었다. 그러니 오늘날 우리는 우리도 모르게 정귀보의 손길이 곳곳에 배어 있는 집에서 살아가고 있을지도 모를 일이다. 적어도 그런 싱크대에서 설거지는 하고 있다고 보아야 한다.

하지만 2002년 서른을 갓 넘긴 나이에, 정귀보는 불현듯 회사를 그만두게 된다. 갑자기 예술에 대한 열정이 샘솟았다거나 조직생활에 환멸을 느꼈기 때문은 아니었다. 싱크대와도 무관한 일이었고 월드컵 4강의 환호 때문은 더더욱 아니었다. 어느 비 내리는 아침, 출근길 버스정류소의 표지판에서 톡, 톡, 떨어지는 빗방울을 보았기 때문인지도 모르지만, 아마도 "별다른 이유는 없"었던 것인지도 몰랐다.

알려진 바에 따르면, 정귀보가 그리 충동적인 유형의 인간이었던 것 같지는 않다. 오히려 충동적인 성향을 예술적인 성향으로 미화하는 미술대학의 분위기에 비판적이었다는 회고도 있다. 특히 예술가입네 폼을 잡으며 충동과 욕망을 제어하지 않는 동료들에게 호의적이지 않았다. 충동과 욕망이란 그저 동물적인 것이며 동물적인 것이 곧 예술적인 것은 아니다—라는 다소 허술한 논리가 그의 주장이었다. 정귀보 역시 술자리에서 욱하는 성질을 못 이겨 선배와 주먹다짐을 벌인 적도 있지만, 곧바로 사과하고 예전과 같은 관계를 유지하기 위해 노력했던 것이다.

정귀보가 경기도의 한 갤러리에서 개최한 공모전에 입선한 것은 가구회사를 그만둔 직후였다. 그게 아니라 공모전에 입선했기 때문에 가구회사를 그만둔 게 아니냐—는 의견도 있으나, 사직서의 날짜와 공모전 날짜를 따져보면 그건 확인되지 않은 추측에 불과했다. 공모전을 연 갤러리가 오픈한 지 얼마 안 된 탓에, 그해에는 지원작이 적었고 선정작은 유난히 많았다. 정귀보의 작품은 일러스트 느낌이 나는 인물화—지금도 정귀보 예술의 득의의 영역으로 인정되고 있는 바로 그 장르—였다. 왜 이런 터치로 인물화를 그려야 하는지에 대한 고민이 별로 없는 관습적인 작품이라는 혹평이 있었지만, 바로 그 점 때문에 인물이 살아 있다는 반론도 있었다. 아니 그게 대체 무슨 말이냐는 누군가의 불만 섞인 질문에, 옹호론을 편 인사는 정귀보가 제출

한 포트폴리오를 가리키며 이렇게 답변했다. 이 얼굴을 잘 보세요. 이 얼굴은 인간의 얼굴이 아닙니까? 가장 인간적인 인간의 얼굴 말입니다. 인간의 인간다움을 이런 방식으로 파고든다는 건 결코 쉬운 일이 아니에요.

반론 쪽 인사는 이게 무슨 해괴한 동어반복인가 하고 생각했지만, 옹호 쪽 인사가 대학선배였기 때문에 그쯤에서 논쟁을 접었다. 어쨌든 혹평 쪽이나 옹호 쪽이나 정귀보의 작품에 "별다른 미적 특장이 없음"에는 손쉽게 동의한 셈이었다. 그의 작품은 논란 끝에 다수의 선정작 가운데 하나로 뽑혔으며, "관람자들은 이 인물화에서 인간의 본질도 아니고 인간의 가면도 아닌 제3의 무언가를 볼 수 있지 않을까 한다. 어쩌면 그것은 우리가 생각하는 것보다 훨씬 중요한 무언가를 담고 있을는지도 모른다"는 보기 드물게 애매한 심사평을 얻었다.

그렇게 해서 정귀보는 생각보다 늦지 않은 나이에 '작가'로서의 생활을 시작할 수 있었다. 그후 소규모 갤러리와 카페에서 개인전을 두어 차례 열었으나 주목을 끌지는 못했다. 파주에 위치한 개인미술관에 관리인 겸 도슨트로 들어간 것은 그 무렵이었는데, 예전에 근무하던 가구회사의 오너가 바로 그 미술관의 소유주라는 인연 덕분이었다.

박봉이었지만 정귀보에게는 그런 것을 가릴 여유가 없었다. 게다가 새 일터가 된 미술관은 정귀보의 마음에 쏙 들었다. 연면적은 작았지만 이동식 벽을 설치해서 꽤 많은 작품들을 전시할 수 있었다. 전시가 끝난 뒤 작품들을 철거하면 미술관에는 흰 벽으로 이루어진 구조물만 남았다. 백색 패널로 된 벽은 구불구불하고 길고 하얀 미로를 이루었는데, 정귀보는 그 텅 빈 미로를 천천히 산책하는 것을 좋아했다. 같은 곳을 지나면서도 같은 곳인지 모르겠고, 다른 곳을 지나면서도 다른 곳 같지 않은 길을 그는 천천히 걸었다. 비가 내리는 날 아무것도 전시되어 있지 않은 그 미로를 거닐고 있으면 자신도 모르게 깊은 상념에 젖어들 수 있었다. 그리고 결국에는 다소 감상적인 톤으로 이렇게 덧붙였던 것이다.

아아, 이것은 곧 인생이 아닌가.

정귀보는 미술관 일을 하면서 회화 작업을 병행했다. 12호의 균일한 크기에 상식적인 앵글과 드로잉이 대부분인 그의 인물화나 풍경화를 주목하는 사람은 없었다. 눈이 있을 자리에 눈이 있고, 코와 입이 있을 자리에 코와 입을 그린 것뿐이라는 식이었다. 가로수와 자동차, 건물과 횡단보도 등도 역시 그런 느낌을 주었다. 하지만 그 이미지들에는 다소간의 쓸쓸함이 배어 있었는데, 그건 그 무렵 정귀보가 세 번째와 네 번째 여자, 즉 쌍둥이 연인과 이별한 뒤였기 때문이다.

예민한 사람이라면 이 대목이 좀 이상하다고 생각할지도 모르겠다. 조영숙 이후 두 번째 여자에 대해서는 아직 언급하지 않았기 때문이다. 하지만 우리가 지금까지 말하지 않은 것은 두 번째 여자가 아니라 첫 번째 여자라는 점을 유념해주기 바란다. 헷갈리시는가? 대학 시절의 조영숙 이전에 또 한 여자가 있었다는 뜻이다.

정귀보의 첫사랑은—이런 것을 첫사랑이라고 할 수 있다면 말이지만—고교 시절 가출했을 때 만난 '불량소녀'였다. 그때는 88올림픽의 흥청거리는 분위기가 채 가시지 않은 시절이었다. 정귀보처럼 평범한 가출고교생에 대해서는 아무도 관심을 두지 않았다. 정귀보는 서울역 근처의 심야 만화방에서 동갑내기 소녀를 만났다. 그 '불량소녀'는 발정기의 섬세하고 어린 수컷이 그릴 수 있는 이상적이며 비극적인 여

성의 이미지에 정확하게 부합하였다. 깊이 눌러 쓴 후드, 그 안에서 음
울하게 빛나는 두 눈, 귀 쪽에서 빠져나온 워크맨 이어폰의 하얀 줄,
아무렇게나 걸쳐 입은 빈티지 청바지와 낡은 아이 러브 뉴욕 후드 티,
거기에 마르고 하늘거리는 몸매까지. 그 모습은 정귀보의 환상 속에나
존재하던 미지의 소녀와 동일했는데, 그런 소녀가 문득 눈앞에 나타나
이렇게 말을 걸어왔던 것이다.

야, 너 담배 있냐?

아, 아니. 사, 사, 사줄까?

그렇게 시작된 소녀와의 짧은 만남은 정귀보에게 강렬한 인상을 남
겼다. 그들은 추운 겨울밤의 회현동을 헤매다가 남대문시장 부근의 한
여인숙에서 함께 하룻밤을 보내게 된다. 소녀는 무일푼이었고, 정귀보
의 수중에는 집을 나올 때 챙긴 약간의 돈이 남아 있었다. 그 밤은 도
무지 잊으려야 잊을 수 없는 하나의 사건으로 정귀보의 머릿속에 각
인되었다. 소녀의 비극적인 아우라가 정귀보를 매혹시켰을 뿐만 아니
라, 한 번도 경험해본 적이 없는 강렬한 성욕에 이끌려 진정으로 순수
한 짐승이 되었던 것이다.

하지만 여기에는 작은 반전이 기다리고 있었다. 그 춥디추운 겨울
밤, 남대문시장 뒷골목의 냄새나는 여인숙에서 고교 2학년생 정귀보
가 알몸이 되어 그 신비로운 소녀를 덮쳤을 때, 정귀보라는 순수한 짐
승의 귀에 들려온 것은 이런 말이었다. 그후로도 오랫동안 그의 기억
속 깊은 곳에 남아 있다가 불쑥불쑥 튀어나올, 낮고 건조한 목소리.

야, 씨발아. 안 내려와? 난 여자만 좋아해.

정귀보는 그 말이 무얼 뜻하는지 미처 이해할 여유도 없이 소녀의
몸에서 내려왔다. 소녀의 단호한 명령과 선언에 압도된 채로, 그는 자

신이 한 번도 상상해보지 못한 세계를 만났다는 느낌을 받았다. 그는 소녀가 한 말의 의미보다는 그 말의 어조와 뉘앙스와 목소리 자체에 매료되었다. 그 순간 그는 어둡고 이질적이며 매혹적인 하나의 세계가 자신의 마음속에 태어났다는 사실만을, 희미하게 깨닫고 있었다.

그러므로 오늘날 우리는 이렇게 말할 수 있다. 우리의 위대한 화가 정귀보는 십대 시절, 남대문시장 부근의 여인숙 그 황량한 어둠 속에서 만난 이름 모를 소녀와 그 소녀의 입에서 튀어나온 알 수 없는 문장을, 깊이깊이 사랑하게 되었다고 말이다. 때로 정귀보는 자신이 그 소녀를 사랑하는 것인지, 그 소녀가 내뱉은 그 말을 사랑하는 것인지 알 수 없다고 생각했으며, 그 밤의 쓸쓸한 어둠과 뼛속 깊이 스미던 추위를 오래오래 기억하게 되었던 것이다.

정귀보의 세 번째와 네 번째 여자는 앞서 말한 대로 쌍둥이였다. 약간 부은 눈에 오동통하고 아담한 몸매까지 분간이 쉽지 않은 일란성 자매였다. 우리는 서로 얼굴을 바라보면서 화장을 해요. 이건 유쾌하고 장난기 많은 자매가 처음 만나는 사람에게 즐겨 하는 농담이었지만, 정귀보는 그 광경을 진지하게 상상해보고는 모종의 매혹을 느꼈다. 서로의 얼굴을 바라보면서 화장을 하는 똑같이 생긴 두 사람이라니!

정귀보가 먼저 좋아한 것은 언니 박순옥(가명, 1975~) 쪽이었다. 박순옥은 가구회사의 후임 디자이너였는데, 그녀는 참으로 정감 있는 표정을 지을 줄 알았으며, 다른 동료들과는 달리 뒷담화를 좋아하지도 않았다. 그 무렵 정귀보는 뒷담화를 즐기는 모든 종류의 인간을 혐오하기로 결심하고 있었기 때문에 그녀에게 호감을 품고 있었다.

정귀보가 용기를 내어 애정을 고백한 것은 초겨울의 어느 토요일,

회사의 직원휴게실에서였다. 직원들이 모두 퇴근한 오후의 텅 빈 휴게실에서 그녀를 마주쳤을 때는 마침 창밖에 첫눈이 내리고 있었다. 정귀보는 그것을 하늘의 계시라고 해석했다. 나란히 서서 창밖을 바라보던 정귀보가 먼저 수줍게 애정을 고백했고, 역시 바깥에 시선을 두고 있던 그녀는 예의 그 정감 어린 표정으로 정귀보를 돌아보았다. 한 가지만을 제외한다면 모든 것이 좋았다. 그가 마음을 고백한 상대가 박순옥이 아니라 박순옥의 동생 박진옥(가명, 1975~)이었다는 점 말이다. 그녀 역시 다른 부서에 근무하는 동료였던 것이다.

그 순간, 어쩐 일인지 박진옥은 마치 자기가 언니 박순옥인 것처럼 미소를 지었으며, 조용히 고개를 끄덕이기까지 했다. 소담하게 내리는 첫눈 때문이었는지도 모르고, 정귀보의 기분을 해치고 싶지 않다는 선량한 마음 때문이었는지도 모르지만, 어쩌면 어린 시절부터 무수히 반복해온 역할 바꾸기 놀이의 습관 탓이었는지도 모른다.

그녀는 정귀보와 헤어지고 나서 곧바로 언니에게 사태의 전말을 고했다. 동생의 이야기를 들은 박순옥은 화를 내지는 않았다. 상대가 그들을 헷갈려 하는 상황에 익숙했기 때문이기도 하지만 다른 이유도 있었다. 동생이 정귀보에게 보인 호의적인 반응은 자신이 그 자리에 있었더라도 똑같았을 것이니까.

이것은 텔레비전 개그프로그램에나 나올 법한 희극적 상황임에 틀림없었다. 하지만 문제는 점점 심각한 쪽으로 흘러갔다. 당사자인 언니뿐만 아니라 고백을 들은 동생 역시 정귀보에게 호감을 갖고 있었던 것이다. 그들은 정귀보와 함께 있으면 캐시미어 모포로 몸을 감싼 듯 편안한 감정에 빠져들 수 있었다. 아 정말이지 부드러운 늪에 빠져드는 느낌이랄까요?—라는 것은 언니의 말이었고, 동생 쪽은 다소 관념적인 표현을 써서 이렇게 설명했다. 뭐랄까, 자아라는 갇힌 틀을 넘어서 편안하고 평화로운 대기를 경험하는 기분과 유사하달까요?

정귀보는 며칠 후 자신이 좋아하는 이가 한 사람이 아니라 두 사람이며, 자신이 그들을 헷갈렸다는 것을 알게 된다. 그는 예상치 못한 혼란에 빠져들었다. 혼란은 쉽게 수습되지 않았는데, 둘이면서 또 하나인 마음이 이미 그의 가슴 깊은 곳에 자리를 잡았던 탓이다.

물론 정귀보가 자매를 동시에 사랑했다고 단정하기에는 여러 난점이 남아 있다. 그가 사랑한 것이 정말 두 사람이었다는 말인가? 사랑을 하는데 어떻게 대상을 제대로 구별하지 못한다는 말인가? 그것을 과연 사랑이라고 말할 수 있을 것인가? 후일 몇몇 지인들이 이런 정당한 의문을 제기했을 때, 정귀보는 우수 어린 침묵으로 일관했다고 한다.

세 번째와 네 번째라고 할 수 있는 이 연애가 오래가지 못한 것은 당연한 일이다. 정귀보는 어느 정도 자매를 구분할 수 있게 되었지만, 여전히 자신감을 갖지 못하는 자신에게 환멸을 느꼈다. 조금씩 상해가는 과일처럼, 정귀보의 마음은 형태와 빛깔이 변질되고 있었다.

스스로를 견디지 못한 그가 결별을 선언했을 때, 자매의 반응은 같으면서도 다른 것이었다. 두 사람을 한 사람처럼 사랑하면 안 돼? 그건 언니 박순옥의 말이었다. 그냥 두 사람이라고 생각하고 사랑해도 좋지 않아? 이건 동생 박진옥의 말이었다. 정귀보는 둘 모두를 향해 고개를 흔들었다. 불가능한 일이었다. 무엇보다도 그의 내부에서 피어오르는 모멸감을 더는 견딜 수 없었다. 사랑이란 단 한 사람만을 향하는 것이라고 그는 확신하고 있었다. 따라서 지금 이 감정은 결코 진실한 것이 아니다. 그게 그의 결론이었다.

그는 자매에게 결별을 통보하고 전격적으로 회사를 사직했다. 이제 와서 말이지만, 정귀보가 회사를 그만둔 것은 차양에서 톡, 톡, 떨어지는 빗방울 때문은 아니었던 셈이다.

이 희비극적인 연애에 대해서는 특별히 덧붙일 말이 없다. 굳이 부연하자면, 그 자매를 실제로 만나본다면 누구도 정귀보를 손쉽게 비난할 수 없을 것이라는 점이다. 모든 면에서 정귀보는 사랑에 충실하고자 했을 뿐이다. 그리고 모든 면에서 충실했다는 바로 그 이유 때문에, 정귀보의 세 번째 또는 네 번째 사랑은 모두에게 상처만 남기고 물거품이 되었던 것이다.

회사를 그만둔 이후 정귀보가 본격적으로 회화 작업에 매진했기 때문에, 이 실연은 우리에게 어떤 면에서는 행운이라고 할 수 있다. 정귀보는 장위동 근처의 낡은 빌라에서 살면서 주변 사람들의 얼굴과 집 주위의 풍경을 그렸다. 버려진 옷이라든가 이불보 같은 것을 캔버스로 활용하기 시작했다는 점을 제외한다면, 과거의 화풍과 그리 다르지 않았다. 그의 인물화와 풍경화는 이 세상 어디에나 있는 이미지 같았는데, 묘하게도 그게 관람객들의 시선을 끌었다. 관람객들은 누구나, 이건 어디서 만난 적이 있는 얼굴이 아닌가, 그렇게 중얼거리며 친근감을 표시했다. 그리고 한참 후에 고개를 갸웃거리며 이렇게 덧붙이곤 했다. 이건 어딘지 나를 닮았는데……

정귀보의 후기 예술을 장위동 시대라고 명명할 수 있다면, 그는 그 시대까지도 자신의 미래를 모르고 있었다. 클레멘트 그린버그를 잇는 뉴욕 평단의 거장 빈센트 호크의 주목을 받아 세계적 작가로 거듭난 아시아의 천재. 그게 바로 자기 자신일 줄은 예측하지 못했으니까 말이다.

여기서 잠시 빈센트 호크에 대해 언급하고 넘어갈 필요가 있겠다. 빈센트 호크는 오하이오 출신으로 2000년대 이후 뉴욕 현대미술을 이끌어온 독보적인 미술평론가이다. 『뉴욕타임스』의 어떤 칼럼니스트는 "아무리 도로를 달려도 옥수수 밭만 이어지는 시골 출신임에도 불구하고, 그의 이름 '호크(매)'가 필명이 아니라 본명이라는 점은 충분히 주목받아야 한다. 특히 이 '호크'는 아시아라는 옥수수밭을 날아다니는 데 천부적이었던 것이다"라고 적었다. 이게 무슨 뜻인가? '호크'가 어쩌고 한 것은 그게 매처럼 날카로운 눈을 가진 비평가에게 잘 어울리는 이름이라는 뜻이다. 그리고 아시아라는 옥수수밭을 날아다닌다는 것은 아시아의 무명작가들을 발굴해내는 데 날카로운 식견을 발휘한다는 뜻이다. 이 칼럼니스트의 문장에는 지역적, 인종적 편견이 배어 있었지만, 기이하게도 이를 지적한 사람은 아무도 없었다.

특유의 성실한 리서치를 통해 정귀보의 포트폴리오를 접한 빈센트 호크는 곧바로 뉴욕의 큐레이터들에게 그를 추천했다. 그렇게 해서 정귀보는 저 유명한 모마(MoMA:뉴욕 현대미술관)의 〈21세기, 내일은 어디서 오는가?〉 전에 초청을 받게 된 것이다. 모마의 이 야심 찬 기획에 초대된 아시아계는 정귀보가 유일했다. 중국 작가가 포함되지 않은 것은 중국의 인권 상황에 대한 뉴욕 화단의 항의 표시이며, 무명의 한국 작가가 포함된 것은 모마에 재정적 후원을 약속한 한국 대기업을 고려한 결과라는 확인되지 않은 소문도 있었다. 그렇다 치더라도 한국 작가에게 기회가 돌아온 것은 행운이었다. 정귀보로서는 중요한 도약의 기회였다.

하지만 우리가 알다시피, 정귀보는 모마의 초대장을 받자마자 자살로 추정되는 의문의 사고로 실종됨으로써 더욱 신비로운 이미지를 남겼다. 일종의 유작전이 된 그 전시회에서 정귀보는 현대회화의 새로운 장을 연 미래의 아티스트라는 평을 얻었다. 뉴욕 모마의 홈페이지에는 그의 작품 일부와 함께 다음과 같은 다소 난해한 추천사가 게재되었다.

설치, 개념 및 비디오아트가 주도하는 현대회화에서 프랜시스 베이컨과 루치안 프로이트의 신표현주의 이후 정귀보만큼 회화의 구상적 본질에 도달한 화가는 없었다. 캔버스로 선택된 낡은 옷과 버려진 침대보는 고도로 계산된 정귀보의 페이셜 이미지와 절묘한 화학작용을 일으킨다. 일본의 모노하(物派)를 비롯한 탈주관주의의 동양적 흐름에 휩쓸리지도 않고, 잭슨 폴록의 드리핑이 대변하는 소위 '과정의 미학'에 종속되지도 않으면서, 정귀보는 인간의 얼굴을 보편적 궁극의 상태로 밀고 간 유일한 작가라고 할 만하다. 우리가 아시아에서 길을 찾아야 한다는 것을 증명하는 화가, 그것이 정귀보인 것이다.

빈센트 호크의 평은 "매의 날카로운 눈"을 느끼기에는 지나치게 일반적이고 서구중심주의적이었지만, 정귀보를 주목의 대상으로 만들기에는 부족함이 없었다. 국내 갤러리에 '퀴포청(Kui-Po Chung)'의 작품을 찾는 외국 화상들의 문의가 심심치 않게 이어진 것은 물론이다.

부재하면서 존재하는 화가, 죽은 채로 미래가 된 화가, 무상(無償)의 터치가 창조하는 급진적인 전위성으로 인간을 재해석한 화가. 그런 표현들이 정귀보를 수식하기 시작했다.

이후 나온 언론의 문화면 기사들은 정귀보에 대한 뉴욕 평단의 평가를 비중 있게 소개했지만, 그의 인생에 대해서는 이렇다 할 정보를 알려주지 못했다. 정귀보가 만 41세, 즉 한국인 평균수명의 대략 절반만 채운 뒤에 인생을 마감했다는 것이 그 기사들에 나오는 유일하고 정확한 정보였다. 게다가 그 기사들은 그의 죽음이 자살인지 아닌지 정확하게 단정짓기 어렵다는 점을 간과하고 있었다.

목격자들에 따르면, 정귀보는 서해안 하구의 한 계곡에 있는 구름다리를 건너다가 죽음을 맞이했다. 고도 15미터, 길이 25미터의 제법 아찔한 다리였다. 시간은 목요일 오후 3시, 날씨는 약간 흐린 정도로 사람들에게 이렇다 할 인상을 남기기 어려운 하늘빛이었다. 목격자들의 증언은 간단했다. 정귀보보다 먼저 구름다리를 건너갔던 중년여성의 말이다.

"건너면서 뒤를 돌아봤지. 마흔이나 됐을까 싶은 남자가 막 다리에 들어섰는데, 평범한 등산객 차림이었어요. 뭐 요즘엔 회사 잘리고 평일에도 산에 오는 남자들이 많으니까. 그런데 그 사람이 다리 가운데서 걸음을 멈추더니 상체를 내밀고 물을 지그시 바라보는 거야. 아이고 저거 위험한데, 호기심 많은 양반이네 하고 생각하는데, 갑자기 바람이 세게 분 거예요. 다리가 흔들렸지. 아무래도 출렁다리니까. 어, 저양반 발바닥이 허공에 떴다, 그런 생각이 드는 순간 순식간에 사라진 거야. 그때는 무슨 일이 일어난 건지 감이 안 왔어요. 아주 자연스럽게 느껴져서 끔찍한 일이 일어났다는 생각도 못했다니까."

이 목격자에 따르면 정귀보는 다리 아래 계곡에 흐르는 물을 자세히 보려다가 실수로 추락한 것이 틀림없었다. 마침 그 시간에 바람이 강하게 불었고 다리가 심하게 흔들렸다는 증언은 그 외에도 더 나왔다. 구름다리의 사고 위험을 지적하는 청원이 평소에도 많았다는 사실이 추가로 밝혀졌다. 신발을 벗어놓고 뛰어내린 것도 아니고 유서를 남긴 것도 아니었으니 경찰 입장에서는 실족사로 처리하는 게 순리였다.

하지만 그 순간을 가장 가까이서 목격한 다른 등산객의 진술은 달랐다. 나이가 지긋한 노인이었는데, 그는 전직 교수인데다 깊은 주름과 중후한 목소리를 갖고 있어서 신뢰감을 주기에 충분했다. 그는 정귀보의 뒤를 따라 다리를 건너다가 추락을 목격했다고 진술했다. 중년 여성의 반대편이었던 셈이고, 정귀보와는 5~6미터밖에 떨어져 있지 않았다. 그는 확신에 찬 표정으로 말했다.

"내가 이 산을 십이 년째 다녀. 산에 대해서는 잘 알지. 거긴 그런 사고가 일어날 만한 데가 아니야. 일부러 그러지 않는 한 떨어질 수가 없는 곳이라고. 내가 이런 얘기를 하는 건, 구름다리 한가운데 서 있는 그 사람 표정을 봤기 때문이우. 어딘지 어두운 표정이었어. 난간을 꼭 쥐고는 일부러 상체를 밖으로 내민 것 같았다니까. 물을 바라보는 듯 하더니, 순간 펄쩍 뛰어서 떨어진 거야. 그건 몸을 던진 거예요 분명히. 내가 나이가 일흔둘이야, 일흔둘. 확실해요."

자살이라는 얘기였다. 정귀보는 신발도 벗지 않았고 유서도 남기지 않았지만, 확실히 그것으로 자살이 아니라고 단정할 수는 없었다. 바람이 불었다고는 하나 느끼기에 따라서는 산들바람 정도였다. 그 다리에서 사람이 떨어져 죽은 사례는 지금까지 두 건밖에 없었다. 둘 다 자살이었다. 구름다리는 폭 1.5미터 정도로, 양쪽에 밧줄로 된 난간이 설치돼 있었다. 난간 높이는 어른 가슴께까지 오는 정도였고, 난간 아래로도 촘촘히 그물이 설치돼 있었다. 일부러 뛰어넘지 않는 한 추락하기는 어려워 보였다.

군청 직원의 말에 따르면, 그때는 민원을 접수하고 구름다리의 전면

보수공사를 끝낸 지 얼마 지나지 않았을 때였다. 다리가 위험했던 건 아니라는 뜻이다. 앳된 얼굴에 이제 막 공무원 느낌이 배어들기 시작한 그 군청 직원은 구름다리라는 것이 어떻게 만들어지는지를 상세하게 설명해주었다. 그 때문에 나는 산 위의 구조물들에 대한 의외의 지식까지 얻게 되었다. 당연한 말이지만, 산에는 나무와 바위만 있는 것이 아니다. 거기에는 인간이 만든 산장도 있고, 인간들의 무수한 도전과 실패가 있으며, 헬리콥터가 커다란 철근을 매달고 허공을 날아가는 시간도 있는 것이다.

자살이라는 주장을 뒷받침하는 정황증거는 그 외에도 여럿이었다. 우선 정귀보는 평소 산행에 취미를 가진 사람이 아니었다. 특별한 계기가 없이는 혼자서 산을 탈 사람이 아니라는 뜻이다. 게다가 그의 풍경화는 산이나 바다가 아니라 주로 도시 변두리를 대상으로 삼았다. 대학을 졸업한 이후 그는 한 번도 자연을 그린 적이 없었다. "자연에서는 표정을 발견할 수 없다"는 것이 이유였다. 작업을 하러 갔을 리 만무했다.

그러니 평일 낮에 혼자서 산에 올라갔다면 뭔가 심경의 변화가 있었다고 보는 게 자연스럽다. 그 전날 산 아래 주점에서 혼자 술을 마셨다는 증언도 확보되었다. 분명히 혼자였다고 증언한 주인 남자의 말은 다음과 같았다.

"여긴 혼자 오는 손님은 드문 편이라 기억이 나요. 그냥 얌전하게 소주 두 병을 비우고 나갔지. 스마트폰도 들여다보고 하면서 멍하니 마셨어요. 어디다 전화를 걸어 언성을 높이지도 않았고, 행패도 부리지 않았어. 안주는 도토리묵과 김치전이었고. 아, 도토리묵은 우리가 서비스로 준 거야. 자살할 표정이었냐고? 에이, 그런 걸 어떻게 알아? 얼굴에 쓰여 있는 것도 아니고. 근데…… 또 그렇다고 생각해보면 확실히 그런 표정이었던 것 같기도 하고……"

뉴욕 모마의 전시를 위한 작업이 잘 되지 않아서 자살했을 거라는 언론의 추측성 기사가 반복된 것은 그런 이유에서였다. 기사의 표제는 "이것이 천재 예술가의 비극인가?" 식이었는데, 말미에는 애도이기도 하고 영웅화이기도 한 관습적인 찬사를 덧붙이는 경우가 많았다.

구구한 논란에 종지부를 찍은 것은 정귀보 자신이 작성한 유서였다. 유서는 장위동 정귀보의 방, 그것도 책상 위에 놓인 책 사이에서 발견되었다. 의심의 여지가 없는 친필이었고, 삶과 죽음에 대한 진지한 성찰로 이루어진 글이었다. "죽음은 삶 전체를 드러내는 무한한 거울이다" "죽음은 단순한 없음이 아니라, 우리가 영원히 소유할 수 없는 신비이자 다른 사건의 발생 가능성이다" "우리가 존재하는 한 죽음은 우리와 함께 있지 않을 것이며, 죽음이 오면 우리는 이미 존재하지 않으리라. 그러므로 우리는 죽음을 두려워할 필요가 없다" 등등.

조간들은 정귀보의 유서가 발견되었다는 기사를 쏟아냈다. 천재 작가다운 혜안으로 빛나는 글이라는 찬사와 함께였다. 확실히 죽음에 대한 그 문장들은 정귀보가 왜 극단적인 선택을 했는지 암시하는 것으로 보였다.

하지만 나는 그 유서의 전문을 여기에 인용하지 않으려 한다. 왜냐하면 그것은 나로서는 매우 실망스러운 글이었기 때문이다. 이유는 여러 가지다. 첫째, 그 유서가 꽂혀 있었다는 책은 『세계 잠언집』이었는데, 그건 편자조차 '편집부'로 되어 있는 싸구려 책이었다. 북디자인이나 종이의 질이 조악했을 뿐 아니라, 인용문들에는 출처조차 없었다. 흔히 중고서점 1천 원 코너에서 파는 책이 틀림없었다. 솔직히 말해서 나는 정귀보가 그런 책을 읽고 있었다는 것에 약간의 실망을 느꼈다.

둘째, 그 유서에 감명을 받아 문화면에 전문을 게재한 신문들은 다음날 다소 충격적인 제보를 받아야 했다. 제보전화는 문화부 데스크로 하루 종일 이어졌다. 제보자들이 이구동성으로 증언한 것은, 정귀보의 유서라고 보도된 그 문장들이 실은 정귀보가 읽던 바로 그 책, 『세계 잠언집』에 실려 있는 글귀라는 것이었다. 대개 나이 지긋한 독자들이 전화를 걸어왔는데, 그들은 문제의 유서가 사실 그 책의 일부이며, 어떤 문장은 잘못 옮겨지기까지 했다고 주장했다. 칠십대라는 한 독자는 자신이 문제의 『세계 잠언집』을 아침마다 하나씩 골라서 낭송하기 때문에 기사를 보자마자 금방 알 수 있었다고 설명했다. 심지어 그는 그 책에서 가훈을 뽑아 액자로 걸어놓았다는 점을 강조하기까지 했다. 이 제보가 사실이라는 것은 금방 확인되었다. 책을 입수해 대조해보면 되었기 때문이다.

정귀보가 왜 삶과 죽음에 관한 선인들의 잠언을 베껴 쓰고 거기에 '유서'라는 제목을 붙였는지는 정확히 알 수 없었다. 가장 단순한 주장은 이런 것이었다. 이것은 진짜 유서가 아니며, 단지 책의 내용을 메모해놓은 것에 불과하다는 얘기였다. 『세계 잠언집』의 5장이 바로 '예술가들의 유언'이라는 소제목으로 돼 있다는 설득력 있는 근거도 제시되었다. 하지만 이 주장은 정귀보가 왜 '예술가들의 유언'이 아니라 '유서'라고 적어놓았는지, 왜 5장뿐 아니라 다른 곳의 문장들도 섞여 있는지는 설명하지 못했다.

매력적인 해석도 있었다. 천재 예술가답게 정귀보는 죽음을 맞이하는 순간까지 유머를 잃지 않았다는 것이다. 상투적인 잠언들을 진지한 죽음과 겹쳐놓는 고급스러운 농담이라는 해석이었다. 하지만 그런 농담이 정말 '고급스러운' 것이냐는 냉소적인 반론이 있었고, 그 잠언들이 당신 눈에는 상투적으로 보이느냐는 다소 감정적인 반론도 있었다. 정귀보가 그런 식의 말장난을 좋아하는 타입의 천재는 아니었다는 주장도 추가되었다. '고급한 유머'론은 금방 힘을 잃었다.

그 외에도 여러 견해가 제출되었다. 죽음에 대한 글을 너무 열심히 읽다보면 정말 죽음에 대한 충동을 느낄 수 있다는 정신과 의사의 칼럼이 게재되었고, 잠언은 교훈과 가르침을 담은 문장이기 때문에 유서에 잠언을 베껴 쓰는 것은 당연한 일이라고 주장한 대학교수도 있었다. 이 모든 게 악의적인 정치적 조작이라는 극단적인 견해는 SNS에서조차 야유를 받았으며, 자살은 그냥 자살이지 뭐 그렇게 복잡하게 생각하느냐는 근본적인 주장은 홍대 앞 술집 같은 곳에서 잠깐 흘러나왔다가 사라졌다.

하지만 이 사건의 더 큰 난점은 다른 곳에 있었다. 사건 발생 후 한 달이 다 되었는데도 시신이 발견되지 않았던 것이다. 구름다리에서 추락해 바위에 두 차례 부딪힌 후 급류에 휩쓸려간 것은 틀림없는데, 정작 시신은 찾을 수 없었다. 수중탐색 전문요원들이 포함된 군경 합동 수색팀이 하구를 이 잡듯 뒤졌는데도 아무런 흔적도 발견되지 않았다. 바위에 남은 핏자국이 증거의 전부였다. 배낭이나 신발 같은 것조차 발견되지 않았다.

하구는 바다와 만나면서 물이 넓고 깊어진다. 시신은 해류의 지배를 받게 되고, 그때부터는 강바닥이 아니라 바다라는 거대한 세계에 속하는 것이다. 그런 곳에서 시신을 찾는다는 것은 사막에서 모래알 찾기라든가 갈대밭에서 바늘을 찾는 일에 가깝다. 이것은 시신 확보에 생각보다 어려움이 있을 것이라면서 덧붙인 경찰 고위관계자의 비유였다.

하지만 정귀보는 사건 발생 4개월이 지난 뒤, 넓고 깊고 어두운 그 바다의 심연에서 자신을 드러냈다. 마침내 시신이 발견된 것이다. 내가 연락을 받은 것은 정귀보의 실종 후 정확하게 120일째가 되던 날의 저녁 무렵이었다. 가을이 깊어가고 있었다. 내가 사는 아파트의 창밖에는 황혼을 배경으로 낙엽이 정말 그림처럼 흩날리고 있었다. 만물의 조락은 그렇게 자신의 표현법을 갖게 되는 것이다. 팔짱을 낀 채 나는 그런 쓸쓸한 생각에 잠겨 있었다.

그즈음 나는 평전 집필을 중단하리라고 마음먹고 있었다. 정귀보의 삶에 대해서는 아무런 할 말이 없다는 것이 나의 판단이었다. 계약금을 받은 마당에 무책임하고 성급한 판단이라는 건 알고 있었지만, 할 말이 없는 건 어쩔 수 없는 일이 아닌가. 나는 무엇보다 빈센트 호크가 아니기 때문에 추상적이고 현란한 논리로 그의 작품을 변호할 생각이 없었고, 정귀보가 한국인이라는 이유로 우리 민족이 낳은 천재니 뭐니 하는 과장과 미화를 일삼고 싶지도 않았다. 그의 시신이 발견되었다는 출판사 사장의 다급한 전화를 받기 전까지는 말이다. 나와는 미대 동창이기도 한 사장은 다소 흥분한 목소리로 급보를 전한 뒤 이렇게 덧붙였다. 이봐, 빨리 취재 시작하라고. 다른 데서 손쓰기 전에.

나는 멈췄던 심장이 뛰는 것 같은 느낌을 받았다. 나 스스로 생각해도 의외의 반응이었다. 시신을 발견한 것은 바닷가에서 놀던 오누이라고 했다. 초등학교 3학년 여자아이와 5학년 남자아이였다. 부모는 수협공판장에 일을 나간 뒤였고, 학교에서 돌아와 해변에서 놀다가 정귀보를 발견했다는 것이다. 유감스럽게도 그리 신빙성 있는 진술은 아니었다. 아이들은 정귀보가 처음에는 시신 상태가 아니었으며, 바다에서

'비틀거리면서 걸어나왔다'고 증언했다. 처음에는 동네 아저씨라고 생각했는데 자세히 보니 처음 보는 사람이었다. 힘없이 고개를 숙인 채였고, 옷은 수영복이나 잠수복이 아니라 등산복이었다. 정귀보가 산에 올라갈 때 입고 있던 바로 그 옷이었다.

해변에서 걸어나온 정귀보는 너무 오래 수영을 해서 기진맥진한 사람처럼 그 자리에서 푹, 허물어졌다. 오누이는 바다에서 걸어나온 남자가 자기들을 빤히 바라보다가 쓰러졌으며, 그래서 아무런 말도 나눌 수 없었다고 증언했다. 이 진술에 의하면, 정귀보는 120일 동안 바닷속에 잠겨 있다가 산 채로 걸어나온 것이 된다. 아마 애들이 공포에 질려 잠시 착각한 거겠지. 사장은 그렇게 덧붙였다. 나는 고개를 끄덕였다. 파도를 타고 해변에 밀려온 시신을 본 초등학생들이라면 그런 환상에 사로잡힐 수도 있을 것이다. 공포라는 감정은 우리에게 어떤 종류의 환상이든 만들어내지 않던가.

전화를 끊었을 때, 나는 뜻밖의 욕망에 휩싸여 있었다. 정귀보의 시신을 직접 볼 수 있다면 평전을 시작할 수 있을지도 모른다, 그 시신은 정귀보에 대한 기나긴 글의 유일한 출발점일지도 모른다, 그런 생각이 머릿속에 차올랐던 것이다. 그것은 나로서도 갑작스러운 열망이라고 할 만했다. 다소 엉뚱하게 들리겠지만, 나에게 그 열망은 사랑이라든가 증오 같은 감정과는 거리가 먼 것이었다. 그것은 집착 같은 감정이 아니었으며, 호기심이나 의무감 같은 것은 더더욱 아니었다. 더이상하게 들릴지도 모르지만, 나는 그것을 '영원한 탐구열'이라고 말하겠다.

나는 정귀보의 시신을 눈으로 확인하기 위해 그가 안치돼 있다는 해안가 소도시의 한 종합병원으로 달려갔다. 기자들도 오지 않았고,

심지어 빈소조차 차려지지 않은 상태였다. 나는 깊은 밤에 관리실 유리창을 두드려야 했다. 선잠에서 깬 근무자가 쪽창을 열었다. 육십대 중반의 피로한 얼굴에 드문드문 검버섯이 피어 있었다. 잠으로 돌아가는 것만이 유일한 목적인, 그런 얼굴이었다.

그는 정귀보의 시신을 보고 싶다는 나의 청을 한마디로 거절했다. 규정상 불가능하다는 것인데, 그건 이미 예상했던 일이었다. 그에게 생각보다 많은 액수의 사례를 한 뒤에야 나는 정귀보의 시신을 두 눈으로 확인할 수 있었다. 자정을 넘긴 시간이었고, 바닷바람이 귓가를 스치는 적막한 병원의 적막한 영안실이었다. 관리인이 열쇠 꾸러미를 뒤져 안치실 문을 따고, 3번이라는 번호가 붙은 냉장고를 여는 시간이 한없이 길게 느껴졌다.

엠바밍을 한 것도 아닐 텐데 시신은 말끔한 상태였다. 익사라고는 믿을 수 없을 정도로 정상적인 모습이었다. 심지어 싱싱한 느낌까지 들었다. 피부가 붇지도 않았고, 상한 곳도 없었다. 눈과 코와 입이 정확하게 있어야 할 곳에 위치해 있었다. 얼굴에는 아무런 표정이 없었다. 지금이라도 상체를 일으켜 "누구요?" 하고 물어볼 듯한 얼굴이랄까. 정귀보는 생전의 모습 그대로, 172센티미터에 71킬로그램의 체형조차 조금도 변하지 않은 채, 그렇게 누워 있었다.

무슨 처리를 어떻게 했느냐는 내 질문에, 관리인은 자기가 방금 근무 교대를 했기 때문에 답해줄 수 없으며, 내일 아침에 직접 병원 측에 문의하라고 나른한 목소리로 대답했다. 열쇠를 짤랑거리며 안치실 문에 기대선 그의 등을 바라보다가, 나는 시신 쪽으로 천천히 눈을 돌렸다.

이것이 백 일이 넘는 동안 바다 밑을 떠돌아다닌 시신이란 말인가?

아니면, 그가 살아서 걸어나왔다는 아이들의 말이 사실이란 말인가? 나는 도무지 믿을 수 없었다. 믿을 수 없을 뿐만 아니라, 참을 수도 없었다. 기묘한 슬픔이 가슴속에서 배어나왔다. 나는 안치실의 희미한 형광등 불빛 속에 망연히 서서 오랫동안 정귀보의 얼굴을 바라보았다. 이 밤이 영영 끝나지 않을 것 같은 기분이었다.

다음날 나는 사장에게 전화를 걸었다. 쉽지는 않겠지만 정귀보에 대한 글을 다시 시작해보겠노라고 말했다. 사장은 아 그럼 안 하려고 했단 말이냐?—라며 무슨 헛소리를 하느냐는 듯 시큰둥하게 반응했다. 나는 별다른 대꾸를 하지 않았다.

하지만 그후로도 책은 지지부진한 상태를 벗어나지 못하고 있다. 정귀보의 예술이야 평론가들이 설명할 문제지만, 정귀보의 인생을 탐구하는 것은 소위 평전을 쓰겠다는 나의 몫이 아닌가. 그러나 나는 뭘 어떻게 시작해야 하는지조차 알 수 없었다. 그의 인생을 연대별로 정리할 것인지, 큰 사건별로 정리할 것인지, 몇 개의 시대로 나눌 것인지도 판단할 수 없었다. 대체 처마에서 떨어지는 빗방울에 얼비친 햇빛이라든가, 야이 씨발아 난 여자만 좋아해—라든가, 쌍둥이를 동시에 사랑한다는 것은 과연 무엇인 것일까? 그런 것에 의미를 부여해서 이렇게 저렇게 정리한다고 한들, 정귀보라는 위인의 무한한 세계에 얼마나 접근할 수 있다는 말인가? 아니, 그런 것을 쓰려는 나라는 인간은 대체 무엇이란 말인가? 나는 차라리 평전이 아니라 연보만으로 한 권의 책을 만들고 싶었다. 시간 순서에 따라 철저하게 객관적이며 확인 가능한 정보만으로 이루어진 책을 말이다. 그것이 단 한 페이지로 이루어진 책이라고 할지라도⋯⋯

지금 나는 정귀보가 죽음을 맞기 전날 밤 혼자 술을 마셨다는 주점에 앉아 이 글을 쓰고 있다. 낡은 나무탁자 여섯 개와 통나무 의자들이 아주 오랜 세월을 그렇게 보내왔다는 듯 눅눅한 향기를 내뿜고 있는 곳이다. 뜨내기 등산객들을 받는 주점답게 안주는 다양한 편이어서, 도토리묵도 있고 김치전이나 파전도 있으며, 심지어 고등어구이도 있다.

　죽기 하루 전의 정귀보가 된 듯이, 나는 지금 막막한 감정에 잠겨 있다. 하지만 이것을 특별히 비관적인 기분이라고 말하고 싶지는 않다. 나는 누군가에게 전화를 걸어 언성을 높이지도 않을 것이고, 만취해서 행패를 부리지도 않을 것이다. 단지 나는 무언가가 내 안에서 조금씩 피어오르고 있다는 것은 깨닫고 있다. 어쩌면 그것은 정귀보의 인생에 대한 기나긴 글의 첫 문장 같은 것인지도 모른다. 마지막 문장이 없는…… 짧고 건조한…… 첫 문장 말이다. 첫 문장에서 두 번째 문장이 나오고, 두 번째 문장에서 세 번째 문장이 이어지고, 세 번째 문장에서 또 다른 문장이 태어날 것이다. 그러던 어느 날, 나는 거기서 아무렇지도 않게 걸어나오는 정귀보를 보게 될는지도 모른다. 해변에서 놀고 있는 우리를 향해 다가오는, 우리 모두의 정귀보를 말이다. ●

제 8 회
김 유 정 문 학 상
수 상 후 보 작

김성중

늙은 알베르트의 증오

<u>김성중</u>

2008년 중앙신인문학상에 단편소설 「내 의자를 돌려주세요」가 당선되어 등단했다. 소설집 『개그맨』이 있다.

서문

알베르트는 그의 생을 뒤흔든 사건 이후로도 여전히 의무에 충실한 삶을 살았다. 그러나 사후에 발견된 편지글을 보면 우리는 사람의 인생이 한 겹이 아님을 똑똑히 깨닫게 된다. 건실하고 존경받던 한 남자의 일생에 이처럼 고통스러운 삶의 띠가 중첩돼 있다가 마침내 죽음에까지 이르렀으니 말이다. 그가 생을 매듭지은 방식은 모두에게 놀라움을 안겨주었으나 죽기 전에 이미 지옥을 통과했으니 어떤 냉혹한 신이라 할지라도 죄를 묻기란 쉽지 않을 것이다.

몇 달 전 로테 여사마저 세상을 떠남으로써 비극의 세 주인공은 이제 이 세상에서 사라졌다. 그녀는 자신의 사후에 알베르트의 편지를 출판해줄 것을 당부했다. 아울러 이 글이 세상에 알려지면 자신의 평판에 어떤 영향이 미칠 것인지 알고 있으나 자신에게 바쳐진 두 죽음을 외면할 힘이 없고, 그럴 자격도 없다고 덧붙였다.

로테의 인생은 두 남자를 파멸시킨 것이 아니라 그들의 죽음에도 파멸되지 않은 것이었으니, 우리는 이 여인의 인생에 마땅히 경의를 표해야 옳을 것이다. 또한 사랑이 아니라 증오에서 자기 운명을 발견한 가없은 사내에게 비판보다 연민의 시선을 먼저 보내주기를 바란다.

8월 3일

M박사의 충고에 따라 햇볕이 잘 드는 호숫가의 요양소로 옮겨왔소. 태양과 건조한 바람이 내 영혼의 환부를 어루만져주는 듯하오. 시간을 지켜서 먹어야 할 약이 여섯 가지로, 이 약을 먹고 나면 온몸에 기운이 빠진다오. 나는 산책도 중단한 채 창문 앞에 앉아 바깥을 바라보며 소일하고 있소. 태양이 만물의 살갗에 빛의 바늘을 촘촘히 박아내는 풍경을 보고 있노라면 사방에서 고통에 찬 신음이 들려오는 것 같소. 이런 생각을 하니 기분이 좀 나아졌소. 전에 말했듯이 당신은 오지 마시오. 나의 긴장증이 도질 터이니 당분간 당신의 얼굴은 보고 싶지 않소. 이것은 내 의견일 뿐 아니라 M박사의 의견이기도 하다오.

8월 11일

솔직히 말하면 나는 자유를 그다지 좋아하지 않소. 뭔가를 끊임없이 선택해야 하는 것이 두통만 안겨주기 때문이오. 대부분의 시간을 '아무것도 선택하지 않는 선택'으로 보내곤 했는데, 오후에 R이 나를 구원해주었소. 그는 모종의 서류적 곤경에 처해 있어 전문가인 내 의견을 물었고 나는 두 시간가량 난해한 문구를 분석하는 즐거움을 누렸소. 오, 서류의 아름다움! 이 종이들은 많은 숫자와 지명을 거느린 채 날카로운 덫을 품고 있다오. 나는 전문용어라는 눈 더미 속에 숨어 있는 크레바스를 추려내기 시작했고 없애야 할 문항과 추가해야 할 문항을 정리해주었소. **당신의 베르테르**는 감정을 쏟아부을 텅 빈 백지만을 선호했으나 나는 딱딱한 형식 속에 이빨을 감추고 있는 종이들을 선호하오. 제대로 된 남자들의 종이란 이런 것이오. 그들은 서류라는 체스 말을 가지고 전진과 후퇴를 반복하며 세상을 상대하는 사람들이지. 파산자인 내 입에서 이런 말이 나오는 것이 우습게 들리겠지만 말이오.

8월 24일

어젯밤 꿈속에 내 오랜 연적이 나타났소. 그는 제복이나 다름없는 푸른 연미복에 노란 조끼를 입고 계집애 같은 걸음걸이로 나에게 다가왔소. 그리고 특유의 장광설로 입을 열었소.

"가엾은 알베르트. 당신은 절대로 나를 이길 수 없습니다. 당신은 오랫동안 로테와의 일상을 누렸고 그녀와 함께 살았죠. **인질로서의 로테**와 말입니다. 연인과 평생을 함께하는 것과 연인의 마음을 영원히 가질 수 있는 것 중에 하나를 고르라고 하면 보통 사람들은 전자를 택하는 경우가 더 많겠죠. 마음은 바뀔 수도 있고, 또 바뀌지 않는다 해도 인생의 파도에 밀려 대부분 '중지'될 테니까요. 그러나 로테가 로테일 때, 어느 때보다 솔직하고 순수한 그녀 자신일 때 당신은 밀려나고 내가 그 자리를 차지할 것입니다. 무엇보다 당신은 나와 같은 방식으로 사랑을 증명할 수 없지 않습니까?"

나는 죽은 자의 조롱을 묵묵히 견디며 대꾸했소.

"로테의 허벅지 안쪽에 색깔이 다른 점이 있는 것을 아나? 그녀가 두 다리에 내 정액을 묻히고 아들을 출산하는 동안 자네는 어디 있었지?"

애송이의 얼굴이 신성모독을 당한 것처럼 창백해지더군. 그는 사랑의 방식이라고는 숭배밖에 모르는 자라서 당황한 기색이 역력했소. 나는 차분하게 진실을 들려주었소.

"너는 죽음으로써 그녀를 차지하겠다는 이기심으로 자살한 거야. 네가 얼마나 섬뜩한 방식으로 사랑을 증거했는지 스무 살의 애송이는 알 수 없겠지. 아내가 줄곧 나를 사랑하고 있었으니 그녀의 마음을 돌릴 방법이라고는 머리에 총알을 박아넣는 것뿐이었을 테고."

"그 총은 로테의 손으로 건네졌습니다."

"치명적인 총알은 그녀 자신이었어."

우리는 말없이 서로를 노려보았소. 뱉은 말이 스스로에게도 박히는 것을 느꼈기 때문에 나는 잠시 고통을 느꼈소.

"환상과 거짓이 어떻게 다른지 나는 구분할 수 있어. 베르테르, 자네가 저질러놓은 엄청난 재난을 극복하기 위해 내가 어떻게 살아왔는지 아나? 일평생 노예와 같은 노역을 불평 없이 감당하며 가정을 지켜왔네. 열 명이나 되는 로테의 동생들—자네를 유난히 따르던 맏이는 이제 훌륭한 법률가에 네 아이의 아버지라네—을 제대로 키우기에 유산이 턱없이 모자랐어. 나는 그애들을 전부 내 자식처럼 부양했네. 자네는 유서에다 자네의 죽음을 통해 우리 부부가 행복해지기를 바란다고 썼지. 그런데 이제 와서 사랑의 지분을 주장하고 있으니 어찌 된 일인가? 이제 나는 죽은 자가 생전보다 뻔뻔스러워진다는 것을, 오직 연소되지 않은 욕망에만 충실하다는 것을 깨달았네."

"행복한 그녀의 미소를 보는 것이 내 평생 유일한 기쁨이었습니다.

그러나 로테는 행복하지 않았어요. 내 무덤 앞 보리수들이 그녀의 눈물을 얼마나 많이 받아들였는지 아십니까? 내가 이해할 수 없는 것은 나를 알아본 사람이 오직 당신뿐이라는 것입니다."

"로테가 자네의 무덤에 찾아간다고?"

나도 모르게 큰 소리로 외쳤소. 그러나 꿈속일망정 베르테르의 권력에 흡수되지 않도록 냉정을 되찾았소.

"유령이 누워 있어야 할 침대는 오직 무덤뿐이네. 왜 자네는 부식의 안락함을 받아들이지 않나? 어쩌면 자네는 유령이 아니라 내가 만들어낸 허구의 존재일지도 모르네. 유일하게 알아보는 사람이 나뿐이라는 것이 그 증거일세. 제발 그만 괴롭히고 사라져주게나."

내 말에 베르테르는 슬픈 눈으로 내 눈을 들여다보다가 고개를 떨어뜨렸소. 그 순간 나는 잠에서 깨어났고 텅 빈 방에 혼자 있는 내 모습을 납득할 때까지 한참 동안 앉아 있어야 했소.

8월 25일

M박사는 자꾸 '망상'이라는 표현을 쓰고 있소. 내가 그자의 죽음에 죄책감과 적개심을 품었다가 파산 이후 모종의 피해의식에 사로잡혀 그를 불러냈다고 말이오. 그래서 어젯밤과 같은 꿈이 낮에도 이어진다는 말을 차마 할 수 없었소. 이따금 나는 낮에도 베르테르의 모습을 볼 때가 있는데, 이런 말을 입밖에 내놓았다가는 요양소가 아니라 정신병원에 갇힐 테니 말이오.

박사의 말과 달리 나는 어느 때보다 차분하게 내 삶을 돌이켜보고 있소. 조금씩 광기에 몸을 맡기는지도 모르나 광기를 통해 도리어 지

혜에 도달하고 있소. 광기라는 섬광을 통과하면서 내 삶을 분별할 수 있는 이성이 생겨나니 말이오.

그자가 죽음으로써 불멸의 삶을 완성한 순간 우리의 삶은 박살나버렸소. 평화로운 인생은 영원히 비틀려버렸고 어느덧 나는 냉소적인 노년을 맞이하고 있소. 당신은 생기를 잃었고, 검은 눈 속의 불꽃도 영원히 사라져버렸소. 눈 속의 불꽃이 꺼진 순간 당신의 아름다움은 인형의 아름다움처럼 텅 비어버렸고 심지어 미인이라는 인상조차 주지 않았소. 당신은 애도하는 과부가 되어버렸지. 남편이 옆에 살아있는데도! 삼십 년 넘게 당신의 충실한 보호자로 살아왔는데도 말이오. **나에게 무슨 죄가 있소? 평범하다는 죄? 그러나 열정은 나의 재능이 아니었소. 누가 그걸 책망할 수 있겠소? 내가 베르테르만큼 어리석지 않다고 해서 나의 사랑이 모자랐다고 폄훼할 수 있겠느냔 말이오.**

베르테르의 장례식을 마친 즉시 '반드시 해야 할 일의 목록'을 작성하기 시작했소. 첫 번째는 '**로테를 보호할 것**'이었소. 내가 쓴 글씨를 내려다보고 있으니 날카로운 철펜으로 심장에 새겨지는 것처럼 뜨겁고 쓰라렸소. 다른 목록은 필요치 않았소. 로테를 보호할 것, 로테를 보호할 것, 로테를 보호할 것! 치명적인 사건에서 당신을 구해내고 기어코 행복해져야 한다고 다짐하고 또 다짐했지.

나는 시골 마을을 강타한 소용돌이에서 떠나고 싶었지만 당신은 어린 동생들을 놔두고 떠날 수 없다고 고집을 부렸소. 우리는 소문을 고스란히 견디며 마치 순교자의 가족을 보는 듯한 시선 속에 살아가야 했소. 내 지인들 중에는 당신을 버리라고 충고한 이도 없지 않았소. 당신은 이미 알베르트의 아내보다 베르테르의 영원한 로테로 세상에 각인되어버렸다고 말이오! 아, 머리가 깨질 듯이 아파오는군. 이제 펜을 내려놔야겠소.

8월 30일

이따금 내가 살아 있는 것에 화가 나오. 죽은 자의 권위가 너무나 크기 때문이오. 베르테르의 우월함이 나를 열등하게 만들었는데 그가 나보다 대단한 것이라곤 자기 머리에 대고 권총을 발사한 것뿐이니.

8월 35일

이곳에서 기이한 친구를 만났소. 런던 증권가에서 일하는 금융인인데 자기 나라에서는 상당히 유능한 사람으로 알려져 있다고 합니다. 그는 일 년을 셋으로 나누어 생활하는데 반년간 일중독자로 살아간다고 하는군. 하루에 네 시간만 잠을 자고 온통 고객의 돈을 불려주는 일에 매달리는데, 그 일은 끝없는 경쟁과 압박에 시달리는 것이오.

해마다 휴가철이 오면 그는 짐을 꾸려 외국으로 떠난다오. 남들은 독신자인 그가 세계 곳곳을 여행하는 줄 알지만 실은 매년 똑같은 해변을 찾아가는 것이라오. 그곳에는 오두막이 하나 있는데, 다른 집기는 없고 오직 나무침대와 탁자 하나뿐이라고 합니다.

그는 상류층 고객이 안겨준 돈으로 최고급 마약을 잔뜩 사서 탁자 위에 쌓아놓고 온종일 약에 젖어 시간을 보내오. 마약이 가져다준 환상이 숫자를 전부 지울 때까지 말이오. 그러다 정해진 날짜가 되면 칼같이 약을 끊고 두 번째로 여행을 떠나는 거요. 바로 내가 있는 이런 요양소로.

우리는 토마토와 요구르트를 넣어 만든 주스를 사이좋게 나눠 마셨소. 토마토는 그가 직접 재배한 것이오. 밀짚모자를 쓴 그의 모습을 보면 증권중개인이나 마약쟁이 어디에도 어울리지 않는 사람 같소. 이따금 내 산책의 동행자가 되어주기도 하는데, 이렇게 셋으로 분할된 삶에 혼돈 없이 적응해왔다고 하는군.

"일 년 내내 일하다가는 파멸하고 말아요."

자신의 모순에 대해 그는 이렇게 설명했소. 치솟는 금전등록기에 매달렸다가 거꾸로 추락하고 지금 같은 휴지기를 통과해 서서히 증권가로 돌아갈 채비를 하는 것이오. 아, 인간이란 얼마나 모순과 조화를 이루며 살아가는 존재인지!

"그렇다면 당신의 삶은 증권가에 초점이 맞춰져 있는 것이오, 아니면 그후에 마약과 휴식의 시간에 초점이 맞춰져 있는 것이오? **다시 말해 어느 쪽이 천국이고 어느 쪽이 지옥이오? 어느 천국을 위해 어느 지옥을 지불하는 것이오?**"

영국인은 나뭇가지에 걸쳐놓은 수건을 물끄러미 바라보다 이렇게 말했소.

"모르겠습니다. 이런 생활을 한 지 오 년쯤 되었어요. 그동안 모든 일을 잘 해냈습니다. 압박과 해방감을 오가면서요. 어쩌면 나의 천국은 이런 횡단 속에 있는 것 같습니다. 지옥 또한 마찬가지죠. 증권가에 있을 때는 마약이 있는 오두막을 떠올립니다. 오두막에서는 내 몸이 정화되는 감각을 상상하지요. 그러나 달리 보면 주스를 마시는 순간은 결국 증권가로 돌아갈 우울함에 점령되어 있고, 증권가에서의 시간은 마약의 권태 속으로 돌아갈 시간을 비축하는 것이나 다름없습니다."

"이상한 시시포스로군. 얼마나 지속할 수 있으리라 보시오?"

"오래 버틸 수 없는 것을 잘 알고 있습니다. 저는 이제 서른여덟인데 중년이 넘어가면 건강이 이런 강도의 부조리를 당해낼 수 없겠죠. 하지만 달리 보면 나는 오 년 전에 이미 자살할 생각이었습니다. 자살 대신 마약을 했고, 마약을 끊으려고 요양소를 찾아왔지요. 이제는 일도 약도 요양소도 모두 끊을 수가 없어요. 나는 부조리에 중독되어 있지만 그 때문에 삶을 유지할 수 있었습니다. 언젠가 내 육체와 정신 모두 박살날 겁니다. 그러나 오 년 전에 자살한 것보다 지금이 낫다는 것을 압니다."

나는 스승을 바라보듯 그를 올려다보았소. 아무도 이해할 수 없는 방식으로 그는 삶을 견뎌내고 있었소. 결국 파멸할 테지만 '견뎌내는' 그의 전투적인 방식에 찬탄을 금할 수 없었소. 늙은 알베르트는 삶에 떠밀려 여기까지 왔는데, 어떤 방식도 찾아내지 못한 채 미쳐가고 있으니 말이오.

8월 45일

저번 편지에서 들려주지 않은 얘기가 있소. 내 영국인 친구가 자살을 생각하게 된 계기 말이오. 개인사에 관련된 것이라 쓰지 않았고 앞으로도 비밀을 지킬 생각이오. 다만 이 대화를 통해 나에게 방아쇠가 언제 당겨졌는지 생각해보았소. 병이 나를 허물어뜨리기 시작한 지점, 신중하고 다정한 신사였던 내가 이상해지기 시작한 시점 말이오.

돌이켜보면 로테, 당신의 편지 때문이었소. 나는 당신이 결혼을 앞둔 여동생에게 쓴 편지를 우연히 본 적이 있소. 직장을 그만두고 사업을 시작한 지 삼 년쯤이던가, 조금씩 자리가 잡혀 정신없는 와중이었지.

"……너는 단순한 사람과 살아가는 복잡한 방법을 터득하게 될 거야."

여동생이 결혼할 사람은 평판 좋은 장교로 앞날이 보장된 젊은이였소. 편지에는 당신이 삶에서 깨달은 지혜가 들어 있었는데, 감성이 맞지 않은 짝과 살아가려면 어느 정도 체념이 필요하다는 것을 일깨워주는 말이었소. 섬세한 사람이 단순한 사람에 맞춰 살아가려면 복잡한 사람과 함께일 때보다 난처한 일들이 기다리고 있다고 말이오.

단순한 사람, 그건 나를 지칭하는 말이었소. 베르테르의 그림자를 몰아내느라 당신의 피아노 연주조차 들을 새 없이 일만 하며 살아온 남편 말이오. 나는 현숙한 아내가 솜씨 좋게 가정을 꾸려나가는 것에 만족했지만 또 다른 면-베르테르적인 면에 갈증을 느끼고 있다는 것을 미처 깨닫지 못했소. 그런데 당신은 '단순한 사람과 살아가는 복잡한 방법'을 터득하라고 동생에게 조언해주고 있던 것이오.

당혹감 속에 멍하니 앉아 있다보니 오래된 질문이 되살아났소.

'베르테르가 살아 있다면, 로테가 내가 아닌 그와 결혼했더라면 행복했을까?'

나는 고개를 가로저었소. 베르테르는 모두의 마음을 끌 만큼 매력적인 젊은이였지만 지나치게 불안정한 신경줄을 가진 사람이었고 누구라도 그 줄에 걸려 넘어지지 않을 수 없으니까. 당신은 타고난 천성으로 베르테르의 현을 건드리지 않았지만 그런 남자와 평생을 해로하는 것이 수월한 일은 아닐 것이오. 그런데도 화를 누그러뜨릴 수가 없었소. 단순한 사람이 되어버린 것, 생활에만 쫓겨 살아온 내가 우회적인 비난을 받고 있는 것이 부당하게 여겨졌으니까.

그때부터 내 마음에는 얼룩이 생겨버린 것이오.

당시에는 그런 생각을 밀쳐둘 수밖에 없었소. 존재하지 않는 연적을 신경쓰기에는 할 일들이 산더미 같았으니까. 나는 서류가 쌓인 마호가니 책상으로 돌아갔소. 훗날 그 얼룩이 베르테르의 모습이 되어 내 앞에 나타날 줄도 모른 채.

8월 57일

K에게 고맙다는 인사를 전해주시오. 그의 우정이 아니었다면 우리는 하나 남은 저택마저 지키지 못했을 것이오. K는 당신이 요양원의 경비를 대기 위해 가구들을 처분하고 있다는 사실을 편지로 알려주었소. 비난을 삼가는 말투였지만 아내가 이렇게 고충을 겪고 있으니 얼른 건강을 회복하라고 덧붙였소.

몹시 부끄러웠소. 모두를 지켜주던 알베르트가 모두를 걱정시키는 존재가 되어버렸으니 말이오. 이제부터 의사의 말도 잘 듣고 처방해준 약도 꼬박꼬박 먹겠소. 솔직히 말하자면 지난 몇 주 동안 약을 전혀 먹지 않고 망상과 싸워보려는 헛된 시도를 했소. 빈집에 혼자 남겨진 당신을 생각하니 마음이 찢어지는구려. 여보, 제발 부탁이니 피아노만은 처분하지 말아요. 그건 당신의 영혼이나 다름없으니까. 이제부터 치료에 전념하겠다고 맹세하겠소. 당신이 자랑스러워하던 알베르트로 돌아가기 위해서 말이오.

8월 59일

그저 좁은 생의 테두리 안에 하루하루 살아가면서 별다른 생각도

하지 않는 자들이 너무나 부럽소. 산책 중에 어부를 만났는데 그는 방금 잡은 여덟 마리의 생선을 팔기 위해 오는 길이었소. '좋은 놈들이죠. 알이 꽉 차 있는 게 아주 맛있을 겁니다.' 그는 벙싯 웃으며 60센티미터쯤 돼 보이는 생선을 들어 올렸소. 기다란 은색 물고기들은 여덟 자루의 장검처럼 보였는데 얼마나 멋지던지 초로의 노인을 단번에 청년처럼 보이게 하더군.

마음이 왜 이렇게 불안한지 모르겠소. 나는 고양이에게도 질투를 느끼고 있소. 지금 내 발치에는 치즈색 줄무늬를 가진 고양이가 한 마리 있는데, 놈은 내가 괴로운 생각에 몰두하는 동안 자기의 예쁜 털을 고르고만 있다오. 눈을 마주치자 가슴에 난 하얀 털을 뽐내듯이 내밀며 다가왔소. 마음의 평화만 누릴 수 있다면 이대로 고양이가 되어버려도 상관없다는 생각이 들었소.

8월 66일

어제는 살아 있으면 열아홉이 되었을 우리 아들의 기일이었소. 당신은 나를 자극하지 않으려 말없이 지나갔지만 검은 상복을 입고 무덤에 앉아 있을 당신의 모습이 눈에 선하오. 내 아들이 있다면 지금의 내가 요양소에 있지 않을 거라는 생각을 떨칠 수가 없소.

내 두 번째 발작이 하인리히의 기일에 벌어진 것, 그래서 당신과 내가 함께 있지 못하고 떨어져 지내야 하는 것은 모두 유령 때문이오.

그날 나는 휴지 조각이 된 수십 장의 채권과 어음에 둘러싸여 있었소. 며칠째 잠을 못 잤지만 내색하지 않은 채 식탁에 앉았소. 내가 스프를 한 숟가락 뜨고 고개를 들어보니 맞은편에서 베르테르가 나를 뚫어져라 쳐다보더군.

내가 소리를 지른 건 옆에 있던 어린아이의 얼굴을 확인한 후요. 여보, 놀라지 마시오. 그자 옆에는 하인리히가 있었소! 네 살 때 죽은 우리 아들이 피를 뚝뚝 흘리는 베르테르의 옆에 서 있더란 말이오.

순간 하인리히가 내 아이가 아니라 베르테르의 아이처럼 느껴졌소. 그애는 죽은 자이고 무덤 속 존재라는 점에서 땅 위의 나보다 베르테르에 가깝기 때문이오. 그자가 내 아이를 데려간 거라는 확신이 뇌우처럼 머리를 쳤소. 나는 내 아들을 뺏긴 거요! 어느 아버지가 자식을 뺏기는 것을 방관할 수 있겠소? 당신이 착란이라고 한 발작은 그 때문에 벌어진 거요. 벌떡 일어나 소리를 질렀지. 꺼져버리라고, 무덤 속으로 사라지라고 말이오.

"그이는 많은 업무에 혹사당했어요."

당신은 의사에게 이렇게 변명했지. 내가 무리한 것은 사실이오. 그러나 나는 내 의무를 기쁘게 받아들였소. 나에게 의무는 명예를 의미했으니까.

당신은 내가 자신보다 더 베르테르를 잊지 못하는 것 같다고 말했지. '나는 다 잊었어요. 그 불행한 청년을 기억하기보다 우리 둘만 생각하기로 해요.' 당신은 눈물을 글썽이며 이렇게 내 손을 잡아주었소.

그러나 당신은 베르테르를 결코 잊은 적이 없소. 당신이 내 아이의 무덤에 갈 때마다 또 다른 누군가를 추모하고 있다는 것을 똑똑히 알고 있소. 가엾은 하인리히! 그 아이가 살아 있었다면 괴로운 망상에서 나를 구해줄 텐데. 이 글을 쓰는 동안에도 나는 당신의 손에 두 개의 꽃다발이 들려 있을 거라는 의심을 멈출 수가 없다오……

8월 70일

〈알베르트여. 절대적인 것을 질투하는 가엾은 영혼, 로테에게 다른 상자가 생겼으며 거기에 네가 들어갈 곳이 전혀 없다. 사랑을 차지했으되 절대적인 우정을 누릴 수 없다는 것—유령에게 아내를 뺏긴 비참한 남편이 바로 너다.

베르테르의 신화가 희미해진 다음에도 로테는 우정의 충성스러운 계약에서 놓여나지 못했다. 추억과 싸우는 남자가 조잡한 감정을 밀어낼 수 없는 것은 당연한 일 아니냐. 그는 가상의 인물을 질투해야 하는데 그 인물은 로테의 추억 속에나 들어 있으니 말이다. 살아 있는 베르테르의 심장을 찌를 수 있다면 얼마나 좋을까. 나처럼 그의 자살을 안타까워하는 사람도 없을 것이다. **로테여, 베르테르여, 내 영혼을 괴롭히는 두 쌍둥이여, 악마의 어깨에 솟은 두 날개처럼 나를 감싸 뼈를 으스러뜨리는 그대들. 날마다 새로 태어나는 증오여! 나는 늙어가는데 너는 왜 점점 푸르러져 가는 것인가!** 제발 로테, 베르테르를 추모하던 그 입술로 네게 키스하지 마시오. 당신이 슬프고 하얀 알몸에 들어갈 때마다 나는 조용한 비난을 듣소. 내가 육체적이고 사실적인 존재일수록 그가 불멸의 존재로 되살아나며, 나의 육체성이야말로 그의 불멸성을 도드라지게 한다는 것을 알고 있소. 당신의 부드럽고 따뜻한 손길이, 일상의 평화를 능숙하게 빚어내는 그 손길이 사실은 보이지 않는 세계를 더듬고 있음을 내가 모를 줄 아시오? 시간이 갈수록 당신의 입술은 키스보다 애도에 어울리는 모습으로 변해버렸소. 당신은 베르테르가 죽은 후에야 그를 온전하게 사랑하기 시작했으면서도 충직한 아내 역할을 멈추지 않았소. 왜 나를 당신과 베르테르에게서 해방시켜주지 않았던 거요? 당신이 나를 버리지 않는 한 나는 당신을 버릴 수 없다는 것을 잘 알면서! **나를 현실의 인질로 삼으면서 고상한 슬픔을 마음껏 누리기 바란 것이 아니요? 그것이 당신의 죄요! 천사의 죄. 산 자와 죽은 자 모두에게 관대하기 때문에 모두를 끔찍하게 만드는 죄……〉**

8월 86일

도저히 참을 수 없어 당신을 미워했더니 활력을 되찾았소. 당신을 미워하기로 작정하자 새장에 갇힌 새가 풀려나듯 증오가 날개를 펼치기 시작했소. 자유는 나를 정직하게 만들어주었고 적어도 내 영혼과의 괴리를 좁혀주었소. 더 이상 도덕이나 의무감으로 자신을 구타하지 않기로 결심했소. 두통과 위경련이 거짓말처럼 사라지더군. **그녀를 미워해!** 이렇게 입밖으로 말해보았소. 그러자 오래전 내 심장에 철필로 그어진 글씨, '로테를 보호할 것'이라고 깊이 새겨진 글씨가 툭 끊어지면서 당신을 처음 만날 때처럼 두근거리기 시작했소. 마음이 온통 설렜는데, 왜 사랑과 증오의 시작이 똑같은 반응을 불러일으키는지 도저히 알 수가 없구려.

당신을 미워하는 것은 내 인생을 거꾸로 세운 것이나 다름없소. 당신을 사랑하고―어떻게 사랑하지 않을 수 있겠소?―그 사랑을 지키는 데 지금까지의 인생을 써왔는데 이제는 뒤돌아서서 증오의 말을 읊조리고 있으니 말이오. 나는 사랑을 고백하려고 뛰쳐나가는 젊은이처럼 문을 열고 정원으로 나갔소.

자정이 넘은 시간이었고 정원에는 달빛 외에 아무것도 없었소. 호수에 반사된 달빛 때문에 사방이 기이하리만치 밝았는데 불현듯 다른 말이 밀려나왔소.

'로테도 나를 미워해.'

그렇게 중얼거리자 무의식 중에 알고 있던 진실을 발설한 느낌이었소. 견딜 수 없이 마음이 되었고 두 눈에서 굵은 눈물이 흘러나오기 시작했소. 나는 호수가 내려다보이는 언덕에 서 있었는데 거기에는 오직 하나의 문장으로 된 바람이 불어왔소. **우리는 서로를 증오한다, 우리는 서로를 증오한다**······ 내 전부를 온통 황폐하게 만드는 한 문장의 바람이 불 때마다 심장이 할퀴어지는 것 같았소.

8월 99일

마음의 얼룩이 베르테르의 모습으로 자란 이후 나는 줄곧 당신을 관찰해왔던 것 같소. 완벽한 현모양처인 당신의 모습에서 증오스러운 티끌을 찾아내기에 혈안이 돼 있었지. 당신이 나를 사랑하지 않고 베르테르를 그리워하고 지낸다는 가설은 야릇한 만족감을 주었고 이상하게 설득력이 있었소. 때때로 이런 생각이 강해져서 당신이 아침마다 주는 과일주스에 독이 든 게 아닐까 의심하기도 했소. 망상이 너무 선명해서 오히려 그 속에 독이 들지 않은 게 의아한 적도 있었지······ 날마다 독이 든 요리를 삼키는 심정으로 당신이 주는 음식을 먹었소. 물론 나는 죽지 않았소. 그날의 증오가 새로 태어날 뿐이었지.

8월 120일

당신의 평온함은 정말 소름이 끼치오. 내가 이토록 분노를 감추지 않는데 당신은 한결같이 다정하게 나를 대했소. 당신이 머물렀던 지난 열흘간 나는 당신이 얼마나 대단한 사람인지를 새삼 깨달았소.

침몰하는 배 속에서도 침착한 몸가짐을 잃지 않는 단 하나의 숙녀가 있다면 그건 로테, 바로 당신일 것이오. 당신은 어떤 비극에서도, 죽은 베르테르나 산 알베르트의 심술 속에서도 꿋꿋하게 자신의 균형을 지켜내고 있소. 가냘픈 몸 어딘가에 무시무시한 납덩이로 된 추가 달려 있어서 체면을 지킬 수 있는 모양이오. 모든 사람들이 찬미해 마지않는 기품 있는 모습 그대로 말이오.

베르테르는 당신의 자연스러운 평안함을 예찬했지만 내가 보기에 당신의 가장 큰 특징은 바로 그 **무자비한 균형감각**이오. 어떤 사람들은 바위로 만들어진 내장을 가지고 태어난다고 하는데 로테, 당신이 바로 그런 사람이오. 당신의 다정함이 나를 더 미치게 만든다는 것을 왜 모르시오? 당신은 당신 자신으로 존재하면서도 세상과 위화감 없이 섞일 수 있는 영혼이오. 나나 베르테르하곤 완전히 다른 성분으로 만들어졌지. 이것이 비난인지 찬사인지 잘 생각해보시오.

8월 131일

날씨가 추워지면서 물결이 빛을 잃기 시작하는군. 호수의 아름다운 피부가 점점 창백해지는 것을 나는 애달픈 마음으로 바라보고 있소. 이곳은 지대가 높아서인지 햇빛이 대지에 더 가까이 내리쬐는 것 같소.

당신은 내가 점점 베르테르화되어간다고 했는데, 그건 그렇지 않소. 분명 그의 죽음이 현재의 나를 이루는 데 큰 영향을 끼친 것은 사실이오. 그러나 나는 베르테르에 융해된 것이 아니라 나라는 세계 안에 베르테르적인 요소를 차용하고 있소. 베르테르는 사랑에서 생의 의미를 발견했지만 나는 증오로 인해 자유로워졌소. 게다가 나는 이루지 못한 사랑 때문에 목숨을 끊은 젊은이가 아니라 성공과 파산, 전성기와 쇠퇴기를 통과한 노년의 남자요. 나는 베르테르가 가보지 못한 '처지'와 '감정'을 수도 없이 통과했는데, 이제 그것들을 분별하기 시작했고 그 가운데 죽은 형제의 영향을 발견한 것뿐이오.

맙소사, 내가 형제라고 했소? 정말 미쳐가는 모양이군. 베르테르를 형제라고 부르다니! 내 인생이 나락으로 떨어지는 것 같소. 고통으로 갈라진 심장 한쪽이 툭 주저앉을 것만 같아서 나는 숨조차 크게 쉬지 못하고 있소. 여보, 나는 걸핏하면 울고 있다오. 우리 요양소에는 희귀한 병을 앓는 이가 있소. 원래는 다른 병을 앓았는데 합병증이 생겨 침이나 땀, 눈물 같은 몸의 물기가 말라버렸다고 하는구려. 요새 같아서는 그처럼 부러운 자가 없소. 걸핏하면 눈물이 흘러나오는 이 수치심을 면할 수 있다면 내게도 그런 병이 생겼으면 좋겠소.

8월 136일

K가 우리에게 저지른 짓이 내 귀에도 들어왔소. 우리의 저택이 그의 수중에 넘어갔고 당신의 노후는 이제 친지들의 호의에만 전적으로 의탁해야 한다는 것, 나 또한 궁핍 속에서 죽음을 맞이해야 한다는 것도 잘 알고 있소. 그러나 생활이라는 나의 복무기간은 지나갔소. 나는 재산에 연연하지 않소.

8월 145일

나는 나의 새로운 유배지가 마음에 드오. 방은 작아졌지만 정신은 어느 때보다 넓은 평야를 활보하기 때문이오. 이곳에 오기 전에 나는 오직 증오라는 열정에만 사로잡혀 있었소. 그런데 이 오각형의 방—한쪽 벽이 비스듬한 채로 창문을 내고 있어 각이 하나 더 있소—에 와서야 비로소 **나의 증오가 완성**되었소. 정확히 말하자면 증오가 가져다준 깨달음을 완성시켰다는 뜻이오. 마침내 나는 나를 발명하기 시작한 것이오!

이시스가 세계를 돌아다니며 오시리스의 조각을 찾아내 부활시켰듯이 내게도 그런 기적이 일어나는 중이오. 우울한 감정 대신 평온이 도래하고 있소. 비록 이 평온이 약물의 힘인지, 어느 때보다 고양된 나의 정신력 때문인지 알 수 없지만 말이오.

이곳에는 호수가 없지만 대신 연못이 있어서 나는 매일같이 연못을 보러 간다오. 연못이 말을 거는 방식은 매일 달라서 나는 이 대화를 진심으로 즐기고 있소. 노래를 부르고 싶을 때는 특히 더 반짝반짝 빛나는 듯하오. 구름의 그림자를 빌려 진지한 대화를 청할 때도 있소. 마치 '지금부터 내가 하는 말에 귀 기울여주게'라고 말하듯 수면을 회색빛 고체처럼 위장하면서 말이오. 그렇게 진지한 회색빛이 되면 항상 놀라운 이야기를 들려준다오.

연못의 언어는 번역할 수 없는 '감정어'라서 당신에게 전달할 길이 없구려. 지금은 물결의 고랑을 늙은 현자의 주름살처럼 들여다보고 있소. 나의 고해가 지루하게 길어져도 연못은 참을성 있게 들어준다오. 그리고 그가 무슨 대답을 하건 나는 결국 위로를 받소.

8월 160일

〈베르테르는 로테라는 독을 마시고 죽었다. 기꺼이 죽었다. 독인 줄 알면서도 거부하지 않았다. 그는 스스로 사랑이라는 종교를 만들어 헌신했고, 순교했다. 자신에게 벌어진 일에 놀라워하면서도 모든 일에 공을 들여 완수했다. 푸른 연미복과 노란 조끼는 그의 사제복인 셈이다. **스스로 종교를 만들어 순교해버리는 사람들은 대체 어떤 사람들인가?** 그들은 누구와도 나눠 가질 수 없는 성전을 만들어 놓고 고집스럽게 머무르려 한다. 나는 그들의 마음을 도저히 헤아릴 수 없는 채로 경이로움을 느낀다. 아무리 어리석어 보이는 열정이어도 말이다.

그들은 대체로 어리석어 보인다. 타인은 이해할 수 없는 열정에 사로잡혀 모든 것을 잃어가면서도 자신을 설명하려 들지 않으니 말이다…… 그들은 행동만 할 뿐 스스로를 변명하지 않는다. 그들은 이해받을 생각도 없고, 그게 가능하다고 여기지도 않는다…… 자기가 만들었으나 벗어날 수 없는 열정, 너무나 인간적인 열정으로 인해 죽었다. 아니다, 인간적이라는 수사가 이 대목에 어울리는 것일까? 이 초극적인 의지를 차라리 신적이라 불러야 마땅한 것 아닌가?

우리가 '인간적'이라 칭하는 부분은 어쩌면 '신적인' 요소를 가리키는 것인데, 왜 인간적이라고 할까? 대부분의 인간이 신성을 생활에 맡겨버리고 짐승이 되기로 투항했기 때문인가? **아니면 신성한 삶이란 결국 인간이 감당할 수 없는 것이고, 그것을 인지하는 순간부터 죽음을 향한 여정이 시작되었음을 감지하기 때문일까? 자기라는 종교의 사제들, 그들이 순교자가 될 수밖에 없는 이유는 여기에 있는 것이 아닌가?**

베르테르의 마지막 여정에 신은 초대받지 않았다. 스스로 신성해진 사람에게 절대자는 필요 없다. 어쩌면 신이란 스스로 신성해질 수 없는 평범한 사람들이 섭취하는 당분일지도 모른다.〉

8월 174일

P에게서 흥미로운 얘기를 들었소. 그는 정신이상으로 감옥에서 풀려난 자인데 부모의 수완 덕에 이 병원으로 옮겨왔소. 이 청년은 환자들을 모아놓고 자기의 무용담을 떠벌리는 것을 즐거움으로 삼고 있소. 그중 살인용의자들이 수감된 감방 이야기가 특히 내 주의를 끌었소.

"……그들이 유죄인지 무죄인지는 하룻밤만 함께 지내보면 알 수 있습니다. 판사도 필요 없죠. 아주 간단해요. 밤에 잘 자는 사람은 무죄인거고, 아닌 사람은 유죄인 거예요."

살인자들은 꿈속에 자기가 죽인 사람들이 나오기 때문에 뒤척이거나 끙끙대면서 잠을 잘 못 이룬다는 것이오. 반면에 죄책감을 느낄 필요가 없는 사람들은 얌전하게 잘 잔다고 하더군.

"당신은 잘 자는 쪽이었소?"

"물론입니다."

그는 비열하게 웃었소. 살인자처럼 웃었소. 그래서 나는 그가 괴로운 꿈에 시달린다는 사실을 알 수 있었소. 죄와 악몽에 찢겨 정신도 갈라졌을 테지.

만약 내가 그 감방에 갇힌다면 어떨지 상상해보았소. 내 손에 피를 묻힌 적은 없지만 나는 밤마다 당신과 베르테르를 죽이는 꿈을 꾸곤

하니까. 죽은 자를 다시 죽일 수는 없기에 내 욕망은 결국 당신을 살해하고 싶다는 것이오. 생각이 그에 미치자 나는 짓지 않은 죄가 두려워 밤새도록 잠을 이룰 수 없었소.

8월 189일

오늘 영국인 친구의 부고가 전해졌소. 그가 증권가의 소란이나 마약이 가득한 오두막이 아닌 평화로운 호숫가에서 생을 마친 것은 참으로 다행이오. 그에게 안식이 있기를.

8월 204일

생각해보니 나는 내 해방된 상태가 나쁘지 않소. **베르테르가 죽던 날 나는 두 번째로 태어난 것이나 다름없소. 그의 죽음이 나를 일깨우기 전까지 그저 '반드시 해야 할 일들의 목록'이나 불과했지. 그런데 베르테르가 나에게 부어준 영성으로 인해 새로운 생에 눈을 떴으며 '목록들'을 모조리 소각한 끝에 하나의 계명을 얻었소. 자기 생을 충실하게 추구할 것! 이것이야말로 반드시 지녀야 할 첫째가는 덕목이오.**

전에 만든 목록이란 게 얼마나 우스운지, 고작해야 먹고 마시며 나와는 상관도 없는 일로만 시간을 채웠으니 말이오. 마침내 나는 '목록들'이 아니라 '단일한 인간'으로 건너가는 중이오. 목록이 나를 분해하지 못하게 하면 점점 더 본질에 다가갈 수 있을 것이오.

한편으로 이런 생각들은 나의 등을 반으로 쪼갤 듯 무겁게 만들고 있소. 그러나 아무리 무거워도 나는 고뇌라는 추를 덜어내지 않을 것이오. 육체가 부서지고, 평판이 사라지고, 재산이 바닥나고, 당신의 사랑마저 잃어버린다 해도 이 고통을 절대로 내줄 수 없소.

당신은 살인이 자살을 막아준다는 가설을 들은 적이 있소? 그렇다면 반대의 가설, **자살이 살인을 막아준다는 가설** 또한 성립할 것이오. 베르테르는 나를 죽이고 싶어했소, 하지만 대신 자신을 죽였소. 알베르트를 죽일 수 없다는 사실에 좌절해 자살한 거요. 감당할 수 없는 사랑, 지속할 수 없는 사랑에 괴로워하다가 마침내 죽음으로써 최종 한계를 드러냈소. 그러면 나는? 감당할 수 없는 증오, 지속할 수 없는 증오에 시달리고 있소.

당신을 죽일지도 모른다는 것, 이 생각의 언저리만 가도 극도의 흥분상태에 빠져버리고 온몸이 부들부들 떨리오. 그러나 치명적인 공포를 견디면서 한편으로 매혹되는 나 자신을 발견하고 또다시 지옥 속에 빨려들어가고 있소. **이것은 생각이 아니라 색깔이오!** 모욕의 노란색, 천박한 주황색, 더러운 보라색과 오만한 푸른색, 그리고 붉은색, 검붉은색이 나를 칭칭 감고 있소. 내 몸에 암적색의 물집이 생겨나는 것도 무리가 아니오……

8월 215일

나는 인간세상에서 쫓겨나 시인이 되었고 병과 고독만을 벗으로 받아들이고 있소. 병원의 빈 벽, 오각형의 방, 다섯 장의 종이가 내게 주어져 있소. 밤마다 등에서 척추를 뽑아 착란이라는 잉크에 담가두었다가 나 자신이라는 시를 쓴다오.

이런 시간을 보내고 나면 전능과 파멸감이 동시에 밀려들어 낮의 나를 붕괴시켜버리는데, 사람들은 내가 어떤 밤을 보내는지 모르니 환자로 취급하는 것이오. 병원 사람 모두가 나를 비웃지만 그래도 나는 개의치 않소.

8월 240일

D목사가 찾아와 나의 고뇌를 신에게 맡기는 것이 어떠냐고 했소. 말하자면 새로운 편견으로 개종하라는 뜻인데 나는 오트밀 스프를 그에게 부어버리는 것으로 대답했소.

'미친 사람만이 비극을 피할 수 있다.' 이 말이 『리어왕』에 나왔던가? 아마 이 문장은 제정신으로 살아가는 사람 모두가 불행해지는 세계를 설명하려고 한 것 같소. 그러나 나는 완전히 다른 맥락으로 이 문장의 진실성을 파악하고 있소. 제정신인 사람들은 전부 비극적이오! 그들은 제정신으로 살아가느라 자신이 어떤 성분으로 되어 있는지 끝내 모를 테니까. 나는 미쳤기 때문에 이 사실을 똑똑히 알고 있소.

8월 256일

광기에 몸을 맡겨 자유의 길이 열릴 때마다 모종의 무한을 체험하고 있었소. 내 자신이 뾰족한 첨탑이 되어 하늘을 뚫고 나가는 것 같은 해방감이 나에게 생기를 주고 있소. 이 생기 속에서 나는 죽을 운명의 인간이라는 것도 잊을 수 있고, 내 삶의 고약한 우연성과 그로 인한 비참함도 받아들일 수 있소.

그러나 담당의사의 견해는 완전히 다른 것 같소. 내가 성찰이라고 생각하는 것들은 그는 담즙과 신경회로의 부산물로 보고 있소. 의사가 '얌전해지는 약물'을 처방할수록 나는 축소되어 도로 비참함의 동굴 속으로 끌려갈 수밖에 없소. 거기에는 망각과 무기력밖에 없는데 그건 겨우 찾은 내 평화를 완전히 배반하는 것이라오.

'어떤 점에서 병은 유기적인 분해다'라는 말을 읽었소. 이 말에 철저하게 공감하오. 겨우 찾아낸 영혼의 집에서 안식을 취하고 있는 나에게 안개가 스며들어 평화로운 집의 지붕을 하나하나 뜯어내고 있다오. 때때로 시간이 얼마나 흘렀는지, 어제 내가 무얼 하고 보냈는지 전혀 기억이 나지 않소. 부연 안개가 겨우 맞춰 온 나를 또다시 해체하는 것이오.

내가 처치 곤란한 흥분에 곧잘 빠진다는 것, 공격적인 행동을 보인다는 것, 알 수 없는 말을 한다는 이유로 의사는 점점 약물의 양을 늘려가고 있소. 의사는 내가 약에 적응되는 중이라고 하지만, 그가 나를 고문대 위에 눕히고 싶어하는 것을 나는 알고 있소.

8월 300일

최종적인 생각에 도달하려 애를 쓰고 있소. 최종적인 생각, 내 운명에 대한 의미 말이오. 명징한 이성을 유지할 수 있는 시간이 갈수록 짧아지기 때문에 있는 힘을 다하지 않으면 생각을 아퀴 지을 수 없소.

'목록들'일 때 나는 존경받는 삶이 목적이었소. 좋은 평판과 행복한 가정으로 이루어진 남들이 다 꾸는 꿈이었지. 그러다 베르테르를 만나 고통이 생겨났고, 파산과 병을 얻어 진실에 눈을 떴소. **증오한다고 생각한 베르테르에게는 형제애를 느끼고, 사랑한다고 생각한 당신에게**

는 증오를 느낀다는 사실이 처음에는 몹시 당황스러웠소. 따지고 보면 이 증오는 유령과 짝 지워진 여자를 아내로 맞아야 하는 내 운명에 대한 적개심이었소.

그런데, 나에게는 하나가 더 있었소. 나는 내 인생을 똑똑히 들여다보고 내가 어떤 사람인지 알게 됐다는 것이오! 평판이나 운명을 신경 쓰지 않고 온전한 나 자신이기를 강력히 원하는 인간 말이오. 이 생각이, 적어도 자신이 누군지는 알고 죽는다는 생각이 마지막으로 용기를 불어넣어주고 있소. 인간에게 유일하게 힘을 주는 것은 근원적이고 본질적인 자신의 모습을 깨닫는 것이기 때문이오. **더 이상 나는 파괴될 것이 없소.**

12월 20일

반쯤 잠이 든 사람이 자기 꿈을 조종하는 경우를 아시오? 나는 증오나 의심 같은 것이 나를 일깨워주기 전에 꾸던 꿈에서, 새로운 꿈으로 이행해가는 중이 아닌가 싶소. 이 꿈은 행복도 없이 지옥만 펼쳐지지만 그래도 벌거벗은 나의 생 자체로 움직이고 있소. 그러나 나는 이 또한 꿈이 아닌가 하는 새로운 의심을 하지 않을 수 없다오.

편집자가 독자에게

알베르트의 메모는 여기서 끝이 났다. 존재하지 않는 날짜 속에 그의 마음은 고통스러운 생각 속에서 또 다른 고통으로 넘어가는 방법 밖에는 몰랐다. 그는 우울하고 아픈 환자가 되어 망상과 피해의식에 사로잡혔고 누구도 거기에서 그를 꺼내줄 수 없었다.

사업 실패가 그에게 돌이킬 수 없는 좌절감을 준 것은 사실이다. 자존심이 강한 알베르트는 지인의 도움도 거절한 채 한동안 틀어박혀 은둔의 시간을 보냈다. 사람들은 그가 실패를 딛고 원래의 자리로 돌아올 것이라 예상했으나 두 번 다시 예전의 삶으로 넘어오지 않았다. 알베르트는 파산 후 칠 년을 더 살았고 그중 삼 년을 요양소에서 보냈다.

발병 초기에 그는 걸핏하면 과도하고 부적절한 감정을 드러내어 주변을 난처하게 만들었고 환상과 현실을 구분하지 못해 결국 요양소로 보내졌다. 그는 아내가 자신이 아닌 베르테르를 사랑했을 거라는 그릇된 결론에 집착했다. 그러면서도 아내를 향한 자신의 증오심에 공포를 느꼈다. 결국 병세는 호전되지 않았다.

생의 마지막 날들에 알베르트는 신경증과 긴장증을 완화시켜줄 약물을 처방받았는데, 이것이 그에게 강한 반발심을 불러왔던 것 같다.

그의 최후에 대한 진실을 알 수 있기에 여기에 유서를 끼워넣는다.

나는 죽음을 택하려 하오. 결정은 내려졌소. 추상적인 흥분은 끝내고 행동을 하려 하오. 오랫동안 나의 피는 사랑 대신 증오에만 끓어올랐으나, 이제 나도 나의 신앙을 갖겠소. 당신이 이 편지를 볼 때쯤 나는 사냥당한 짐승 꼴이 되어 있을 것이오.

로테, 가엾은 나의 아내여. 당신은 두 번 과부가 될 운명을 지녔구려. 신은 당신에게 아름다움과 온기 모두를 주었는데 그 대가로 사랑하는 사람을 계속 잃게 되고 말았소. 이 말을 쓰는 동안 가슴이 찢어질 것 같지만, 한편으로 당신이 나로 인해서도 괴로울 생각을 하니 말할 수 없이 기쁘오.

지난 세월 동안 당신은 베르테르를 위해 깨진 항아리를 눈물로 채웠소. 그를 향한 애도는 마르는 법이 없었지만 **마지막 눈물**만은 나의 것이오. **베르테르와 나는 당신의 사랑을 차지하기 위해 비극적으로 연결되어 있다고 생각했는데, 이제 보니 로테의 사랑이 아니라 눈물을 차지하기 위한 기나긴 전투였군요······**

얼마 전부터 나는 하나의 이미지에 사로잡혀 있었소. 그것은 푸른 연미복에 노란 조끼를 입은 베르테르가 자신의 권총을 내게 건네주는 장면이었소. 이것이 꿈에서 본 장면인지 그저 환상인지 나로선 구분할 길이 없소. 수년간 유령과 함께하면서 현실과 비현실의 농도가 비슷해져버렸으니까. 나는 베르테르의 권총을 받아들이기로 결심했소.

인간은 제 나름의 방식으로 이기적인데, 그 이기심이야말로 그의 본질이며 정체성을 이루는 것이오. 베르테르는 숭고한 이기심 때문에 죽었고 당신은 바로 그 이기심 때문에 흔들리지 않는 인생을 살아나갔소. 나도 내 이기심으로 완결된 내 평화를 지키고 무의미와 싸우려 하오.

낙원을 추구하는 자들은 부지불식간에 지옥을 만들어내는 법이오. 반대로 지옥에 오래 기거한 나는 모르는 사이에 낙원을 주물럭거리고 있더군. 내가 죽음의 카드를 뺴든 것은 이것이 천국을 고정시키는 유일한 패이기 때문이오.

자신을 증명하는 일이 대단히 복잡하고 보기 싫을 수도 있소. 그러나 마침내 나도 나라는 종교를 갖게 되었소. 이 종교의 사제들은 반드시 죽을 수밖에 없는 운명이라오.

로테, 잘 있어요. 숭배하고 증오하던 나의 아내여, 언젠가 당신을 만나면 저 빛나는 연못의 말을 들려주고 싶소. 이 희망만이 무덤으로 향하는 나의 발걸음을 가볍게 해주고 있다오.

　이제 모든 작별들과 작별할 시간이오. 부디 안녕히.

　푸른 연미복에 노란 조끼를 입고 죽은 베르테르와 달리 알베르트는 어떤 죽음의 제복도 입지 않았다. 실내복은 단정하게 개켜 발치에 놓았고, 창문은 모두 닫혀 있었다. 알몸의 그는 뼈만 남아 앙상했고 청록색으로 변한 눈과 입은 반쯤 열려 있었다.

　약병에 적힌 날짜로 보아 그가 독약을 준비한 것은 요양소에 입소하기 이전이었던 듯하다. 그가 이 오래된 단검을 곧바로 찔러넣지 않은 것은 영원히 여름에 고정시켜버린 삼백 일 동안 써내려간 편지 때문이었다. 무슨 연유에서인지 마지막 날짜만은 8월을 벗어났는데, 이 날짜는 베르테르의 일기장에 기록된 마지막 날짜와 일치한다. 죽음에서까지 베르테르와 대구를 이루고 싶었던 것일까.

　알베르트는 죽은 아들 옆에 묻혔다.* 인부들이 시신의 운구를 메고 갔으며 성직자는 한 사람도 동행하지 않았다. ●

* 괴테의 소설 『젊은 베르테르의 슬픔』의 마지막 문장에서 빌려왔다.

제 8 회
김유정문학상
수상 후보작

김숨

초야

<u>김숨</u>

1997년 대전일보신춘문예, 1998년 문학동네신인문학상을 받으며 등단했다. 소설집 『투견』
『침대』 『간과 쓸개』 『국수』, 장편소설 『백치들』 『철』 『나의 아름다운 죄인들』 『물』 『노란 개를
버리러』 『여인들과 진화하는 적들』이 있다. 허균문학상, 현대문학상, 대산문학상을 수상했다.

"첫날밤을 잘 치르시려나 모르겠네."

저 목소리는 태근인가, 만근인가.

"별걱정을 다 하네, 어련히 알아서 치르실까봐."

그럼 저 목소리는? 그녀와 사촌지간인 태근과 만근은 친형제로, 목소리가 비슷해 번번이 화숙을 혼란스럽게 했다. 일껏 태근과 통화하다 만근으로 착각하고 만근 처의 안부를 물은 적도 있었다. "누님, 나 만근이에요." 생김새 또한 빼쏜 두 형제는 느물느물한 성격마저 닮아 있었다. 칠팔 년 전 의기투합해 경기도 안양 쪽에서 정육점을 크게 차렸다 말아먹은 뒤로, 자신들이 한 어머니에게서 난 혈육이라는 명백한 사실을 까맣게 망각했는지 철천지원수가 되었다. 정육점 개업식 때 그녀도 인사차 다녀왔었다. 도축한 돼지를 허공에 대롱대롱 매달아놓고, 그 아래에서 또 다른 돼지의 살을 바르고 있는 형제를 구경하면서, 그녀는 생뚱맞게 설움 같은 것이 복받치는 것을 느꼈다. 식도를 타고 구기처럼 치미는 감정을 억누르려 시루떡을 한 뭉텅이 입에 넣고 우물

우물 씹었다. 삼거리에 자리한 정육점 안으로 소슬바람이 들이쳐 허공에 매달아놓은 돼지가 미미하지만 율동감 있게 흔들릴 때마다, 그것이 드리우는 그림자가 덩달아 흔들렸다. 개업식 손님들은 그 그림자 속에서 시루떡과 수육과 수박과 홍어회무침을 먹었다.

"엄동설한에 첫날밤 치르시게 생겼네."

목구멍에서부터 억눌려 나오는 그것은 해근의 목소리였다.

"삼복더위보다야 훨씬 낫지. 삼복더위에 끌어안고 있으면 땀띠밖에 더 나겠어?"

저 목소리는 옥근인가? 첫날밤이라니…… 도무지 뜬금없고 의아해 그녀는 줄곧 감고 있던 눈을 떴다. 미꾸리 지느러미만큼밖에 떠지지 않는 그녀의 눈으로 햇빛이 부시게, 검은자위를 탈색시킬 기세로 들이쳤다. 서서히 벌어지는 그녀의 시야에 시나브로 황기밭이 펼쳐졌다. 대여섯 살 아이만 한 황기들이 흡사 숨을 거두기 직전의 살이 가파르게 내린 아버지의 육신 같아서 기껏 뜬 눈을 도로 꾹 감았다, 약간의 시차를 두었다 떴다.

멀리, 황기밭 너머를 더듬는 그녀의 시야에 누른 무덤이 들어왔다. 무릎처럼 두두룩이 올라온 곳에 자리한 무덤을 굴착기가 한창 파헤치고 있었다. 그제야 왜들 저리 첫날밤 운운하는지 뒤미처 이해되어 그녀는 논산 어머니를 흘끗 쳐다보았다. 논산 어머니는 무청시래기 같은 스카프로 목을 조르듯 감고 쥐색 카디건에 인 보푸라기를 하염없이, 족히 두 시간은 내달린 영구차가 마침내 서는 줄도 모르고 쥐어뜯고 있었다.

상주인 해근을 보자마자 굴착기 기사는 바스켓을 허공에 박아놓고 운전대에서 내려와 투덜투덜 불평을 늘어놓았다. 무덤이 자리한 산 중턱까지 굴착기를 몰고 올라오느라 애를 먹은 모양이었다.

　　반쯤 파헤쳐진 무덤 주변을 둘러보던 그녀는, 무덤 위쪽에 부려놓은 뗏장들 앞에서 멈칫했다. 거뭇거뭇한 뗏장들이 오골계 같아서였다. 그녀가 중학생일 때 아버지가 집 뒤 야산 밑에다 오골계를 키운 적이 있었다. 사흘 밤낮 비가 억수로 퍼붓던 날 야산에서 진흙 더미가 흘러내려 오골계들을 덮쳤다. 비가 멎고, 곡괭이로 내리친 바위가 쪼개지듯 먹구름이 두 쪽으로 벌어지면서 해가 나자 아버지는 진흙 더미에서 오골계들을 꺼내 마당에 늘어놓았다. 어찌나 눈부시던지 수백 개의 면도날이 한꺼번에 날을 세우고 있는 것 같은 광채가 죽은 오골계들을 비추던 광경은, 그녀의 머릿속에서 좀처럼 바래지 않는 몇 장면 중 하나였다. 그녀는 어쩐지 그때 그 오골계들이 아버지와 함께 땅속에 묻히기 위해 그리 떼 지어 있는 듯했다.

　　해근이 담배로 굴착기 기사를 달래는 사이, 조금 전 영구차가 올라온 길을 교회 승합차가 올라왔다. 정근이 집사로 있는 교회 승합차였다. 아버지의 장례식을 교회장으로 치르자고 한 것은 셋째 정근이었다. 정근은 그녀의 형제들 중 유일하게 개신교 신자였다. 교회라면 질색하는 해근이 순순히 차남 정근의 의견을 따르기로 한 것은, 매달 백만 원 가까이 나오던 병원비를 그가 부담했기 때문이었다. 바로 나흘 전까지 아버지는 산소마스크에 호흡을 의지하면서 대학병원 중환자실에서 꼬박 열 달을 있었다.

먹빛 비석에 박힌 이름들을 무심히 훑던 그녀의 눈길이 허방을 짚은 듯 움찔했다. 옥미영. 김 씨 위주인 이름들 사이에서 돌연변이처럼 성(姓)이 유별나게 튀는 이름은 해근의 전처 이름이었다. 어머니의 장례를 치를 때만 해도 빈소 주방을 진두지휘하면서 맏며느리 노릇을 톡톡히 하더니 삼 년도 안 돼 소송까지 걸며 해근과 이혼했다. 목매달아 죽는 한이 있어도 이혼은 못하겠다고 버티던 해근과 이혼하기 위해 그녀는 남편의 외도를 사돈의 팔촌 귀에까지 들어가도록 까발렸다. 해근이 정근이나 친인척들 앞에서 좀처럼 기를 못 펴는 것은 그때 주눅이 든 탓이 컸다. 어머니의 무덤 앞에 비석을 세울 때만 해도 사람 인연이 그렇게 허무하게 끝날 줄 짐작이나 했는가. 재가해 아들까지 하나 낳았다는 소식을 끝으로 감감한 그녀가, 화숙은 죽어서까지 자신의 친정식구로 남을 줄 알았다. 사람과 사람 사이에 맺어지는 인연에도 유통기한이라는 게 엄연히 존재할 줄 어떻게 알았겠는가. 더구나 그녀는 남동생인 해근과 정근 둘 중 하나가 이혼을 한다면 당연히 정근 쪽이리라 생각했다. 정근 처는 시댁식구들과 사사건건 마찰을 일으키고 남편에 대해 불만이 많았다. 시누이인 자신 앞에서 그녀가, 깨 까불듯 남동생의 트집을 잡을 때마다 들이받고 싶었던 적이 한두 번이 아니었다.

그럴 수 있다면 그녀는 옥미영이라는 이름을 비석에서 파내고 싶었다.

"첫날밤 치르실 생각에 황홀하셨나, 염할 때 보니까 큰아버지가 웃고 계시더라니까. 큰아버지가 어디 생전 웃으시던 분이셨나?"

"웃으면 세상이 두 쪽 나는 줄 아셨지."

"봄이었더라면 진달래꽃이라도 따 신방에 깔아드렸을 텐데, 아쉽네,

아쉬워."

　그렇잖아도 비석 때문에 심사가 사나워진 그녀의 귀에, 태근을 위시한 사촌들이 실없이 주고받는 농이 거슬렸다.

　합장을 두고 첫날밤 운운하는 소리를 그녀는 처음 들었다. 합장 역시 처음이었다. 아무리 그래도 신방이라니…… 그녀는 자신의 발아래, 흙구덩이를 물끄러미 내려다보았다. 장례를 치르는 내내 질질 끌고 다닌 슬리퍼는 조문객들의 함부로 내딛는 발에 눌리고 채여 아귀처럼 모양새가 사나워져 있었다.

　'저 흙구덩이가 그럼 신방이 되는 건가? 아무리…… 저 흙구덩이가 어떻게……'

　굴삭기 바스켓 날 자국이 생채기처럼 들러붙은 흙구덩이를 살피는 그녀의 눈동자가 초점을 잃고 흔들렸다. 시취 섞인 음습한 기운이 흙구덩이에서 스멀스멀 올라오는 듯해 그녀는 진저리 쳤다. 흙구덩이 안쪽으로 관 모서리가 삐죽 들여다보였다. 이십 년 전 어머니가 들어가 누운 관이었다. 일곱 개의 구멍을 북두칠성 모양으로 뚫어놓은 칠성판 위에 어머니를 누이고 관 뚜껑을 덮기 전, 아버지는 상복 위에 걸치고 있던 잠바를 벗더니 베개처럼 둘둘 말아 관 속, 어머니의 발밑 어중간하게 뜬 공간에 쑤셔넣었다. 장례를 치르는 내내 일언반구 없이 줄담배만 태우던 아버지의 돌연한 행동을 누구 하나 나서서 말리지 않았다. (자식들이 보기에도) 키가 150센티도 안 되던 어머니에게 그 좁디좁은 관 속이 허허벌판처럼 막막했던데다, 잠바를 둘둘 마는 아버지의 행동에 통곡보다 애절한 슬픔과 회한이 배어 있었기 때문이었다. 아무리 그래도 담배 냄새에 찌들고 때 낀 잠바를 관 속에 넣으면 어쩌나, 그녀는 하도 울어 부레처럼 부은 눈을 찌푸렸다. 더구나 사시사철

줄창 걸치고 다닌 잠바에는 늘 아버지의 머리카락에서 떨어진 비듬이 서리처럼 지저분하게 묻어 있었던 것이다.

엊그제가 소한(小寒)이었다. 날이 따뜻해서 망정이지 흙이 쇳덩이처럼 얼어 있었으면 어쩔 뻔했는가. 이십 년 전 묻을 관은 하나인데, 두 개를 나란히 묻어도 될 만큼 넉넉하게 판 흙구덩이에, 어머니가 들어가 누운 관을 내리던 광경을 떠올리면서 그녀는 그 앞에 쪼그리고 앉았다.

'첫날밤이라니…… 이십 년 전 세상을 떠난 어머니와 사흘 전 세상을 떠난 아버지의 첫날밤이라니…… 오늘이……'

그녀는 문득 고개를 들고 무덤 주위를 둘러보았다. 진달래가 폈으면 뜯어다 뿌려주었을까. 흙을 덮고 나면 암흑천지에 침묵뿐일 신방을 화사하게 꾸며주었을까. 어디 진달래뿐이겠는가. 산철쭉이니, 개나리니, 산달래니, 연산홍도 한 무더기 뜯어다가 알록달록 소꿉놀이하듯 신방을 꾸며주었으리라.

"서두르자고. 새색시가 연지곤지 찍고 삼 일 전부터 기다리고 있다니까."

그러나 어머니의 얼굴은 연지곤지 찍을 자리조차 남아나지 않았을 만큼 썩어 문드러졌을 것이었다. 용케 남아 있다 한들 어머니가 어디 생전 얼굴에 뭘 찍어 바르던 사람이던가. 딸인 그녀가 곱게 화장한 어머니의 얼굴을 본 것은 손으로 꼽을 수 있을 정도였다. 어머니는 손발이 저절로 트고 갈라지는 한겨울에도 대중목욕탕에 흔히 비치되어 있는 싸구려 로션 하나로 버텼다. 오래전 그녀는 어머니의 얼굴을 화장시켜준 적이 있었다. 친척 결혼식이 있어서 서울로 다니러 오는 어머니를 그녀가 서울역까지 마중을 나갔다. 서울역 개찰구를 빠져나오는, 핏기 하나 없이 말라비틀어진 어머니의 얼굴을 보는 순간 그녀는 미간을 찌푸렸다. 다짜고짜 어머니 손을 잡아끌고 서울역 안 공중화장실로 갔다. 초등학생을 벌세우듯 어머니를 화장실 거울 앞에 세워놓고, 자신의 핸드백 속 화장품들을 총동원해 얼굴에 바르기 시작했다. 장소가 하필 지린내 찌든 공중화장실이라서 그랬을까. 손을 분주하게 놀려 어머니의 이마와 양 볼에 파운데이션을 펴 바르면서, 그녀는 멀쩡한 얼굴에 생채기를 내는 것 같은 죄책감에 사로잡혔다. 기미 끼고 골 깊은 주름이 번져 촌스럽고 궁상맞지만 더없이 온전한 어머니의 얼굴에 흠집을 내는 심정이었다. 파운데이션이 곱게 스며들지 못하고 들떠, 어머니의 얼굴은 화사하게 살아나기는커녕 우스꽝스러워졌다.

"새색시 애닳겠네…… 애닳어, 애닳어!"

장지가 떠나가도록 큰어머니가 내지르는 탄식이 콩새 울음소리처럼 울려퍼졌다. 요양원에서 지내는 큰어머니는 자식들의 만류에도 불구하고 기어이 장지까지 따라왔다. 당뇨 합병증으로 간경화까지 와 무섭게 차오르는 복수(腹水)가 고스란히 흘러들어 퉁퉁 부은 오른 다리를 고무호스로 친친 감고서. 복수를 받아내는 비닐 팩을, 그것이 탈장된 장기라도 되는 듯 손에 꼭 붙들고서. 딸 넷에 아들 하나를 둔 큰어머니는, 김 씨 집안의 장손이라면서 끔찍하게 떠받들던 아들 옥근과 살림을 합친 지 만 일 년도 안 돼 당신 발로 요양원에 들어갔다. 요양원에서 지낸다는 소식이 들려오기 전, 한집에 살면서 밥도 따로 먹을 만큼 며느리와 사이가 틀어졌다는 소문이 친척들 사이에 돌았었다.

흙구덩이 앞에 마냥 그러고 있을 수 없어 몸을 일으키던 그녀는 화들짝 놀라 뒤를 돌아다보았다. 논산 어머니였다. 흙이 묻었는지 느리지만 야무진 손놀림으로 소복 치마를 털어주고 그녀로부터 다급히 돌아섰다. 그녀가 흙구덩이에 정신이 팔려 있는 사이 영구차 앞에 흰 천막이 쳐져 있었다. 운동회 때 흔히 치는 천막이었다. 만국기라도 달아야 하는 게 아닌가 싶도록, 천막이 눈부시게 펄럭였다. 천막 아래에는 교회 사람들이 모여 있었다. 어머니 옆에 아버지를 누인 뒤 흙을 덮고 뗏장을 입히고 나면 다들 천막 아래에 모여 허기를 채울 것이었다.

"돌아가셨을 때 어머니 연세가 어떻게 되셨대요?"

해근의 새 여자였다. 전남편 사이에 남매가 있다고 했던가. 제 속으로 난 자식들을 떼어놓고 나와, 남의 자식을 키우면서 사는 데는 피치 못할 사연이 있으리라.

"겨우 쉰여섯 살이셨지."

떠밀리듯, 떠밀리듯 천막 쪽으로 내려가는 논산 어머니를 눈으로 좇으며 그녀는 중얼거렸다.

아버지와 어머니, 두 분 중 합장을 원한 쪽은 아버지였다. 대장에 생긴 종양을 제거하고 항암치료 중이던 어머니가 급성폐렴으로 갑자기 돌아가시는 바람에 아버지는 무덤 쓸 자리를 급하게 알아봐야 했다. 선산이라고 있는 게 밤나무 천지인 산 밑에 고작 소고기 부챗살만큼 붙어 있는데다, 지파(支派)가 갈리듯 갈라져 저마다 가정을 이루고 자손을 퍼트린 형제 넷이 나누어 가져야 했다. 죽어서도 너희들 어머니와 한 무덤에 묻히고 싶다는 고백은 건너뛰고, 아버지는 맏이인 해근에게 합장묘를 해야겠다는 속내를 털어놓았다.

합장묘 자리에 어머니를 먼저 묻은 지 이십 년. 관 속 어머니의 육신은 진즉에 짓무르고 썩어 형체를 잃었을 것이었다. 칠성판 일곱 개의 구멍들 위로 뼈들이 나뒹굴고 있을 것이었다. 그러나 막 삼일장을 치른 아버지의 육신은 누르스름하게 부어오르고 부패가 시작되기는 했지만 아직 온전했다. 기능은 멎었지만 오장육부가 제자리에 붙어 있고, 손발가락이 각각 열 개씩 멀쩡히 달려 있는데다, 머리카락과 눈썹마저 성성했다.

'인골(人骨) 무더기와 관 속에 든 지 반나절도 안 지난 육신이 한 무덤에 묻히는 걸 두고 첫날밤이라니……'

살아생전의 사지육신 멀쩡한 부모가 에덴동산의 아담과 이브처럼 발가벗고 서로 끌어안고 있는 장면을 상상하는 것만으로 그녀는 민망하고 거북했다.

큰애가 초등학교에 입학하던 해였을 것이다. 어버이날을 앞두고 친정에 다니러 간 적이 있었다. 어버이날 카네이션 한 송이 제대로 달아드린 기억이 없어 사골을 사들고 부러 내려간 것이었다. 어머니의 대장에서 종양이 발견되기 전이었다. 새벽 대여섯 시경 목이 말라 부엌으로 물을 가지러 가던 그녀는 안방 쪽에서 들려오는 소리를 들었다. 마치 혼몽 중에 지껄이는 소리 같은, 짓눌린 듯 들뜬 소리가 아무래도 '그 소리'만 같아 그녀는 순간 얼굴이 화끈 달아올랐다. 안방 문 앞을 지나야만 하는 부엌에 가려다 말고 방으로 되돌아왔다. 우연히 엿들은 부모의 육적 욕정이 황당하고 남우세스러워 잠을 설쳤다. 다 늙어 주책이라고, 속으로 제 부모 흉을 보았다. 부부지간의 당연하고 자연스러운 결합이라는 것을, 자신과 형제들의 존재가 그 결합으로 가능했다는 것을 잘 알고 있으면서도.

"궁합이 맞으려나 모르겠네."

근 삼십 년 기사식당을 한 큰어머니는 농이 짙고, 세상만사에 통달했다. 택시기사들로부터 주워들어 모르는 세상 소식이 없고 깨우치지 않은 이치가 없었다. 쌍욕을 달고 사는 큰어머니에게 질렸으면서도 집

안 사람들이 그녀를 무시 못하는 것은, 큰아버지의 부재에도 홀로 오 남매를 키우고 맏며느리로서의 도리를 다했기 때문이었다. 추석과 구정 당일에도 기사식당 문을 열 정도로 억척스럽게 장사를 하면서도 큰어머니는 친인척 대소사에는 기어이, 선짓국 냄새 찌든 앞치마를 두르고서라도 등장했다.

"큰어머니도 참 걱정도 팔자시네."

태근이 능글능글 웃으면서 말을 받았다.

"이승 궁합하고 저승 궁합하고 다를까봐 그러지."

큰어머니가 소리 질렀다.

"이승 궁합, 저승 궁합 따로 있대요?"

태근이 눈을 가늘게 떴다.

"젊어 궁합 늙어 궁합 따로 있는데, 이승 궁합 저승 궁합 따로 없을까!"

"큰어머니도 참, 젊어 궁합 늙어 궁합 따로 있다는 소리는 생전 처음 듣네요."

만근 처가 끼어들었다.

"젊어서는 서로 소 닭 보듯 맨송맨송하다, 다 늙어 잉꼬처럼 서로를 끔찍하게 위하면서 사는 부부도 못 봤나?"

"하여간 우리 큰어머니는 모르는 게 없으시다니까."

만근이 감탄인지 조롱인지 모를 웃음을 흘렸다.

"내가 모르는 게 있는 줄 아냐? 서울대 나온 박사를 한 트럭 데려다 놔봐라, 날 당할 놈이 한 놈이라도 있나!"

"하버드대 나온 박사를 열 트럭 데려다놔도 우리 큰어머니한테 상대가 안 되지, 상대가 안 돼."

농조가 다분한 목소리로 태근이 중얼거렸다. 왜들 저러나 눈살이 찌푸려지면서도, 그녀는 이해되었다. 희로애락이 질펀하게 오가는 자리가 고인을 떠나보내는 자리가 아닌가. 영정사진 앞에서 자식 수능 점수를 걱정하고, 주사가 있는 남편이 조문객들 앞에서 실수나 하지 않을까 노심초사 가슴을 졸이고, 떨어지는 아파트값 때문에 땅이 꺼져라 한숨을 토하는 게 인간이 아닌가. 장지로 가는 영구차 안에서 고3인 자식이 학원을 빼먹지나 않았는지 핸드폰으로 몇 번이나 확인을 하는 게 인간이 아닌가.

"죽으면 끝이지. 땅속에 묻기 무섭게 썩을 몸뚱어리들이 궁합 찾게 생겼대요?"

옥근 처가 그녀에게만 겨우 들릴 만큼 조그만 소리로 투덜거렸다. 기사식당을 물려받아 먹고살면서도 그녀는 시어머니라면 질색했다.

'두 분 궁합이 나쁘지는 않았던 거겠지…… 시집간 딸이 모처럼 친정에 다니러 온 날 밤 새벽에도 두 분이 그러고 계셨던 것을 보면……' 속으로 그렇게 중얼거리는 그녀의 눈길이 저절로 논산 어머니를 찾고 있었다.

이승 궁합과 저승 궁합을 따지던 큰어머니는 어느새 큰아버지의 무덤을 향해 걸어올라가고 있었다. 거의 오체투지의 자세로 힘겹게, 오르막을 손으로 짚어가면서 오르는 그녀의 뒤를 태근과 만근 처가 뒤따라 올라갔다. 동서지간인 그녀들은 평상시 서로를 시기하고 견제하면서도, 대소사 때는 쌍둥이 자매처럼 꼭 붙어다니면서 서로를 살뜰하게 챙겼다. 큰아버지 무덤은 남쪽을 향해 자리를 잡아 볕이 따습게 내리쬐었다. '합방'을 위해 이십 년 만에 파헤친 그녀 어머니의 무덤은 동남동쪽을 향하고 있었다. 십육방위로 따질 경우 동쪽과 동남쪽의 사이가 되는 방향이었다.

*

아버지의 관이 들어갈 자리를 마련하느라 남자들이 동분서주하는 동안, 여자들은 큰아버지 무덤 아래에 모여 휴식을 취했다. 표고버섯을 말리듯, 화장기 없이 누렇게 뜬 얼굴들을 햇볕에 내놓고 시름없이 졸거나 먼 곳에 마냥 시선을 두었다. 고무호스를 친친 감아놓은 오른 다리는 장지에 도착했을 때보다 부어 있었다. 오른 다리뿐 아니라 큰 어머니는 얼굴과 손가락도 심하게 부어 있었다. 옥근 처는 시어머니인 큰어머니로부터 홱 등을 돌리고 있었다. 노인네가 저 다리를 끌고 장지에 따라가겠다고 고집을 부렸으니, 질릴 만도 하다고 그녀는 뒤미처 옥근 처를 이해했다.

"우리 동서는 좋겠네!"

고무호스를 감아놓은 쪽 무릎을 어루만지면서 큰어머니가 탄식했다. 큰어머니가 시집왔을 때 아버지가 겨우 열세 살이라고 했던가. 아무튼 열세 살이던 아버지가 일흔아홉 살로 생을 마감했으니 육십육 년 세월이었다. 장장 육십육 년이라는 세월을, 형수와 시동생으로 엮여 산 인연은 또 얼마나 질기고 특별한가.

"좋겠네, 좋겠어!"

탄식을 되뇌는 것은 큰어머니 특유의 버릇이었다.

"그렇게 부러우시면 큰어머니도 큰아버지하고 합장하시면 되잖아요."

별생각 없이 내뱉는 정근 처의 옆구리를 태근 처가 손가락으로 쿡 찔렀다. 시집온 지가 몇 년인데 몰랐던 걸까. 그러나 그녀는 이내 정근이 일부러 말해주지 않았으면 몰랐을 수도 있겠다 싶었다.

형제들의 무덤들 중 햇빛이 가장 잘 드는 자리를 차지하고 있는 큰아버지의 무덤은 목신묘(木身墓)였다. 육이오 때 월북해 생사조차 모르는 큰아버지의 시신을 대신할 형상을 대추나무로 짜 장사 지낸 무덤이었던 것이다. 목신묘 앞에는 대문짝만 한 비석이 세워져 있었다. 큰어머니는 스님으로부터 제사 날짜까지 받아다 꼬박꼬박 제사를 지냈다. 상강(霜降) 즈음인 제사 때마다 큰어머니는 넉 근은 족히 나가는 돼지목살 덩어리를 된장조차 풀지 않은 말간 맹물에 삶아 제사상에 올렸다. 기름이 반지르르 흐르는 돼지목살은 제사상에 차려진 나물들과 과일들, 고기와 생선을 압도하면서 상 가운데 자리를 차지했다. 돼지목살로 인해 살풍경한 분위기를 풍기던 큰아버지의 제사상은, 횟수를 거듭하면서 큰집만의 제사 풍습으로 자리를 잡았다. 제사를 다 드린 뒤 큰어머니가 썰어 내는 돼지목살은 향내와 수육 특유의 냄새가 어우러져 독특한 냄새를 풍겼다. 어느 해인가, 그녀도 큰집 제사에 참석했다 큰어머니가 돼지목살 써는 모습을 본 적 있었다. 원체 덩어리가 두툼해 덜 삶긴 돼지목살에서 피가 흐르는 것도 모르고, 그 피가 식칼과 도마에 묻어나는 것도 모르고, 뭉텅뭉텅 쓰적쓰적, 자신의 허벅지 살점을 썰듯 비장한 얼굴로, 돼지목살을 써는 식칼에 온 정신을 집중하고 있었다. "에구구 징그러워라, 다시 삶아야겠네." 며느리의 호들갑에도 아랑곳 않고.

목신묘 아래 큰어머니가 퍼질러 앉아 햇볕을 쬐고 있는 곳은, 그녀의 무덤 자리였다. 살아생전 생사조차 까마득한 남편의 빈자리, 구름

한 점 떠 있지 않은 허공과 마찬가지이던 남편의 빈자리를 떠받치고 살아야 했던 큰어머니는, 죽어서는 남편의 무덤을, 시신 대신 대추나무로 짠 인간 형상이 누워 있는 무덤을 떠받치고 영영 잠들어야 하는 팔자였던 것이다.

"부부는 합장을 해도 부모 자식은 안 한다."

한탄 서린 음성이었다.

"정말, 그렇네요……"

태근 처가 말을 받았다.

"부모자식이 한데 들어가 누워 있는 무덤은 없다. 부부가 그렇게 질기고 무서운 거다. 제짝 없이 살다 가는 인생이 제일로 불쌍타……"

큰어머니는 무릎을 쓰다듬던 손을 들어 입을 지우듯 쓸었다. 새벽 첫 닭이 울기 전 천길 저수지 물속 같던 마당을 나선 큰아버지가 눈알이 하얗게 새도록 기다려도 오지 않더라고…… 사무치는 고백을 그 언젠가 큰어머니가 어머니에게 하는 소리를 그녀는 들은 적이 있었다. 대장 절제수술을 받기 위해 어머니가 서울 소재 대학병원에 입원해 있을 때였다. 어머니의 손을 꼭 잡고서 "동서는 어떻게든 살아서 백년해로해라, 백년해로해라." 신신당부를 하다 흘린 고백이었다. '얼마나 애가 타도록 기다려야 눈알이 셀까, 하얗게 셀까?' 무심히 흘려들었던 고백이 새삼스럽게 그녀의 심장에 파문을 일으켜, 그녀는 큰어머니를 물끄러미 바라보았다.

"우리 정우도 어서 제짝을 찾아야 할 텐데……"

태근 처가 장례식장에서 하던 걱정을 늘어놓았다.

"정우야 직장 번듯하겠다, 인물도 그만하면 빠지지 않겠다, 때 되면 알아서 제짝 만나 결혼하고 살걸, 뭔 걱정이래요."

만근 처가 시큰둥이 말을 받았다.

"글쎄, 그때가 언제나 올지 모르겠으니까 속을 끓이는 거 아니겠어."

'때라…… 때가 있다는 말을, 다 때가 있다는 말을 누가 했더라. 논산 어머니였던가.' 맥처럼 팔딱팔딱 뛰는 민물새우를 한 대접 팔팔 끓는 찌개 국물 속으로 들이부으면서. 갈색이 돌던 민물새우는 찌개 국물 속에 잠기자마자 분홍빛으로 변했다. 어쩌다 그 말이 논산 어머니의 입에서 흘러나왔을까. "때요?" 때라는 흔한 말이 생경해 되묻는 그녀의 손에는, 민물새우탕에 띄울 수제비 반죽이 한 덩이 들려 있었다. "울 때가 있는가 하면 웃을 때가 있고, 태어날 때가 있는가 하면 죽을 때가 있고, 부술 때가 있는가 하면 세울 때가 있고, 심을 때가 있는가 하면 거두어들일 때가 있고, 때가 없는 일이 어디 있나……" 논산 어머니가 주문처럼 중얼거리는 소리를 들으면서, 그녀는 둥둥 떠오르는 민물새우들 위로 수제비 반죽을 떼어 넣었다.

"형님도 합장하고 싶으세요?"

정근 처였다.

"글쎄, 잘 모르겠네."

"저는 싫어요."

정근 처의 목소리가 야멸치도록 단호해 그녀는 그 이유가 물어봐지지 않았다.

죽어서까지 한 무덤에 묻히기를 소원하는 부부가 몇이나 될까. 어머니가 돌아가실 무렵부터였으니까, 그녀는 이십 년 가까이 남편과 각방을 쓰고 있었다. 각방을 쓰기 전 아이들 눈치가 보이는데다 남아도는 방이 없어 어쩔 수 없이 한방을 쓸 때도 이불을 따로 깔고 잤다. 살아서도 각방을 쓰는 그녀로서는, 죽어서는 더더구나 한 무덤에 묻히고 싶지 않았다. 마흔다섯 살 이후로 그녀는 남편과 한 이부자리에 든 적이 없었다. 부부라는 관계가 육체를 나누지 않고도 얼마든지 평탄하고 평온하게 유지될 수 있다는 걸, 그녀는 자신의 경험을 통해 철저히 깨달았다. 십 년, 이십 년, 삼십 년, 서로 손 한번 잡지 않고도 부부로 살아갈 수 있다는 것을. 자식들을 길러내고, 친인척 경조사를 챙기고, 심지어 절대자 앞에 나란히 설 수 있다는 것을. "당신 참 무서운 여자야." 동창계에서 부부동반으로 울릉도에 여행을 다녀오던 여객선 안에서였다. 멀미약에 취해 먹먹하던 자신의 귀에 들려오던 남편의 중얼거림을 들으면서 그녀는 질끈 눈을 감아버렸다. 동창계를 시작할 때만 해도 부부는 아홉 쌍이었다. 서울에서 아시안게임이 열릴 즈음이니까, 1980년대 중반이었다. 관광버스까지 빌려 안면도로 여행을 간 적 있는데, 그때만 해도 다들 고만고만한 자식 낳고 부부의 연으로 살고 있었다. 삼십 년 가까이 시간이 흘러 남아 있는 부부는 겨우 네 쌍이었다. 두 쌍은 이혼해 남남으로 살고 있고, 두 쌍은 사별했으며, 한 쌍은 소식이 끊겼다. 육적으로 전혀 소통하지 않으면서, 온종일 단둘이 집에서 지내도 말 한마디 나누지 않으면서, 아무 문제 없다는 듯 시치미 뚝 떼고, 금슬 좋은 부부로 살아가고 있는 자신들이 그녀는 문득 혐오스러웠다.

그녀는 장지를 둘러보았다. 해근과 이야기를 나누고 있는 남편이 그녀의 시야에 들어왔다. 장례 내내 남편은 맏사위로서 자신의 역할을 성실하게 해내며 장례식장을 지켰다.

"부부가 뭔가 싶어……"

얼떨결에 튀어나온 말이었다. 가까이에 정근 처가 있었지만, 그녀가 들으라고 내뱉은 말은 결코 아니었다. 아까부터 입에서 맴돌던 말이 나온 것뿐이었다.

"부부요?"

정근 처가 대뜸 물었다.

"죽어서까지 한 무덤에 묻히려고 하니……"

그 말 역시 혼잣말이었다.

"형님, 내가 왜 그이하고 결혼했는지 아세요?"

자식을 둘이나 낳고 그 자식들이 혼기가 차도록 부부로 살고 있으면서, 남 보란 듯이 갈라설 것도 아니면서, 정근과 결혼한 것이 밑지는 장사였다는 것을 누누이 자기 자신과 남들에게 상기시키지 못해 안달하는 그녀였다. 그러고 보니 정작 그녀는 올케가 어째서 자신의 동생과 결혼했는지 궁금했던 적은 없었다. 그렇게나 사리분별이 정확하고 계산속 빠른 올케가 어째서 밑지는 장사를 한 것인지.

"그러게, 왜?"

"세상이 생기기 전부터 제가 아내로 정해졌다는 거예요."

"그게 무슨 말이야?"

큰어머니에게 고정시키고 있던 시선을 거두어 정근 처를 향하면서 그녀가 물었다.

"글쎄, 세상이 생기기 전부터 제가 자기 아내로 정해졌다지 뭐예요."

"세상이 생기기 전부터?"

"결혼할 마음이 눈곱만치도 없었는데, 이상하게 그 말이 꽂히더라고요. 그이가 그 말만 안 했어도 의사 집안에 시집가 해외여행 다니고 골프나 치러 다니면서 살 텐데. 저는 그 말이 그이가 한 말인 줄 알았는데, 나중에 알고 보니까 성경에 나오는 말이지 뭐예요."

세상이 생기기 전부터 부부의 인연이 맺어진다는 뜻인가? 세상보다 부부 인연이 먼저라는 것인가? 아니면 부부 인연이 세상만사를 초월한다는 뜻인가? 그토록 지독하고 절대적인 인연으로 묶인 관계가 부부라는 뜻인가? 그녀의 친구 중 마흔네 살에 이혼한 친구가 있었다. 남편의 외도에 질릴 대로 질려 어떻게든 벗어나려 발버둥치던 그 친구는, 이혼 후 극심한 우울증을 앓았다. 부부 인연을 끊기 위해 소송까지 걸며 이혼을 한 그 친구가 가장 견디기 힘들었던 것은, 평생 자신의 남편일 줄 알았던 남자가 더 이상 남편이 아니라는 사실을 인정하고 받아들이는 것이라고 했다. 우울증 치료를 받는 동안에도 그 친구는 너무나 자명한 사실을 받아들이지 못했고, 삼 년 뒤 재결합을 했다.

"형님 말대로 부부가 뭔가 싶어요."

정근 처와 그녀가 나누는 이야기를 귀담아 듣고 있었는지, 해근의 새 여자가 슬그머니 끼어들었다.

"우리 친정 쪽 당숙 한 분은 이틀이 멀다 하고 식칼 들고 날뛸 만큼 의처증이 심했어요. 당숙모 혼자 집에 있을 때 전기검침원이 다녀가기만 해도 그날 밤은 온 동네가 떠들썩하도록 난리가 나요. 평소에는 토끼보다 순한 양반이 의처증이 발동하면 완전히 딴사람이 되는데…… 식칼 들고 죽이겠다고 길길이 날뛰는 사람을 누가 말리겠어요. 부모형제도 못 말리지…… 의처증이 무서운 게, 늙어 풍이 와도 못 고치시더라고요. 당숙모 평생소원이 당숙보다 하루라도 더 사는 거였는데, 당숙이 막상 먼저 세상 뜨자 치매가 오더라고요. 오죽 시달렸으면 소원이 남편보다 하루라도 더 사는 거였을까…… 당숙 돌아가시면 온천 여행도 다니고, 미장원 가서 예쁘게 머리도 하고, 날마다 시장에 장 보러 다니면서 살 거라고 하더니만…… 부부라는 게 참 이상하더라고요.

원수도 그런 원수가 없지 싶게 괴롭히던 당숙이 막상 죽으니까, 그만 딱 정신줄을 놓으시더라고요.”

“이십 인분 주문했는데 모자랄까요?”

해근의 새 여자의 말을 끊고 정근 처가 불쑥 그녀에게 물었다. 장례식 내내 정근 처는 해근의 새 여자를 철저히 고립시켰다. 동서간에 상의할 일들을 시누이인 그녀에게 해왔다. 정근 처는 해근의 새 여자를 좀처럼 손윗동서로 받아들이려 하지 않았다. 하기야 해근의 전처와도 사사건건 잡음을 흘리던 그녀였다. 그녀의 그러한 태도는 노골적이어서, 해근의 새 여자가 시누이인 그녀에게 전화로 하소연을 해온 적도 있었다.

“교회 사람만 쳐도 열 명은 넘지 싶은데……”

고개를 갸웃거리던 그녀는 눈치가 보여 해근의 새 여자를 흘끔 바라보았다. 역시나 기분이 상했는지 그녀는 몸을 일으키더니 무덤 쪽으로 내려갔다. 간장에 차곡차곡 쟁인 깻잎처럼, 하루하루 쌓인 날수가 십 년 이십 년은 되어야 겨우 손윗동서로 받아들이려나.

“장례식장에서 싸온 밥하고 반찬도 있으니까 어떻게 되겠지요? 많이 남아서, 그것만 해도 열 사람은 충분히 먹지 싶은데. 소풍 나온 것도 아니고, 얼마나 먹겠어요?”

“배들 고플 거다.”

졸음에 겨워 저절로 감기는 눈을 손등으로 비비면서 큰어머니가 중얼거렸다.

“그나저나 논산 어머니는 어쩌신대요?”

태근 처였다. 다들 궁금했던지 만근 처와 옥근 처가 그녀를 쳐다보았다. 큰어머니도 슬그머니 눈을 뜨고 그녀를 쳐다봤다. 떡볶이 장사,

보험 외판원, 파출부, 야쿠르트 아줌마, 노래방 등등 일일이 열거하기가 입이 아플 만큼 안 해본 일이 없어서인지 그녀는 아무하고나 임의롭게 말을 잘 섞었다. 빚만 떠안고 노래방을 접은 뒤로, 요즘은 대형 찜질방에서 표 받는 일을 하고 있다고 했다.

"두 분이 꽤 사셨지요?"

어머니가 죽고 일 년쯤 지나서였으니까, 두 분이 함께 산 세월은 거의 이십 년이었다. 두 분이 함께 산 시간이 만만치 않다는 것을 잘 알고 있었으면서, 막상 그 햇수를 헤아리려니 그녀는 괜스레 먹먹해졌다.

"영감님이 떠나셔서 그러나? 서리 맞은 배추처럼 기가 팍 죽으셨네…… 그래도 정정하신 것 같아요. 식사도 잘 하시더라고요. 육개장에 밥 한 공기를 다 말아 드시는 걸 보면. 논산 어머니가 일흔이 벌써 넘으셨지요?"

논산 어머니는 아버지보다 네 살 적었다. 아버지가 일흔아홉이니까, 그녀는 일흔다섯 살이었다. 그렇다면 아버지와 살기 시작했을 때 논산 어머니 나이가 겨우 쉰네댓이었나? 쉰네댓이라는 나이를 이미 건너온 그녀는, 여자로서 욕망이 소멸된 나이는 아니라는 것을 잘 알고 있었다. 친딸이 하나 미국에서 살고 있다는 것과 충남 논산에서 한때 살았었다는 것밖에 그녀 형제들은 논산 어머니에 대해 아는 것이 거의 없었다. 논산 어머니라고 부르는 것도 순전히 그 때문이었다. 그 외 아버지는 논산 어머니의 자질구레한 신상에 대해 일절 함구했다. 금기사항이라도 되는 듯 그녀 형제들 또한 논산 어머니에 대해 구태여 알려 들지 않았다.

피차 서로에게 딸린 자식들이 있어서인지, 강산이 변해도 두 번은 변했을 세월을 함께 살면서도 두 분은 혼인신고를 하지 않았다. 남남인 둘을 결속력 있게 묶어주는 끈 한 가닥, 실오라기만 한 끈 한 가닥 없이 이십 년을 이별하지 않고 살았다는 사실이 그녀는 새삼 경이로웠다. 남편과 자신이 함께 산 삼십육 년이라는 시간보다, 심지어는 아버지와 돌아가신 어머니가 함께 산 삼십팔 년이라는 시간보다 유구한 시간처럼 느껴졌다. 그 이십 년을 논산 어머니는 어머니가 생전에 하던 민물새우탕 식당을 운영해 아버지와 단둘이, 자식들에게 손 벌리지 않고 먹고살았다. 유원지는 아니지만 대전 유성에서 공주로 가는 시외버스가 한 차례 서는 곳이었다. 근처에 장애인들이 모여 사는 사회복지시설이 있는데, 그곳에 일하는 직원들이 종종 민물새우탕을 먹으러 온다고 했다. 공주 군청 공무원들이 알음알음 차를 몰고 먹으러 오기도 했다.

아버지와 논산 어머니가 함께 산 지 십 년쯤 되었을까. 그녀는 논산 어머니가 자신의 돌아가신 어머니보다 아버지에게 더 잘 맞는 짝 같다는 생각을 한 적이 있었다. 깐깐하고 불같은 아버지의 성격이 나이 들어 너그러워지고 유순해진 면도 있겠지만, 논산 어머니는 어머니보다 아버지의 비위를 더 잘 맞추었다. 죽은 친어머니보다 논산 어머니가 아버지에게 더 잘 맞는 짝 같다는 생각은 그녀만 한 것은 아니었다. "천상배필이 따로 없으세요." 아버지와 논산 어머니를 두고 해근의 전처가 그렇게 말했을 때 그녀는 불쾌하고 속상했다. 자신도 실은 그렇게 생각했으면서, 아버지와 죽은 어머니가 산 삼십팔 년의 세월이 공염불이 되는 것 같아서, 죽은 어머니의 존재가 헛되이 지나간 바람 취급을 받는 것 같아서. 더구나 논산 어머니의 등장을 가장 경계하고 미심쩍어했던 맏며느리의 입에서 흘러나온 소리라 그녀는 민감하게 받아들일 수밖에 없었다. 해근의 전처는 늘그막에 홀로 된 시아버지를 혹시나 자신이 모시게 될까 부담스러워하면서도, 요상한 마나님이라도 얻어 새살림을 차릴까봐 전전긍긍했다. 그때까지만 해도 그녀는 해근과 남남이 될 줄은 꿈에도 생각 못했으리라. "모르는 소리 마. 아버지가 나이 드셔서 그렇지, 돌아가신 어머니에게 하듯이 있는 성질, 없는 성질 다 부리고 사셨으면 아마 일 년도 못 살고 도망가셨을걸. 돌아가신 어머니나 되니까 그 뜻 다 받들고 사셨지…… 논산 어머니가 어디 호락호락 받아주실 분이야?" 논산 어머니는 아버지보다 깐깐하고 경우가 칼 같았다. "형님 말이 맞네요. 누울 자리를 보고 다리 뻗는다는 말이 그냥 나온 말이 아닌가봐요." 자신이 말실수했다는 것을 깨달았는지 해근 전처 역시 굳이 할 필요 없는 변명을 늘어놓았다.

아버지는 늘 어머니를 답답해했다. 말귀를 못 알아듣는다고 자식들 듣는 앞에서 어머니를 면박준 적이 한두 번이었다. 아버지에게 어머니는 동사무소에서 초본 한 장 제대로 뗄 줄 모르는 사람이었다. 울릉도가 서쪽 바다에 있는지, 동쪽 바다에 있는지조차 모르는 사람이었다. 화투를 백날 가르쳐봐야 그림 맞추기밖에 할 줄 모르는 사람이었다. 그럼에도 불구하고 아버지는 가장 나중에마저 어머니의 옆에 자신의 육신을 눕히고 싶어했다. 어머니가 살아 숨쉬는 동안 밤이면 그 옆자리에 자신의 육신을 눕히고 잠들었듯이.

부부로 사는 재미를 어머니보다 논산 어머니와의 사이에서 더 느꼈음에도 불구하고, 아버지는 죽은 어머니와의 합장 의사를 거두어들이지 않았다. 어머니의 무덤을 쓸 때 아버지가 들어갈 자리를 미리 만들어두어 어쩌지 못하는 것도 있겠지만, 일찌감치 찜해둔 자리, 그러니까 지상에서의 삶이 다한 뒤 자신의 육신이 들어가 누울 자리를 번복

하지 않았다.

'짝이 처음부터 논산 어머니였다면 어땠을까. 아버지와 논산 어머니가 처음부터 부부로 맺어졌다면?'

어머니와 논산 어머니는 살아생전 서로 만난 적조차 없었다. 굽이진 강을 가운데 두고 한 여자는 저쪽 편에서, 또 한 여자는 이쪽 편에서 빨래를 하듯. 어쩌다 아버지를 매개로 떼려야 뗄 수 없는 인연으로 묶인 두 여자의 기묘한 엇갈림과 얽힘은 기구하지도, 사무치지도, 그렇다고 극적이지도 않은데다, 복잡하고 미묘한 감정조차 부재했다. 만일 둘 사이에 구근처럼 올라오는 감정이 있다면, 산 사람인 논산 어머니 쪽에서 일방적으로 키운 감정일 것이었다. 새벽 다섯 시면 어김없이 하루 일상을 시작할 만큼 바지런한 그녀는 싹을 틔우기 전에 구근을 뽑아 멀찍이 던져버렸다.

*

아버지의 관이 들어갈 자리가 얼추 마련되었는지, 검은 상복 차림의 남자가 큰아버지의 무덤 아래 널브러져 있는 여자들을 향해 손짓했다. '저게 누구인가?' 춤추듯 손짓을 하는 남자가 해근도, 정근도, 사촌들도 아닌 자신의 남편이라는 것을 깨닫고 그녀는 기분이 야릇했다. 저 남자가 자신과 서른여섯 해를 부부로 산 남자가 맞나 싶었다. 생판 모르는 남자가 자신을 향해 그리 손짓을 하는 듯해 그녀는 선선히 몸이 일으켜지지 않았다.

"가요, 가!"

태근 처가 가장 먼저 엉덩이를 털면서 일어섰다. 정근 처가 따라 일어서면서 태근 처의 소복 치마에 묻은 풀을 털어주었다. 마지못해 엉덩이를 일으키던 그녀는 큰어머니를 내려다보았다 .

"큰어머니…… 우세요?"

"날아가는 새만 보면 눈물이 난다."

새가 날아갔나? 그녀는 고개를 들어 허공을 바라보았다. 허공은 구름 한 점 없었다. 가없이 펼쳐진 그 어디서도 새가 날아간 흔적은 찾아볼 수 없었다.

"날아가는 새만 보면 그렇게나 우리 집 양반이 날아가는 것 같아서 눈물이 난다."

"……?"

"가물가물하니 얼굴마저 깜깜한 우리 집 양반이 날아가는 것 같아서, 머리에 피도 안 마른 자식 새끼들 줄줄이 내 몸뚱이에 매달아놓고서 날아가버리는 것 같아서…… 간수보다 쓴 눈물이 난다."

눈물이 얼마나 쓰기에 간수보다 쓰다고 하나…… 링거줄 같은 호스를 이용해 다리에서 뺀, 비닐 팩에 그득 찬 노란 물이 눈물만 같아서, 큰어머니가 찔끔찔끔 짜낸 눈물만 같아서 그녀는 낯을 찌푸렸다.

"새가 어디 날아갔다고 그러세요?"

"저기…… 날아가고 있지 않냐, 저기…… 저기도…… 저기도 날아가네…… 저기도 날아가……"

큰어머니는 그러나 허공 그 어느 곳도 손가락으로 가리켜 보이지 않았다. 그 어느 곳도 함부로 가리켜 보여서는 안 된다는 듯.

"저기도……"

허공은 그러나 여전히 텅 비어 있었다. 자신의 눈에는 보이지 않는 새들이 큰어머니의 눈에는 보이는 모양이라고 그녀는 생각했다. 당뇨 합병증으로 시력이 떨어진데다 백내장까지 껴 도루묵과 굴비도 구별 못하는 큰어머니 눈에는. 포항 사는 친척이 한 상자 택배로 보내온 도루묵을 보고 웬 굴비를 이렇게나 많이 보냈느냐고 했다던가.

그녀는 오래전 고속도로 위에서 겪었던 기이한 경험을 떠올렸다. 강렬하고 환한 한낮의 햇빛에서는 미처 눈에 들어오지 않던 것들이, 미음처럼 흐릿한 미명에서 오히려 더 선히 드러나 보이던 경험을. 그날 그녀 부부는 부산에서 치러지는 친척의 결혼식에 참석하기 위해 사위가 캄캄한 새벽에 집을 나섰고, 고속도로 위를 시속 100킬로로 달리면서 새벽을 맞았다. 충북 영동 근처를 지날 즈음 번져오기 시작한 미명에 서서히 드러나는 마을과 논밭과 산을 바라보면서, 미명이 얼마나 황홀하고 눈부신 빛인지 그녀는 온 감각으로 깨달았다. 미명은 산속까지 샅샅이, 나무와 나무 새새까지 후비듯 비추고 있었다. 우글우글 모여 꿈쩍 않는 소 떼를 언덕 너머로 몰듯 밤을 몰아내는 빛이니 오죽하겠느냐, 고 중얼거리기까지 하지 않았나. "뭐가?" 남편이 불쑥 물어서 그녀는 운전석 쪽으로 고개를 돌렸다. 미명이 비쳐들어 남편의 얼굴을 까발리듯 비추고 있었다. 0.3밀리나 0.5밀리 샤프펜으로, 바늘구멍 같은 미세한 점을 무수히 찍어 세밀하게 그린 극사실주의 초상화처럼 남편의 얼굴은 미명에 적나라하게 드러나 있었다. 갓밝이 빛에 샅샅이 드러난 얼굴이, 그 누구의 얼굴도 아닌 남편의 얼굴이라는 사실을 깨닫는 순간 그녀는, 염증 나도록 익숙한 그의 얼굴이 세상에서 가장 낯설 뿐 아니라 끔찍하고 무서운 얼굴이 될 수 있다는 것을 깨달았다. "뭐가? 뭐가 그렇게 오죽한데……?" "다……" "다?" "전부 다……" 딱히 떠오르는 말이 없어서 그녀는 얼버무렸다. 그것이 수원에서 부산까지

내려가는 동안 그들 부부가 나눈 대화의 전부였다.

"여기저기 새가 많이도 날아가네요."

여전히 텅 빈 허공을 바라보면서 그녀는 말했다. 자신의 눈에는 보이지 않는 새들이, 백내장이 미명처럼 덮인 큰어머니의 눈에는 다 보이리라, 속으로 중얼거리면서.

흰 트럭이 산길을 올라왔다. 트럭은 교회 승합차 뒤꽁무니에 매달리듯 멈추었다. 운전석에서 남자가 내리더니 적재함에 실린 들통 등속을 내렸다. 정근 처가 장지에서 먹을 음식을 주문한 식당 트럭 같았다. 남편이 여전히 그녀를 향해 손짓하고 있었다. "가요, 가⋯⋯" 훌쩍이는 큰어머니를 남겨두고 그녀는, 아버지와 어머니가 육신을 초월해 초야를 치를 무덤 쪽으로 더디 발을 떼었다.

*

천막 아래를 떠나지 않던 교회 사람들이 무덤 쪽으로 올라왔다. 검게 차려입은 남자들과 여자들이 무덤을 둘러싸고 섰다. 그녀는 흙구덩이를 내려다보았다.

'그 어느 신방보다 더 아늑한 신방인지도 모르지, 저 흙구덩이 속이⋯⋯ 5성급, 6성급 호텔 룸보다 첫날밤을 치르기에 더 아늑한 신방인지도.'

흙을 덮고 뗏장을 씌우면, 세상천지 아버지와 어머니 두 분뿐일 것이었다. 한 처음에 두 분뿐이었듯.

오장육부와 살이 썩어 인골만 남도록 기다려 마침내 합일(合一)에

든 두 분의 무덤 위로, 별이 떠오르고, 바람이 불 것이었다.

그녀는 어쩐지 관 뚜껑을 열면 어머니가 열여덟, 아버지에게 시집을 올 즈음의 소싯적 모습으로 되돌아가 누워 있을 것만 같다. 썩거나 부패되기는커녕, 볼살이 통통하게 오른 모습으로 누워 있을 것 같다. 둘둘 말아넣은 아버지의 잠바 또한 해지지 않고 어머니의 발치에 순한 양처럼 잠들어 있을 것만 같다.

흙구덩이에서 고개를 들고 사람들을 둘러보던 그녀의 얼굴이 흐려졌다. 논산 어머니가 보이지 않았다. 상두꾼들이 아버지의 관을 내려 어머니의 옆에 놓는 동안에도 논산 어머니는 나타나지 않았다. 큰어머니는 홀로 큰아버지의 무덤 아래에 버려진 듯 퍼질러 앉아 있었다. 눈부시게 쏟아지는 햇빛을 받아 큰아버지의 무덤은 부풀어 보였다. 큰어머니와 아들 며느리들, 손자 들이 다 함께 들어가 누워도 될 만큼 거대하게 부풀어 보였다. 큰집 식구들이 큰아버지의 목신묘를 쓴 것은, 1931년생인 큰아버지가 살아 있다고 가정할 경우 예순여섯 살이 되던 해였다. 월북 도중 총살을 당했다는 지인의 증언에도 큰아버지가 사지육신 멀쩡히 살아 있을 것이라고 믿어 의심치 않던 큰어머니는, 그해 정월 초 다니는 절을 찾아가 제사 날짜를 잡아왔다.

"어딜 가셨지?"

"누구……?"

남편이었다. 사흘 밤을 장례식장에서 지새우다시피 한데다, 면도를 못해 그의 얼굴은 까칠했다. 이십 년 넘게 각방을 쓰고 잠자리는커녕 서로의 손조차 잡지 않으면서 자신들이 여전히 부부라는 사실이, 서른여섯 해째 버젓이 부부로 살아가고 있다는 사실이, 성실히 양가 집안의 경조사를 치르고 도리를 다한다는 사실이, 그녀는 불현듯 끔찍하게 생각되었다. 어느 한쪽에서 문제제기를 하지 않는 한, 죽어서도 부부로 엮여 기억되리라는 사실이.

"여보, 우리도 죽으면 합장할까요?"

"뭐?"

"합장…… 죽어서 한 무덤에 묻히는 것도……"

그녀의 목소리는 그러나 찬송 부르는 소리에 묻혔다. 목사의 인도로 기도와 말씀이 이어졌다. "믿는 자는 죽어도 살겠고……"로 시작되는 말씀이 이어진 뒤, 상주인 해근이 삽을 들어 흙을 떴다. "취토요!" 아버지의 관 위로 흩뿌리면서 해근이 외쳤다. 가슴 저 밑바닥에서 터져나오는 흐느낌을 억누르느라 그의 어깨가 들썩였다.

해근이 건네는 삽을 태근이 받아들었다.

"첫날밤 잘 치르세요."

아버지가 들어가 누운 관 위로 흙무더기가 떨어지는 소리가 멀리서 들려왔다. 태근이 건네는 삽을 그녀의 남편이 받아들었다.

새 두 마리가 웅덩이 같은 그림자를 드리우면서 시차를 두고 날아갔다. 부지불각에 지나지 않는 시차가 그녀는 백 년은 족히 되는 듯 길게 느껴졌다. 천 년, 만 년은 되는 듯. ◖

제 8 회
김 유 정 문 학 상
수 상 후 보 작

김이설

복기

<u>김이설</u>

2006년 서울신문신춘문예에 단편소설 「열세 살」이 당선되어 등단했다. 소설집 『아무도 말하지 않는 것들』, 장편소설 『나쁜 피』 『환영』이 있다.

결국 정미의 가족들이 오열을 터트렸다. 윤철은 다가가지 못하고 철제 안내판 근처만 빙글빙글 돌았다. 안내판에는 이렇게 적혀 있었다.

본 시설물의 보호 및 안전관리를 위해 다음 행위를 금합니다.

1. 물놀이 또는 얼음지치기를 하는 행위
2. 낚시 또는 어망, 유해물질 등으로 물고기를 잡는 행위
3. 토석 채취, 쓰레기 버리기, 수질오염 행위
4. 기타 시설물 보호 및 안전관리에 지장을 주는 행위

다음 행위를 한 사람은 농어촌정비법 제130조에 따라 처벌을 받게 됩니다.

1. 시설물을 훼손하여 본래의 목적 또는 사용에 지장을 주는 사람
2. 임의로 수문을 조작하거나 용수를 끌어다 쓰는 사람
3. 시설물이나 그 부지를 불법으로 점용하거나 사용하는 사람

맨 하단에는 지사장, 경찰서장, 소방서장의 이름으로 세워진 안내문이라는 걸 명시하고 있었다. 윤철은 정미가 어떤 항목에 어긋난 행위를 한 것인지 궁금했다. 수질오염 행위일까, 안전관리에 지장을 준 것일까. 시설물을 훼손한 건 아니었다. 그러나 정미는 본래의 목적에 지장을 준 사람이기는 했다. 그러니 정미는 농어촌정비법 제130조에 따른 처벌을 받아야 마땅하다. 이 하천은 자살용으로 허가된 곳은 아니었다.

1

윤철은 자정이 훨씬 넘어 귀가했다. 팀 회식이었다. 나름 챙긴다고 챙긴 팀원이 일 년을 못 버티고 그만두겠다고 말한 날이기도 했다. 윤철의 대학후배였던 탓에 서운함이 컸다. 그만두겠다는 결심을 윤철에게 먼저 밝히지 않았다는 것도 못내 섭섭했다. 새끼, 내가 그렇게 신경 썼는데……, 그것이 윤철이 정신을 차리자마자 중얼거린 말이었다.

그러고 나서도 윤철은 정미를 떠올리지 못했다. 두통이 심했고, 속이 울렁거렸다. 한바탕 게워내면 속이라도 편할까 싶었지만 손끝 하나 움직일 수 없었다. 그랬다가는 머리가 터질 것 같았다. 내쉬는 숨마다 역한 냄새가 났다. 머리카락 끝까지 술에 전 기분이었다. 어금니에 시큼한 침이 고였다. 윤철은 후닥닥 화장실로 달려가 변기 커버를 올리고 고개를 숙였다. 우웨엑—구역질을 할 때마다 검붉은 것들이 쏟아졌다. 변기 물을 내리고 입을 헹궜다. 이때쯤이면 정미가 욕실 문을 열어야 하는데, 아무 소리도 나지 않았다. 윤철은 지난밤의 기억을 더듬었다. 아무리 생각해도 어떻게 집에 왔는지 기억나지 않았다. 실내가 빙빙 돌았다. 다시 소파에 누워 리모컨을 손에 쥐고서야 정미의 인기척이 없다는 것을 느꼈다. 정미야—목소리를 내자 두통이 더 심해졌다. 정미야, 나 죽겠다, 나 좀 살려줘—윤철의 목소리가 사라진 집 안은 괴괴하기만 했다.

이상하다고 느낀 건 사진을 발견하고서였다. 그뿐만이 아니었다. 집 안이 이렇게 말끔했던 적이 있었나 싶을 정도로 말갛게 정리된 상태였다. 늘 널려 있던 빨래는 보이지 않고, 현관에 나뒹구는 신발 하나 없었다. 군데군데 수북이 쌓여 있던 책들은 모두 책장에 꽂혔고, 여기 저기 아무렇게나 늘비했던 색종이들도 보이지 않았다. 쓰레기통도 깨끗이 비어 있었다. 심지어 음식물 쓰레기도, 재활용 쓰레기도 없었다. 싱크대는 바짝 말라 있었다. 마치 오래 비워둔 집처럼 보였다. 그러니 텅 빈 책상 위에 놓인 사진이 심상치 않게 보였던 것이다.

사진은 물가를 배경으로 한 철제 안내판이었다. 본 시설물의 보호 및 안전관리를 위해 다음 행위를 금합니다, 로 시작하는 안내문을 열 번도 넘게 읽은 뒤에야 그곳이 어딘지 기억났다. 일주일 전, 정미와 함께 갔던 도시 외곽의 물가였다. 안내판은 오래된 수문 근처에 세워져 있었다. 안내판 앞에 한참 서 있던 정미가 핸드폰으로 사진을 찍었다. 뭘 그런 걸 찍나 싶었으나, 윤철은 굳이 이유를 묻지 않았던 것도 기억했다. 분명 거기였고, 그때 찍은 사진이었다.

윤철은 전화기를 들었다. 정미의 전화는 전원이 꺼져 있었다. 도대체 어디서 뭘 하기에 연락도 없는지, 전화는 왜 먹통인지, 보란 듯이 놓고 간 사진은 또 뭔지. 숙취가 가시지 않은 윤철은 은근히 부아가 치밀었다. 술 먹은 다음날이면 얼마나 힘든지 뻔히 알면서, 자기를 혼자 두고 집을 비웠다는 사실이 서운했다. 늦을 거라고 미리 전화까지 했건만, 괘씸한 생각마저 들었다. 속이 타들어가듯이 쓰렸다. 당장 뭐든 먹어야 했다.

냉장고 문을 열자마자 작은 유리 냄비의 콩나물국이 보였다. 냄비째 들어 한 모금 마셨다. 콩나물국은 차고 비렸다. 속이 더 메슥거리는 것 같았다. 가스레인지 위에 냄비를 올려놓고 불을 켰다. 콩나물국을 데우는 동안 윤철은 냉장고 안을 살폈다. 켜켜이 쌓인 그릇에는 각종 반찬들이 담겨 있었다. 김치와 장아찌 종류가 한 칸, 멸치볶음, 연근조림, 오징어채무침과 장조림 등의 밑반찬이 한 칸, 가장 아래 칸에는 김치찌개, 된장찌개, 순두부찌개가 한 번씩 먹을 만큼 담겨 있었다. 원래 정미가 이렇게 음식을 해놓고 살았던가? 그럴 리가 없는데. 아니면 집을 비우려고 작정을 한 건가? 윤철은 가늠할 수 없었다. 아무려나 콩나물국 끓는 소리에 냉장고 문을 닫고 식탁 앞에 앉았다. 급하게 콩나물국을 떠 마시는 바람에 입천장을 데었지만 속은 그제야 좀 진정되는 것 같았다.

정미에게 전화를 한 번 더 걸어봤지만 마찬가지였다. 거실에 그늘이 슬금슬금 들어찼다. 배가 차니 장이 부글거렸다. 술 마신 다음날은 여지없이 설사였다. 변기에 앉은 윤철은 눈을 감고 힘을 줬다. 지난밤의 행적이 언뜻언뜻 떠올랐다. 술집, 맥주를 쏟아 젖어버린 바지, 후배에게 서운하다고 내뱉던 장면, 계산대 앞, 노래방에서 탬버린을 흔들던 여자의 허리춤, 포장마차의 우동 그릇에서 피어오르던 연기 등이 두서없이 떠올랐다가 사라졌다. 복통은 좀처럼 가라앉질 않았다. 저절로 신음 소리가 나왔다. 냄새가 심한 묽은 변은 검은색에 가까웠다. 윤철은 오만상을 찌푸렸다. 얼핏 정미의 얼굴이 떠올랐다. 미간이 깊게 팬 표정이었다.

화가 났었나? 아니면 뭔가 심각한 상황이었나? 도통 기억이 나질 않았다. 술김에 못할 말이라도 지껄였나? 설마, 지난달에 미스 최와 잔 걸 들킨 건 아니겠지. 아무리 술에 취해 인사불성이었다 한들, 정미가 뭔가 알아채고 다그치지 않은 이상, 그 얘기를 먼저 꺼냈을 리 없었다. 그제야 덜컥 겁이 났다. 정미에게 꼬리가 잡힌 건가? 취기에 에라 모르겠다는 심정으로 다 불어버린 건 아닐까? 기억이 없으니 모든 가능성이 유효했다. 머리가 쿡쿡 쑤셨다. 더 자야 숙취가 사라질 텐데. 윤철은 소파에 널브러지며 억지로라도 지난밤의 다른 기억을 찾으려 애썼다. 하지만 소용없었다. 윤철은 자기도 모르게 깊은 잠에 빠져버리고 말았다.

2

눈을 뜨자마자 머리맡을 더듬어 전화기를 찾았다. 부재중 전화도 수신된 메시지도 없었다. 시간은 새벽 3시 23분이었다. 윤철은 벌떡 일어나 집 안을 둘러보았다. 정미는 없었다. 정미의 전화는 여전히 불통이었다. 새벽 3시 30분. 처제와 정미의 친구들이 떠올랐지만 그들에게 정미의 소재를 묻는 전화를 걸기에는 마땅한 시간이 아니었다. 날이 밝는 대로 전화를 넣어봐야겠다는 생각을 하고 다시 소파에 누웠다. 너무 고요했다. 정미가 있었다면, 그렇게 마시다가 무슨 일을 당해도 모를 거 아니냐고, 마시지 말라는 게 아니라 적당히 마시라는 잔소리를 한나절은 들었을 것이다.

앞 동에 불 켜진 창문이 몇 개 없었다. 윤철은 걱정이 되기 시작했다. 무슨 일이라도 생긴 건 아닌지, 어디서 헤매는 건 아닌지, 도대체 왜 이런 짓을 하는지, 왜 안 하던 행동을 하는지…… 여하튼 윤철이 할 수 있는 일은 아무것도 없었다. 그저 짜증을 감내하며 기다릴 수밖에 없었다. 집 안의 적막이 자꾸 거슬렸다.

윤철은 텔레비전을 켰다. 채널을 두 바퀴나 돌렸지만 볼 만한 것이 없었다. 지난 개그프로그램을 틀어놓은 채 윤철은 전화기를 들었다. 두 개의 포털사이트에서 주요 뉴스와 스포츠 뉴스를 살폈다. 트위터의 밀린 글들을 소급해서 읽고, 웹툰을 보고, 유머 갤러리의 사진들까지 훑고 나자 어슴푸레 날이 밝았다. 또 배가 고팠다. 윤철은 정미가 해놓은 반찬들을 꺼내 밥을 먹었다. 오 인용 전기밥통에는 잡곡밥이 가득 담겨 있었다.

날이 훤히 밝았지만 윤철은 어느 누구에게도 전화를 걸 수 없었다. 일요일 아침이었다. 휴일 아침부터 아내를 찾는 남자가 되기 싫었다. 정미가 밤새 들어오지 않았다는 것을 드러내고 싶지도 않았다. 윤철은 다시 텔레비전 앞에 앉았다. 적어도 점심때까지는 기다려야 할 것 같았다.

일요일 아침은 꼭 빵을 먹었다. 주중엔 밥을 차렸으니 주말만큼은 자기도 게으르고 싶다는 정미의 말에 윤철은 기꺼이 동의했다. 윤철은 뭐든지 정미가 하자는 대로 했다. 무슨 일이든 만류하거나 거절하지 않았고, 정미가 꺼려하거나 싫어하는 것을 부탁하지도 않았다. 따지면 정미는 부지런하게 살림을 꾸리는 여자도 아니었다. 오히려 게으르고 매사 늘어지는 편에 가까웠다. 팬티나 양말은 빨래건조대에서 걸어 입게 했고, 둘둘 말린 먼지 덩어리들이 바짓단에 엉겨붙을 때까지 청소를 하지 않았다. 개수대가 꽉 찰 때까지 그릇을 쌓아두고 몰아서 설거지를 하느라 주방에서는 늘 시큼한 냄새가 났다. 푸른곰팡이가 꽃처럼 핀 미역국을 보름이 넘도록 버리지 않는 일이나, 시커먼 물때가 덕지덕지 앉은 세면대에서 세수하는 일, 현관 장식장에 죽은 다육식물 화분을 일 년쯤 묵히는 일 정도는 보통이었다. 그런 정미가 철석같이 해내는 것은 오로지 아침밥을 차려주는 것이었다.

윤철은 텔레비전에 집중하지 못했다. 외박이라니. 아무리 생각해도 납득이 가지 않았다. 요 근래 정미를 서운하게 한 일이 없었다. 싸우지도 않았고, 사소한 갈등도 없었다. 설사 그렇다 쳐도 이렇게 연락 없이 집을 비울 정미가 아니었다. 정미가 혼자 집을 나설 때는 일주일에 두 번 수영장에 갈 때뿐이었다. 외에는 언제나 집에 있었다. 윤철은 설핏 떠오른, 그저께 밤의 정미 표정이 자꾸 떠올랐다.

미간을 잔뜩 찌푸린, 그 표정을 뭐라고 표현하나……, 곰곰이 생각해도 마땅한 단어가 떠오르지 않았다. 두려움? 공포? 아니 화가 난 듯도 하고…… 분노? 역정? 앞뒤 정황을 모른 채 순간의 표정만으로 정미의 상태를 추측하기란 불가능했다. 그럴수록 그 찰나의 정미 표정만 명료하게 되살아났다.

그 표정에 자꾸 신경이 쓰이는 건, 정미의 그런 표정을 윤철은 처음 봤기 때문이었다. 잠자리에서 보이는 습관적인 찡그림과도 다르고, 심각하게 책을 읽을 때 짓는 표정과도 달랐다. 심지어 정미가 병원 생활을 하고, 재활치료를 받던 시절에도 보이지 않던 표정이었다. 오히려 사고 이후에는 윤철 앞이라면 더욱이나 함부로 인상을 쓰거나 얼굴을 찌푸린 적이 없었다. 새삼스러운 사실에 윤철은 다시 또 고개를 숙였다.

정미가 다리를 절게 된 건 사고였다. 비가 부슬부슬 내리던 11월이었고, 다음해 봄으로 예식장 예약을 마치고 나온 길이었다. 거리로 나오자마자 윤철은 회사에서 걸려온 전화를 받았다. 정미는 친정엄마에게 전화를 걸어 식장 예약을 했다고 전했다. 윤철과 정미는 따로 우산을 들고 각자 통화를 하며 걸었다. 길 건너 해장국집에서 점심을 먹을 참이었다. 정미가 다른 걸 먹자는 걸, 윤철이 전날 술을 마셨다면서 해장국을 먹어야 한다고 고집을 피운 참이었다. 통화를 마친 윤철이 뒤따라오던 정미를 향해 몸을 돌렸다. 순간 정미가 윤철에게 달려들었고, 밀쳐진 윤철은 바닥에 나뒹굴었다. 골목에서 튀어나온 자동차는 속도를 줄이지 못하고 정미의 다리를 짓이기고 지나갔다.

윤철의 잘못이라면 잘못이었다. 해장국을 먹으러 가자고 한 건 윤철이었다. 정미가 아니었다면 윤철이 다리를 절었을 것이다. 정미가 자발적으로 불운을 짊어진 것이었지만, 윤철은 정미를 향한 자책감에서 벗어날 수 없었다.

정미는 한쪽 다리를 절게 되었다. 뒤뚱거리기는 했지만 걷는 데 무리는 없었다. 다리를 절단하거나, 휠체어 신세를 지지 않은 것만으로도 천만다행이었다. 불편할지라도 정미가 일상생활을 하기에 문제는 없었다. 대체 그 다리로 어딜 간 거야! 윤철은 소리를 지르며 벌떡 일어났다. 모두 자기 잘못 같은 기분에 휩싸이는 것도 지겨웠다.

다시 한 번 정미의 전화가 불통이라는 것을 확인한 윤철은 처제에게 메시지를 보냈다. 심각해 보이면 안 되었다. 잘 지내지? 라고 쓰고 ㅆㅆ를 덧붙였다. 혹시 언니랑 연락했어? 자고 났더니 언니가 없어, 그 문장 다음에는 ㅠㅠ를 입력했다. 윤철은 미간을 잔뜩 찌푸린 채 답장을 기다렸다. 곧바로 전화가 걸려왔다.

—싸웠어요?

—아니. 깨보니 없네. 전화기도 꺼져 있고.

—언제부터요?

윤철은 어제라고 대답해야 할지 오늘이라고 대답해야 할지 잠깐 망설였다. 어쩔 수 없이 어제라는 사실을 밝히지 못했다.

—그게……, 내가 술을 좀 마시고 왔거든. 일어나보니까 안 보여.

—혼자 마트 가진 않잖아요. 전화기 꺼져 있으면, 수영장 갔나? 아니, 주말엔 안 가잖아. 대체 술을 얼마나 마셨길래 언니가 언제 나간지도 몰라요? 나 엄마한테 이른다.

—에이, 왜 그래. 들어오겠지. 장모님한테는 말하지 말고.

네! 처제는 가볍게 대답하고 먼저 전화를 끊었다. 연락처를 알고 있는 정미 친구들은 모두 세 명이었다. 윤철은 그들에게 메시지를 보냈다. 최대한 별일 아닌 것처럼 보이고 싶었다. 처제에게 보낸 문장에 언니라는 단어를 정미라고 바꾸기만 했다. 두 명은 모른다고 했고, 미진에게만 다른 답변이 돌아왔다.

'애 좀 타라고 대답 안 해야지.'

윤철은 곧바로 미진에게 전화를 걸었다. 미진이 놀란 목소리로 말문을 열었다.

—사람 놀라게 무슨 전화까지 해.

—정미랑 같이 있어?

—아냐. 장난친 건데. 어, 분위기 아닌 거야? 정미 연락 안 돼?

—옆에 있으면 있다고 말해!

—정말 무슨 일 있어?

―정미 있어? 없어?

―없다니까.

아무래도 미심쩍었다.

―내가 가서 확인한다.

자기도 모르게 툭 튀어나온 말이었다.

―사람 말을 왜 못 믿어. 마음대로 해. 안 말려.

윤철은 당장 집을 나섰다. 미진의 원룸은 차로 이십 분이면 도착할 거리였다. 미진이 거짓말을 했다고 여겨서가 아니었다. 정미와 함께 있다면 다행이고, 아니라면 도움을 받을 수 있을 것 같았다. 미진이라면 윤철이 모르는, 혹은 윤철이 간과했던 것들을 알 법도 했다. 아이들과 남편, 시댁 이야기만 하는 두 명보다 훨씬 가까운 친구가 미진이었다. 가까운 데 살기도 했거니와 미진이 미혼이기 때문이었다. 그러나 사실은 미진이라면 속을 터놓고 말할 수 있을 것 같았다.

미진과 잤던 적이 있었다. 결혼 전이었고, 다른 감정이 있던 것도 아니었다. 술 때문이었고 실수였다. 그다음부터는 술 때문에 실수인 척하면서 몸을 섞었지만 그래 봤자 대여섯 번이 전부였다. 당연히 정미는 모르는 사실이었다.

현관문을 연 미진은 반바지에 헐렁한 티셔츠 차림이었다. 헝클어진 머리에 눈을 동그랗게 뜬 미진은 정말 올 줄은 몰랐다는 표정이었다.

"들어가도 돼?"

"안 된다고 하면 안 들어올 거야? 들어와. 혼자 있어."

윤철이 원룸으로 성큼 들어섰다. 들락거리던 시절과 달라진 게 별로 없었다. 윤철은 익숙하게 식탁의자에 앉았다. 욕실 문은 열려 있었다. 어디에도 정미는 보이지 않았다. 미진은 커피를 내놓고 침대에 걸터앉았다.

"무슨 일이야, 대체."

윤철은 대략의 상황을 설명했다.

"그럼 외박한 거야?"

미진이 다리를 꼬며 몸을 앞으로 숙였다. 가슴골이 훤히 드러났다. 윤철은 시선을 거두고 커피잔을 매만졌다.

"마지막으로 연락한 게 언제야?"

"금요일 낮에. 별말 없었어."

"어디 간다는 말도 없었고?"

"전혀."

"다른 때랑 달랐던 것도 없고?"

"응."

윤철은 더 이상 물어볼 것이 떠오르지 않았다. 오히려 미진이 윤철을 똑바로 쳐다보면서 묻기 시작했다.

"연락할 데는 다 해봤어? 수영장이나 공방은?"

윤철은 고개를 저었다. 정미가 공방에 다닌다는 것도 처음 알았다.

"지난달부터 한지공예 배우는 거 몰랐어?"

윤철은 대답을 못했다. 미진이 갸웃하더니 툭 내뱉었다.

"혹시 어디서 주저앉은 거 아냐? 응급실 같은 데는 찾아봤어?"

윤철과 미진은 주변의 모든 병원 응급실로 전화를 걸어봤지만 어디에도 정미로 추정되는 환자는 없었다. 수영장과 공방도 마찬가지였다. 두 곳 다 마지막으로 들른 게 지난주였다는 것이었다.

"위치추적 등록은 안 해놨지? 하긴, 맨날 집에만 있는 애니까. 그럼 언제 나간 거야? 집에 왔을 때 정미가 있기는 했어?"

그날 밤의 정미 표정에 대해서 말할까 하다가, 말았다. 어떻게 설명해야 할지 엄두가 나지 않는데다, 만취 상태의 기억이었으니 설득력도 없을 터였다.

"사실은, 기억이 없어."

"그 버릇 여전하시겠어."

윤철은 입을 다물었다.

"싸우지도 않고, 서운하게 한 일도 없다. 술을 안 마시던 남자도 아니고…… 그런데 왜 나갔는지도 모르고, 어디에 갔는지도 모른다."

혼잣말을 하며 자기 입술을 매만지는 미진을 물끄러미 바라보던 윤철은 아래가 묵직해지는 걸 느꼈다. 윤철은 식은 커피를 한꺼번에 죽 들이켰다. 미진은 혼자 골몰했다. 반쯤 벌린 입술, 허연 허벅지, 훤히 보이는 가슴……, 침대 위……, 고무줄 반바지…… 윤철의 시선을 의식했는지 미진은 허리를 세워 자세를 고쳐앉았다. 미진이 비죽 웃었다.

"오랜만에 이렇게 둘이 있으니, 좀 이상하네."

윤철이 자리에서 일어섰다. 미진은 앉은 채로 윤철을 올려다봤다. 미진의 검은자가 커다랬다.

"화장실 좀 쓸게."

윤철은 찬물로 세수를 하며 일부러 정미를 생각했다. 소파 깊숙이 앉아 텔레비전을 보는 정미, 웅크리고 앉아 종이접기를 하는 정미, 돌멩이를 물끄러미 내려다보는 정미, 구부정한 자세로 구두를 신는 정미. 단발머리, 얄팍한 어깨, 기다란 등, 밋밋한 허리와 납작한 엉덩이……, 이상하게 모두 뒷모습만 떠올랐다. 경찰에 신고해야 하는 거 아니야? 문밖에서 미진이 소리쳤다.

"좀 더 알아보고."

윤철은 바지 매무새를 살피고 욕실을 나섰다.

"가게?"

신발을 신는 윤철에게 미진이 다가왔다. 그사이 카디건을 걸치고 있었다.

"가야지. 여기 있다고 해서 뭐……"

"너무 걱정하진 마. 알다시피 걔가 사고 칠 애는 아니잖아. 근데 오늘도 안 들어오면 처가에는 연락해야겠다. 거기도 안 갔으면 신고라도 해야지. 그냥 앉아만 있을 순 없잖아."

"그래야겠지."

"별일 없을 거야. 무슨 일 낼 애였으면 편지라도 남겼겠지. 그런 것도 없었지? 하긴 있었으면 왜 나갔는지는 알 거 아냐. 아무튼 나도 계속 연락해볼게."

윤철은 그제야 책상 위에 놓여 있던 사진이 떠올랐다. 거기로 찾아오란 뜻인가? 이제야 그 생각을 하다니, 한심했다. 한편으로는 허탈한 기분마저 들었다. 설마 미련하게 거기서 밤을 새운 건 아니겠지? 주변에 카페나 식당 같은 것도 없었는데……, 마음이 급해졌다. 윤철은 서둘러 출발했고, 불법 유턴을 한 뒤 외곽도로로 빠졌다. 최대한 속력을 높여 물가로 향했다.

3

지난주 일요일이었다. 오전 내내 이불 속에서 뭉그적거리던 윤철 앞에서 정미가 계속 중얼거렸다. 나가자는 것이었다. 날씨가 이렇게 좋은데……, 정미는 같은 말을 반복했다.

"난 일주일에 하루만이라도 집에 있고 싶어. 그냥 쉬면 안 될까? 어제 마트 갔다 왔잖아."

"마트는 마트고. 나가자. 좀 있으면 단풍 다 떨어진단 말이야."

"아파트 단지 나무들도 단풍 잘 들었더라. 굳이……"

정미가 고개를 숙이더니 손에 쥐고 있던 색종이를 접기 시작했다. 하─, 윤철은 한숨을 쉬고 이불을 걷어찼다. 일요일마다 나가자고 하는 것도 병이라고 생각했다. 봄이면 바람 냄새 맡으러 바다에 가야 하고, 여름에는 징그러운 초록색 보러 계곡으로, 가을이 되면 낙엽 밟는 소리를 듣기 위해 물가로 가야 한다는 것이었다. 겨울에는 실내 분수대가 있는 쇼핑몰로 아이스크림을 먹으러 가자는 이유를 댔는데, 어느 계절의 어떤 이유든 윤철에게는 모두 억지처럼 들렸다. 그래도 윤철은 묵묵히 정미를 따라나섰다.

결혼하고 첫 해는 신혼이니 그러려니 했다. 하지만 매 계절, 매 주말마다 똑같은 이유를 대며 나가자고 보채는 정미를 대할 때마다 윤철은 답답했다. 지겨웠고 때로는 부아도 치밀었다. 가끔은 처제나 미진과 다녀오라 해도 정미는 고개를 저었다.

"나랑 한 약속은?"

약속 이야기만 꺼내면 윤철은 아무 말도 할 수가 없었다. 사고가 나고, 수술 후 재활치료를 시작하면서 정미는 윤철에게 헤어지자고 했다. 윤철은 그럴 수 없다며 완고히 맞섰다. 그럼 결혼은 하지 말자고 정미가 물러섰다. 정미는 자기의 다리를 볼 때마다 자괴감에 빠지는 사람과 함께 살 수 없다 했고, 윤철은 그 사고 때문에라도 결혼해야 한다고 생각했다. 사랑과 책임, 사랑과 죄책감이 제멋대로 뒤섞여 있을 때였다. 윤철은 죄책감과 책임감뿐이라도 상관없다고 생각했다. 정미는 새로 받아들여야 하는 자신의 장애를 감당하는 것도 벅차다고 했다. 그러나 윤철은 정미의 장애가 사랑의 장애가 될 수는 없다고 대답했다.

"누구한테든 부담스러운 짐이 되는 게 싫다고!"

"너 혼자 마음 편하겠다고? 그래서 너 혼자 살겠다고? 좋아, 너 혼자 살아봐. 그럼 식구들이나 내가 참 마음 편하겠다!"

정미가 거친 숨을 쉬며 윤철을 노려보았다. 곧 두 눈에 물기가 맺혔다. 획, 몸을 돌려 가버리려던 정미가 몇 발짝 떼지도 못하고 털썩 주저앉았다. 마음처럼 다리가 움직이지 않은 것이었다. 다리가 머리를 따라주지 못했다. 신음 소리를 삼키며 정미가 일어났다. 간신히 한 걸음, 한 걸음, 절룩이며 걸었다. 윤철이 정미 앞으로 다가섰다.

"생판 모르는 사람한테 손 내미는 것보다 차라리 내가 낫지 않아? 내 탓을 해. 나한테 책임지라고 요구하라고. 차라리 뻔뻔해지란 말이야!"

"평생 부담감에 짓눌려 살겠다고? 그래서 억지로 살게 되면? 그래서 내가 싫어지면!"

윤철은 정미를 지그시 바라봤다.

"부담이 아니라 책임이야. 내가 선택한 사람에 대한 의무라고. 넌 안 그럴 거 같아? 너도 나랑 살기 위해서 참고 감수해야 할 것들이 있을 거라고. 난 죽어도 아침에 밥 먹을 거야. 넌 평생 나한테 아침밥 차려줘야 해."

고작 이유를 댄 것이 아침밥이라니, 윤철은 얼굴이 달아오르는 것을 느꼈지만 이미 뱉어버린 말이었다. 윤철은 서둘러 말을 이었다.

"언제 어디서든 네 옆에 있을게. 널 절대 혼자 걷게 하지 않을게. 네가 지겹다고 할 때까지, 죽을 때까지, 네 옆에서 같이 걸을게."

윤철을 바라보던 정미의 눈빛이 수그러들었다. 정미가 말한 약속이 바로 그것이었다. 언제든지, 어디든지 같이 걷겠다. 수십 가지 구애의 문장 중에서 정미의 마음을 돌리게 한 말이었다는 것을 윤철도 알고 있었다. 그 약속을 기억하는 한, 윤철은 정미를 따라나서야 했다. 의미는 사라진 의무를 이행하기 위해 윤철은 일요일의 외출을 거절할 수가 없었던 것이다.

그렇게 나선 길이었다. 매주 주말마다 도시 외곽을 들쑤시고 다닌 게 삼 년째였다. 어디든 눈에 익었고, 어디든 별 감흥이 없었다.

"여기 왔던 덴데. 언제 왔었지?"

"작년에. 단풍 곱다고 또 오자고 했었잖아."

"그랬나?"

"응. 기억 안 나?"

"그런 것까지 어떻게 다 기억하며 사니."

윤철을 바라보던 정미가 슬그머니 앞서 걸어가기 시작했다. 윤철도 정미를 따라 발걸음을 옮겼다. 물가를 따라 심어진 나무들이 제각각의 바랜 색으로 곱게 저물고 있었다. 대칭으로 물에 비친 색까지 더해져 절경이기는 했다. 정미와 윤철의 거리는 금세 좁혀졌고, 곧이어 정미가 멈춰 숨을 가눴다. 그렇게 나가자던 정미였지만 막상 밖에 나오면 금세 지쳤고, 피로한 표정으로 입을 꾹 다물기 일쑤였다. 그나마도 자주 제자리에 멈춰서 다리를 주물러야 했다. 그때마다 윤철은 참을성 있게 정미를 기다렸다. 윤철 역시 별말 없이 정미의 걸음 속도에 맞춰 걸었다. 그렇게 두어 시간 걷다 집으로 돌아오는 것이 일요일 외출의 전부였다.

일주일 전, 그날도 마찬가지였다. 다만 달랐던 것은 정미가 걷다 말고 안내판 앞에 오래 서 있었다는 것이다. 숨을 돌리기 위해서가 아니라, 일부러 안내문을 읽기 위해서였다. 마치 어려운 책이라도 읽는 사람마냥 심각하고 진지한 눈빛이었다. 노래를 부르던 단풍이 아니라, 물가 구석, 후미진 곳에 세워진 철제 안내판이라니. 한참 그렇게 서 있던 정미는 전화기를 꺼내 안내판과 그 주변을 찍기 시작했다.

정미가 찍는 사진이 윤철은 이해되지 않았다. 빛이 잔뜩 들어간 희뿌연 하늘이라든지, 그저 검은색으로만 보이는 흙, 움직이는 차 안에서 찍어 흔들리는 녹색 커튼처럼 보이는 가로수, 너무 가까워 초점이 맞지 않아 그저 보라색이나 노란색, 붉은색으로만 존재하는 꽃들. 대체로 형태는 사라지고 색깔만 남은 것들이었다. 곳곳의 풍경과 그 풍경 속의 정미를 기록하듯 꼼꼼하게 찍는 건 오히려 윤철이었다.

이해되지 않는 것은 사진뿐만이 아니었다. 일 년 전쯤 시작한 정미의 종이접기도 윤철은 마뜩잖았다. 정미는 종이접기 교본을 펼쳐놓고 색지를 접고 접고 또 접었다. 쉴 새 없이 손을 움직이다보면 마음이 고요해진다고 했다. 형태를 조악하게 닮은 접힌 종이들이 벽과 방문 앞뒤, 냉장고를 뒤덮어가고 있었다. 입체거나 부피가 큰 것들은 거실 바닥에 줄지어 세워졌다. 안 그래도 치우지 않아 지저분하고 정신없는 집이었다. 온갖 색색의, 온갖 크기의 종이 쪼가리들까지 거들게 된 것에 윤철은 좌절했다.

그런 것이라면 또 있었다. 정미가 주워오는 돌멩이들도 윤철은 아주 마음에 안 들었다. 일요일마다 꼭 하나씩 주워왔는데, 모양이 예쁘거나 색이 남다른 것도 아니었다. 아무 데서나 볼 수 있는, 누구든 주울 수 있는, 어떤 특색도 없는 돌멩이들이었다. 매주 하나씩 늘어나 어느새 돌무덤처럼 수북해졌다. 정미는 시시때때로 돌무덤을 부수고 하나하나 정성 들여 닦곤 했다. 등을 구부리고 앉아 돌멩이를 닦는 정미를 볼 때마다 윤철은 갑갑했다.

집에서만 지내는 정미도 할 일이 필요할 것이었다. 윤철이 모르는 건 아니었다. 사고 이전의 정미는 활달하고 바지런했다. 직장인을 위한 새벽반 일본어회화 수업을 들은 후에 출근을 했고, 퇴근 후에는 헬스클럽에서 한 시간씩 운동을 했다. 일요일에는 등산을 갔고, 휴가 때마다 여행을 다녔다. 그러나 사고 이후, 정미는 많은 것을 포기하거나 잊어야 했다. 그런 정미를 윤철이 헤아리지 못한 건 아니었다. 하지만 장애를 핑계로 자기 자신을 폐쇄적인 인간으로 전락시키는 정미가 못마땅했다. 세상에는 더한 불편, 더한 장애를 가지고도 밝게 사는 사람들이 얼마든지 있었다. 팔다리가 없어도, 전신에 화상을 입고도, 손가락이 두 개뿐인데도 자기 꿈을 이뤄낸 사람들을 정미라고 모르진 않을 터였다. 겨우 한쪽 다리를 절룩거리는 사람이 되었다고, 온갖 불행을 다 짊어진 사람처럼 웅크리는 정미를 윤철은 납득할 수 없었다.

일주일에 두 번 재활운동을 위해 수영장에 가는 것 외에는 혼자 외출하지 않는 것도 이해가 안 됐다. 외출은 꼭 윤철이 대동해야만 했다. 아무도 정미가 절룩이는 걸 눈여겨보지 않았다. 그걸 정미만 인정하지 못했다. 마치 대인기피증에 걸렸는지 의심해주길 바라는 사람처럼, 아니면 그저 피해의식에 매몰되고 싶은 사람처럼 보일 뿐이었다. 때로는 말수가 줄어들고, 일요일 외출에 집착하고, 이상한 수집벽을 발휘하는 자기를 동정해달라고 요구하는 것처럼 보이기도 했다.

가장 받아들이기 힘든 건 정미가 구두를 사는 것이었다. 정미는 이제 구두를 신고 걸을 수 없었다. 정미에게 구두는 쓸모없고 필요 없는 물건이었다. 그래도 정미는 구두를 계속 사들였다. 게다 모두 높은 굽이었다. 소파에 걸터앉은 정미가 양발을 조심스럽게 구두에 집어넣는다, 잠시 가만히 있다, 구두를 벗어 신발장에 고이 넣어둔다. 그게 전부였다. 신을 수도 없는 신발을 계속 사 모으고, 쓰다듬는 걸 반복하는 이유를 윤철이라고 모르지 않았다. 사람은 자기 손에 없는 것만 간절히 원하기 마련이었다. 대리 만족이든, 결핍에 대한 보상이든, 여하튼 공허를 잊기 위한 몸부림일 뿐이었다. 그저 집에서 보내는 시간을 버티기 위한 자학처럼 여겨졌다.

그러나 윤철은 자기 생각을 절대 표현하지 않았다. 윤철은 정미의 모든 것을 포용하는 사람이고 싶었다. 그것이 윤철이 꿈꿨던 이상적인 남편이기 때문이었다. 취향의 차이, 입장의 차이, 결국 타인이기 때문에 절대 합일이 될 수 없는 관계의 한계일 뿐이라고 여겼다.

일요일 오후였고, 도로가 막히기 시작했다. 단풍놀이 철이었다. 윤철과 정미도 막히는 차 안에 갇혀 있어야 정상이었다. 움직일 생각이 없는 앞차의 뒤꽁무니만 바라보던 윤철은, 그날, 정미에게 왜 안내판을 찍었느냐고 묻지 않은 걸 후회했다. 윤철은 마른세수를 하고 다시 핸들을 잡았다. 그제야 앞차의 뒷좌석에 앉은 아이들의 작은 머리통이 계속 움직이는 게 보였다.

정미의 사고 이후의 병원 생활까지 포함한다면 연애 기간은 얼추 칠 년, 결혼한 지는 세 해가 지났다. 그사이 윤철과 정미는 삼십대의 복판에 들어섰고, 연배들과 비슷한 인생의 수순을 밟고 있었다. 이십 평대의 아파트와 사 년 된 승용차, 서너 가지의 보험과 적금을 부었고, 상조에 가입해 양가 어른들을 위한 만약의 일도 대비했다. 윤철은 평균적인 승진 속도로 팀장이 되었고, 일 년에 한 번쯤은 제주도나 동남아에서 휴가를 보낼 수도 있었다. 외출복 정도는 백화점에서 사 입었고, 백여만 원 정도의 명품백 하나쯤은 정미도 소유했다. 다른 부부들과 다른 건 아이가 없다는 것 정도였다.

아이를 가지지 않기로 한 건 정미의 바람이었다. 다리 때문에 아이에게 전념하지 못할 것이라고 확신했다. 윤철도 동의했다. 상황이나 정황에 치여 내린 결론이 아니라, 자발적으로 선택한 포기였다. 아이가 없는 결혼 생활은 연애의 지속선상 같았지만, 그건 적당한 권태에 의연해졌다는 의미였다.

정미의 다리를 이유로 아이를 포기했지만, 기실 절뚝이는 다리가 일상에 큰 불편함을 초래하는 건 아니었다. 주기적인 병원 검진을 받았지만, 감기 때문에 병원에 가는 것과 다를 바 없었다. 다만 오랜 시간 걷는 것을 힘들어했다. 그래도 휠체어나 목발에 의지하지 않는 것이 어딘가. 윤철은 더 큰 불편을 감수하는 사람들과 비교하며 정미의 안위에 만족했다. 그도 그럴 것이 정미가 절룩이는 걸 의식하는 사람은 정작 정미 자신뿐이기 때문이었다. 가족들이나 친구, 윤철은 정미가 절뚝거린 지 오 년밖에 되지 않았다는 것을 쉽게 잊었다. 원래부터 그랬던 것처럼 자연스러운 정미의 모습일 뿐이었다.

짙은 노을이 낮게 내려앉을 무렵에야 물가에 다다랐다. 사이드브레이크를 올리면서 윤철은 한숨을 내쉬었다. 하필 이런 상황에 지난 기억을 되짚다니. 굳이 정미와의 지난날을 끄집어낸 스스로가 당혹스러웠던 것이다.

4

물가는 해 질 녘이어서 인적이 드물었다. 일주일 전보다 조금 더 을 씨년스러웠고, 눅눅해진 낙엽을 밟는 소리가 더 스산하게 들렸다. 윤철은 서둘러 안내판을 찾아 뛰기 시작했다. 저기 그 안내판이 보였다. 안내판에 가까워질수록 윤철의 걸음이 느려졌다. 안내판 아래, 운동화가 놓여 있었다. 오른쪽 바닥만 더 닳은, 정미의 운동화였다.

5

정미의 시신은 이틀 뒤에 발견되었다. 퉁퉁 불은 정미의 몰골은 처참했다. 정미가 왜 스스로 목숨을 버렸는지 아무도 몰랐다. 사람들은 윤철을 닦달했다. 남편이었으니 당연했다. 하지만 윤철도 정미가 왜 죽었는지, 그 이유를 모르기는 마찬가지였다.

자살하는 사람들은 보통 유서를 남기게 되어 있다는 것을, 미안하다는 말 한마디라도 남기는 게 통념이라는 것을 윤철도 알았다. 그러나 정미는 어떤 말도 남기지 않았다. 책상 위에 놓아둔 사진 한 장이 정미의 마지막 전언이었다. 하지만 그 사진은 정미의 죽음을 설명해주지 않았다. 남은 사람에게 전하는 메시지도 아니었다. 죽은 자신을 수습해달라는, 어디서 죽었는지 알려주는 표식일 뿐이었다.

그 물가를 자살 장소로 선택한 이유도 알 수 없었다. 윤철도 몰랐다. 일반적으로 자기가 사는 곳이나 특별한 의미가 부여된 공간에서 생을 마감할 터였다. 사람들은 윤철에게 그곳이 어떤 곳인지, 무슨 의미인지 자꾸 물었다. 하지만 윤철은 그저 일주일 전에 갔던 곳이라는 사실 외에는 설명할 것이 없었다. 그뿐만이 아니었다. 자살자는 죽기 전에 자기가 죽을 것을 암시한다면서, 근래 이상하게 여길 만한 일은 없었느냐고 물어댔다. 언질 같은 건 없었는지, 어떤 표시나 변화 같은 건 없었는지, 설사 있었는데 못 알아챈 건 아니냐며, 생각해보라고, 놓친 게 없는지 더 골몰하라고 종용하고 몰아세웠다. 복장이 터질 것 같은 사람은, 그래서 가장 암담한 사람은 윤철이었다.

장례식장의 분위기는 처참했다. 처가 식구들은 내내 눈물바다였다. 장모는 오열과 실신을 반복했고, 장인은 남편에게조차 제 속을 보이지 못한 딸의 신산한 팔자에 대해서 한탄했다. 정미 쪽 사람들은 남편 때문에 다리를 절고, 모든 것을 포기하고 집에만 눌러앉았던 정미의 기구한 인생에 대해 안타까워했다. 심지어 윤철의 부모도 사돈 내외 앞에서 죄인처럼 고개를 조아렸다. 윤철이 정미의 자살에 대해서 아는 것이 없다는 이유로 마치 정미가 윤철 때문에 죽은 것처럼 여겨지는 분위기였다.

윤철은 배신을 당한 기분이었다. 정미에게 감쪽같이 속았다는 생각이 들었다. 어떻게 이럴 수 있나. 어떻게 하루아침에 사라질 수가 있는가. 어떻게 나에게! 윤철은 아무리 생각해도 이해할 수 없었다. 종이접기를 하고, 돌멩이를 줍고, 구두를 사들이던 것을 이해하지 못해서 당한 봉변 같았다. 정미의 자살을 자기 탓으로 몰아가는 것도 억울했다. 윤철은 최선을 다해왔다. 언제나 정미가 하자는 대로 했다. 한 번도 거르지 않고 매주 주말마다 함께 나섰다. 정미의 어떤 행동에도 토를 달지 않았다. 정미가 죽고 나니 자신이 어떤 남편이었는지 증명할 방법이 없었다. 자기 때문에 장애를 얻은 여자를 그 지경이 되도록 방치한 건 윤철이라는 논리를 반박할 수 없었다. 그때마다 윤철은 입술을 깨물며 정미의 영정사진만 노려보았다. 눈물은 나오지 않았다.

사람들 눈을 생각해서라도 눈물 좀 보이라고 알려준 건 윤철의 어머니였다. 안 그래도 조문객들이 자기를 주목하고 있다는 것을 모르지 않았다. 하지만 나오지 않는 눈물을 어떻게 쥐어짜야 하는지, 윤철은 어머니에게 묻고 싶었다. 차라리 통곡이라도 할 수 있다면, 그렇게 진 빠지게 울고 나면 속이라도 시원할 것 같았다. 하지만 뜻대로 되지 않았다. 윤철은 내내 무표정한 얼굴로 장례를 치렀다.

6

장례식이 끝나고 집으로 돌아왔지만 윤철은 여전히 아무것도 믿어지지 않았다. 입고 있던 검정 양복만 아니라면 정미가 죽었다는 사실을 실감할 수 없을 것이었다. 집 안은 난장판이었다. 정미의 시신이 발견되기까지의 이틀 동안, 윤철은 온 집 안을 헤집어 정미의 흔적을 찾았다. 안내판 아래 놓인 운동화만으로도 물가 수색이 시작되었지만 윤철은 아닐 것이라 믿고 싶었다. 무엇보다도 그렇게 허망하게 죽을 이유가 없기 때문이었다.

수색을 벌였던 이틀은 시신이 발견되기를 바라는 시간이었다. 그건 정미의 자살을 확실하게 받아들이라는, 그러니 다음 절차를 예상하고 준비하라고 주어진 시간 같았다. 그걸 부인하고 싶은 윤철은 정미의 실종에 관한 단서를 찾아야 했다. 무엇이어도 좋으니 정미에 관한 한 어떤 것이든 찾아내고 싶었다.

그러나 윤철이 추측할 만한 무엇도 발견하지 못했다. 오히려 말끔히 정리된 책상과 책장, 서랍 등을 확인할수록 더 불안해졌다. 일기나 메모 한 장 남아 있질 않았고, 정미 이름의 통장도 없었으며, 병원진료 흔적, 심지어 영수증 한 장조차 찾을 수 없었다. 노트북도 깨끗했다. 의도적으로 아무것도 남기지 않은 정미였다는 사실에 기가 찼다. 이렇게 철저히 감춘 이유가 무엇이었을까. 집 안을 전부 뒤집어놓았는데도 아무것도 찾지 못했다. 어떤 것도 새롭게 깨달은 것이 없었다. 이제 남은 건 윤철이 미처 놓친 것이 무엇인지, 정미에 대해 소홀했던 것은 무엇인지 다시 한 번 골몰하는 것이었다.

미스 최와 미진과의 일을 숨긴 것 외에는 정미에게 거짓말을 한 적이 없었다. 직장에 소홀한 적도 없었고, 정미에게 시댁 스트레스를 주지도 않았으며, 윤철과 처가의 관계도 무난했다. 요 근래 정미는 감기 한번 앓지 않았다. 윤철과 정미는 싸운 적도 없었고, 갈등도 없었다. 같은 생각을 수백 번 반복했지만 소용없었다. 도대체 왜, 도대체 무엇이 정미를 그렇게 몰아갔을까. 윤철은 끝끝내 아무것도 떠올리지 못했다.

정미에게 다른 남자가 있을 리 만무했다. 부채나 우울증이 있었다면 윤철이 몰랐을 리 없었다. 차라리 그런 이유였다면 납득이라도 하겠는데, 윤철에게조차 밝힐 수 없는 이유로 자살을 했다는 사실이 처참했다. 화가 났다. 죽기로 결심하고, 신변을 정리하고, 혼자 물가로 찾아가기까지 얼마나 외롭고 무서웠을까. 그런 것을 참아가면서도 자기에게는 입을 다물었다는 것이 윤철은 받아들여지지 않았다. 자기가 그런 존재 가치도 못 됐다는 것이 슬프고 끔찍했다.

윤철은 멍하게 앉아 거실 벽에 걸린 결혼사진을 쳐다봤다. 불과 삼년 전에 찍은 사진이었다. 해맑게 웃는 정미와 멋쩍게 웃는 윤철은 행복해 보였다. 윤철은 정미와 살면서 행복하지 않다고 생각해본 적은 없었다. 그런데 정미는 아닌 모양이었다. 정미가 죽은 건 정말 자기 때문이었던 걸까.

윤철은 검은 양복을 벗고 욕실로 들어갔다. 뜨거운 물로 오래 샤워를 하고 나와 냉장고 문을 열었다. 차곡차곡 쌓인 반찬들을 보자, 그제야 정미의 죽음이 실감이 났다. 윤철은 냉장고 문을 연 채 우두커니 서 있었다. 삐빅거리는 버저음을 듣고서야, 캔맥주를 꺼내 뚜껑을 땄다. 길게 한 모금을 마셨다. 목구멍이 타들어가듯이 쓰라렸다. 그 자리에서 한 캔을 다 마시고 다시 한 캔을 꺼내 거실로 나갔다. 바닥에 널브러진 세간들 사이로 종이접기와 돌멩이들도 보였다. 윤철은 발로 툭, 툭 밀쳐가며 앉을 자리를 마련했다. 소파에 기대 앉아 리모컨을 들었다. 불을 끈 거실에 텔레비전 불빛만 일렁였다. 윤철은 습관적으로 채널을 돌렸고, 허기가 사라질 때까지 맥주를 마셨다.

7

다음날 윤철을 깨운 건 어머니였다. 식탁에는 이미 전복죽과 백김치가 차려져 있었다. 윤철은 잠이 덜 깬 채 수저를 들었다. 전복죽은 구수하고 맛있었다. 윤철이 죽 그릇을 다 비울 동안 어머니는 냉장고 안을 싹 비우고, 새로 해온 반찬과 김치 들로 채웠다.

먹을 수 있는 것도 있을 텐데, 라고 말하려다 말았다. 이제 주방은 정미의 것이 아니었다. 수저를 내려놓자 어머니가 물을 건네며 물었다.

"회사는 언제부터 가니?"

"다음주부터."

"내가 자주 들를게."

"엄마 힘들어. 그러지 않으셔도 돼."

윤철을 물끄러미 바라보던 어머니의 눈에 그렁그렁한 눈물이 맺혔다.

"그렇게 우셨으면 됐어. 그만 울어요."

"네가 안돼서 그렇지."

울음기가 섞인 목소리로 어머니는 혼잣말처럼 중얼거렸다.

"내가 그렇게 애 가지라고 잔소리할 때는 들은 척도 안 하던 걔가 참 괘씸하고 노엽더니, 지금 생각하니, 고맙다. 애라도 있었으면, 그걸 어떻게 봤겠어……"

어머니가 아이를 바랐던 것도, 정미에게 아이 얘기를 했었다는 것도 윤철은 몰랐다. 만약 아이라도 있었다면……, 정말 아이라도 있었다면 정미는 그런 결심까지는 안 했을지도 모른다. 윤철은 이내 고개를 저었다. 다 부질없는 생각이었다. 어머니가 집 정리까지 하겠다는 걸 겨우 말렸다. 억지로 떠다밀듯 어머니를 배웅하고 돌아와 현관문을 여니, 가관이었다. 집 안 꼴이 그제야 눈에 들어온 것이었다.

윤철은 청소를 시작했다. 어지간한 건 다 버리기로 했다. 그게 가장 빨리 마칠 수 있는 방법이었다. 제일 먼저 보안 먼지를 뒤집어쓴 종이들과 돌멩이들을 주워담았다. 시든 화분도 그냥 쓰레기봉투에 넣어버렸다. 따로 보관할 것들은 별로 없었다. 발에 걸리적거리던 것들을 모조리 치우니 집이 훨씬 넓어 보였다. 청소기를 돌리고, 걸레질을 했다. 물티슈로 먼지 쌓인 구석구석을 닦아냈다. 처음 신혼살림을 차리던 시절처럼 말끔하고 깨끗해졌다.

윤철은 저녁 대신 맥주를 마셨다. 내친김에 정미의 물건들도 정리하기 시작했다. 옷과 속옷, 가방, 신던 신발은 재활용수거함에 넣었다. 화장품들은 그냥 쓰레기봉투에 버렸다. 그중에서 가장 곤혹스러운 건 구두였다. 240사이즈의 새 구두가 열두 켤레였다. 계절이 바뀔 때마다 사들인 모양이었다. 정미가 애지중지하던 구두여서가 아니라 새것이어서 버리기 아까웠다. 필요한 사람에게 주면 좋을 텐데. 한편으로는 죽은 사람의 물건을 거리낌 없이 받을 만한 사람이 있을까 싶기도 했다. 그러려면 먼저 발 사이즈부터 물어봐야 할 테고……, 일련의 과정들이 귀찮고 번거로웠다. 윤철은 새 구두도 모두 재활용수거함에 던져버렸다.

마지막 쓰레기봉투를 내다버리면서 윤철은 정미를 기억할 수 있는 물건이 하나도 안 남았다는 걸 떠올렸다. 뭐든 남겨뒀어야 했나 싶었지만, 이내 마음을 다잡았다. 윤철이 찍어온 정미의 사진만으로도 그간의 시간을 증명하기에 충분했다.

출근하기 전에 처리할 일들이 많았다. 윤철은 다음날부터 분주히 움직였다. 먼저 주민센터에 갔다. 사망신고부터 마쳐야 다른 일들을 순차적으로 처리할 수 있었다.

혼인신고를 하러 온 이후로 삼 년 만이었다. 평일 낮인데도 대기자가 열 명이 넘었다. 윤철은 번호표부터 뽑아놓고 사망신고서를 쓰기 시작했다. 사망자 성명 박정미, 한자 朴貞美, 성별 여, 주민번호 790316…… 정미의 주민번호 뒷자리가 떠오르지 않았다. 윤철은 사체검안서를 꺼내놓고, 그 서류에 적힌 대로 작성해나갔다. 등록기준지, 주소, 사망일시를 적고, 사망장소는 10번 기타에 체크를 했다. 신고자인 윤철에 관한 정보도 기입한 후, 정미의 사망원인, 사망종류, 외

인사 사항까지 적고, 정미의 국적과 최종 졸업학교, 사고 당시의 직업, 혼인상태까지 체크하는 것으로 서류 작성을 끝냈다. 생각보다 간단했다. 대기자 수는 아직도 여섯 명이나 남아 있었다. 담당 공무원들은 모두 느긋해 보였다. 윤철은 자판기에서 밀크커피를 한 잔 뽑아 마셨다. 문득, 결혼하면서 끊었던 담배 생각이 났다. 차례가 되었고, 윤철의 신분증을 보이고, 사망신고서와 사체검안서를 접수하는 것으로 사망신고를 마쳤다. 보험에 관련된 일은 다음날로 미루고, 집에 돌아오는 길에 대형마트에 들렀다.

다른 때라면 전혀 눈여겨보지 않았을, 윤철처럼 혼자 다니는 남자들이 제법 눈에 띄었다. 늘 들렀던 주방용품이나 인테리어 부스는 그냥 지나쳤지만, 자동차 관련 코너에서는 오래 서성였다. 워셔액을 담고, 핸들 커버와 핸드폰 거치대를 한참 살펴봤다. 정미가 싫어해 둘 수 없었던 방향제도 두어 개 골랐다. 그리고 캔맥주 한 상자와 담배 한 보루를 카트에 담았다. 정미와 함께였다면 살 엄두를 못 냈을 조미오징어나 쥐포도 구입했다. 그리고 장난감 코너로 가 무선조종 자동차를 골라 계산을 마쳤다.

집에 오자마자 겉옷만 벗고 맥주부터 냉장고에 넣었다. 조미오징어를 그릇에 덜고, 냉장고에 남아 있던 차가운 맥주를 꺼내 거실 바닥에 앉았다. 윤철은 맥주를 마시면서 설명서를 꼼꼼히 읽은 후, 자동차와 조종기 안에 건전지를 넣었다. 우물거리던 오징어도 다 삼킨 뒤에야 조종 버튼을 눌렀다. 자동차가 넓은 거실을 종횡무진 달렸다. 윤철은 꽤 오랫동안 자동차를 가지고 시간을 보냈다.

8

빨래는 세탁소에 맡겼고, 식사는 어머니가 들러 냉장고에 넣어둔 반찬으로 해결했다. 설거지는 빈 그릇이 나오는 대로 곧바로 해치웠고, 쓰레기는 출근하는 길에 버리는 습관을 들였다. 퇴근 후에는 부직포 대걸레로 먼지를 닦아냈고, 일주일에 한 번쯤은 진공청소기를 돌렸다. 때때로 한 달에 두 번 정도는 락스를 뿌려 욕실 청소도 했다. 집은 언제나 말끔했고 정리정돈이 잘된 상태를 유지했다. 너저분한 장식이나 굴러다니는 종이 쪼가리, 아무 때나 발에 걸리던 돌멩이가 없는 것만으로도 집은 쾌적한 공간이었다. 치울 것을 생각해 어지르지 않으면 된다는 걸 윤철은 잘 지켜냈다.

딱 한 번 미진에게 찾아갔던 적이 있었다. 만취한 날이었다. 새벽에 눈을 떴을 때 미진과 한 침대에 누워 있었다. 윤철은 벌떡 몸을 일으켰다. 몸을 섞었는지 아닌지도 기억나지 않았다. 미진이 자는 척을 한다는 것을 알았지만 윤철은 미안하다는 메모를 남기고 조용히 원룸을 빠져나왔다. 그날로 전화기에 저장된 미진의 전화번호를 삭제했다.

그 뒤로 윤철은 술자리에서 너무 취하지 않게 조심했고, 적당히 마시기 위해 스스로를 단속했다. 한동안 윤철을 의식해 대화 소재를 가리던 회사 사람들도 이제는 무람없이 아내나 아이들의 이야기를 꺼냈다. 윤철도 소리내서 크게 웃는 걸 꺼리지 않았다. 가끔은 여자를 사기도 했고, 가끔은 일부러 외로운 밤을 혼자 보내기도 했다. 그런 밤에는 그저 캔맥주를 마시며 무선조종 자동차를 가지고 시간을 보냈다. 다행히 사무치도록 외로운 적은 없었다.

수영장에서 전화가 걸려온 건 며칠 전이었다. 아파트 지하주차장에
차를 대고 막 내린 참이었다. 급작스러운 한기에 윤철은 부르르 몸을
떨었다. 습하고 찬 공기에 마른기침까지 터졌다. 전화기 속 여자가 한
참 기다린 후에, 정미 이름을 댔다. 윤철은 자리에 우뚝 멈췄다. 여자는
윤철에게 박정미의 남편이 맞는지 확인했다.

—회원권 갱신 기간이어서 알아봤더니, 그사이 그런 일이 있으셨다
고요. 상심이 크시겠습니다.

톤이 높고 사무적인 친절이 밴 말투였다. 윤철은 고맙다 인사한 후,
갱신을 하지 않을 거라고 먼저 대답했다. 아니, 아예 회원 등록을 해지
해달라고 부탁했다. 윤철의 목소리가 지하주차장에 우렁우렁 울렸다.

—아, 그러시겠어요? 그럼 그렇게 처리하겠습니다. 그런데요, 로커
를 비워주셔야 해서요. 일반 회원인 경우 등록 기간이 지나면 저희가
임의로 비울 수 있다는 조항이 있는데, 박정미 님은 돌아가신 분이셔
서, 그렇게 하면 안 될 것 같아서요.

친절과 배려인지, 망자의 물건이어서 손대기 싫다는 의미인지 모호
했다. 윤철은 잠깐 망설였다. 수영복과 세면도구일 것이 뻔했다. 그걸
가지러 가는 게 귀찮은 게 아니라 정미의 물건을 마주하기가 싫었다.

—죄송합니다만, 수영장 측에서 처리하면 안 될까요? 제가 따로 시
간을 낼 형편이 안 되어서요.

네, 알겠습니다. 전화를 끊자 요의가 점점 심해졌다. 엘리베이터 앞
에서 현관문까지의 시간이 길게 느껴졌다. 오줌보가 터질 것 같았다.
윤철은 집에 들어서자마자 화장실로 달려갔다. 바지춤을 내리자마자
오줌 줄기가 쏟아졌다. 소변을 보는 동안, 윤철은 변기 커버가 처음부
터 세워져 있었다는 걸 깨달았다. 정미의 첫 번째 기일이 며칠 뒤였다.

내일은 퇴근하는 길에 세탁소에 들러야겠다고 생각했다. 일 년 전에 맡긴 검은 양복을 찾아야 했다. ●

제 8 회
김유정문학상
수상 후보작

이기호

누구에게나 친절한
교회오빠 강민호

이기호

1999년 『현대문학』에 단편소설 「버니」가 당선되어 등단했다. 소설집 『최순덕 성령충만기』『갈팡 질팡하다가 내 이럴 줄 알았지』『김박사는 누구인가』, 장편소설 『사과는 잘해요』가 있다. 이효석 문학상, 김승옥문학상을 수상했다. 현재 광주대학교 문예창작과 교수로 재직중이다.

1

    그의 여자친구는 P읍에 위치한 사립 고등학교 영어교사였는데, 일 년 전 여름, 교원연수차 들렀던 말레이시아 코타키나발루 주립 이슬람 사원에서 그만 딴사람이 되어버리고 말았다. 시간이 지난 뒤 하나하나 따져보니 바로 그때, 그 이슬람 사원에서부터가 맞는 것 같다고, 그는 연극배우처럼 혼자 고개를 절레절레 흔들며 말했다.

    당시 교원연수에는 같은 학교 물리교사인 그를 포함해 모두 열네 명의 교직원이 동행했다. 그해 고3 담임을 맡은 여섯 명의 교사와, 교 감과 교무주임, 십 년 넘게 근속한 다섯 명의 교사, 그리고 기숙사사감 이 포함되었다. 그건 재단에서 비용 일체를 댄 일종의 포상 겸 위로휴 가와도 같은 3박 5일짜리 연수였다.

    코타키나발루에 도착한 첫째 날만 해도 그의 여자친구는 평상시와 다름없이 쾌활해 보였고, 컨디션도 좋아 보였다고 했다. 그녀는 객실 에 짐을 풀자마자 호텔에 딸린 야외수영장으로 뛰어들어 오랫동안 배영을 했는데, 분홍색 계열의 비키니를 입고 다시 그 위에 하얀색 면 티셔츠를 걸친 모습이었다. 다른 동료 여교사들은 비치파라솔 아래 선베드에 앉아 그런 그녀를 바라보기만 했을 뿐, 그 누구도 수영복으로 갈아입진 않았다. 그와 그의 여자친구는 그때 정식으로 사귄 지 이제 막 두 달을 넘어서고 있었다. 그건 동료 교사들도, 학생들도 모두 아는 사실이었다. 그는 반바지처럼 생긴 수영복을 입고 야외수영장으로 들어갔다. 그는 수영장에 있던 독일인 가족에게 노란 튜브를 빌려 그녀를 그 위에 태우곤 마치 마부처럼 이리저리 끌고 다녔다. 그런 그들을 보면서 동료 교사들은 김선생하고 박선생 신혼여행 온 거 같네, 라고 소리쳐주기도 했다.

둘째 날은 원래 스노클링과 스킨스쿠버 일정이 잡혀 있었지만, 새벽부터 내린 비로 인해 그들 일행은 하루 종일 호텔 안에서만 머물러야 했다. 그와 다른 동료 교사들은 호텔 이층에 있는 스포츠센터에서 한 게임당 100달러씩 걸고 내기 볼링을 쳤고, 그의 여자친구는 객실 침대에 누워 책을 읽다가, 다시 호텔 로비에 있는 소파에 앉아 오랫동안 스마트폰을 만지작거렸다. 그 호텔은 로비에서만 와이파이가 잡혔다. 그녀 주위로도 스마트폰을 들여다보고 있는 두세 명의 투숙객들이 더 있었다. 그는 저녁 무렵이 다 되어서야 그녀 곁으로 다가와 은밀한 이야기를 건네듯 속삭였다. 내가 300달러나 땄어. 이걸로 자기 시계 사줄게. 그녀는 환하게 웃고 있는 그를 바라보며 잠깐 슬픈 표정을 지었다.

연수의 실질적인 마지막 날인 셋째 날 오전, 그들 일행은 코타키나발루 시내 관광을 마치고 한인식당에서 점심을 먹었다. 그리고 호텔로 돌아오는 길에 잠깐 도심을 가로지르는 강 한가운데 지어진, 동서남북으로 거대한 네 개의 첨탑이 세워진 이슬람 사원에 들렀다. 가이드는 선생들을 이끌고 사원 둘레를 걸어다니며 '메카로 순례를 떠나지 못하는 가난한 무슬림들은 대신 이 모스크로 순례를 온다'라는 말부터 꺼냈다. 이슬람에서 믿는 하나님이 기독교에서 믿는 바로 그 하나님과 같은 분인 건 다들 아시죠? 무슬림들은 예수 그리스도의 존재도 인정해요. 다만 그를 신이라고 여기지 않을 뿐이죠. 독실한 기독교 신자인 교감은 가이드의 말에 미간을 찌푸렸다. 선생들은 가이드의 말을 듣는 둥 마는 둥 둘씩 셋씩 짝을 지어 모스크를 배경으로 사진을 찍었다. 지금은 라마단 기간이에요. 이 사람들은 라마단 기간엔 해가 떠 있는 시간 동안 금식을 해요. 가난한 사람들의 고통을 함께 느끼는 거죠. 그리고 그렇게 모은 돈으로 가난한 사람들을 돕습니다. 가이드가 설명하는 와중에도 몇몇 무슬림들이 사원 안으로 들어가는 모습이 보였다. 그들은 사원으로 들어가기 전, 수돗가에서 손과 얼굴과 귀를 닦았다.

"저건 뭐 하는 거죠?"

그의 여자친구가 가이드에게 물었다.

"우두라고 하는데요, 하나님을 만나기 전 몸을 정결하게 하는 겁니다."

그는 그때 서쪽 방향에 세워진 첨탑 앞에서 사진을 찍고 있었다. 그래서 자신의 여자친구가 수돗가에서 세수를 하고, 귀를 닦은 후, 사원 안 여자 예배실 쪽으로 걸어들어가는 것을 똑똑히 볼 수 있었다. 하지만 그는 그것을 별로 대수롭지 않게 여겼다. 하여간, 호기심은…… 그는 여자친구 사진을 찍어주기 위해 카메라를 들고 천천히 모스크 출입구 쪽으로 걸어갔다. 그리고 실제로 사원 양탄자에 엎드려 기도하는 그녀의 모습을 유리창 너머에서 카메라로 담기도 했다. 몇몇 선생들도 그의 등 뒤에 서서 기도하는 그녀의 모습을 바라보았다. 어, 김선생, 원래 교회 다니지 않았나? 누군가가 그렇게 말했다. 그가 조금 이상한—불길한—예감에 휩싸이기 시작한 것은 그때부터였다. 하지만 그는 애써 자신의 감정을 무시한 채 말없이 연신 카메라 셔터만 눌러댔는데, 그건 지난 칠 년 동안이나 홀로 그녀를 짝사랑하면서 생긴 관성과도 같은 것이었다. 일부러 보지 않거나, 보고도 못 본 척 넘어갔던 시간들, 자신이 보고 싶은 것들만 본 시간들. 그는 칠 년이라는 시간 동안 그렇게 자신의 사랑을 유지해왔다.

그날 그녀가 모스크 안에 머문 시간은 거의 한 시간에 가까웠다. 교감은 일행들과 함께 관광버스에 앉아 그녀를 기다리면서 노골적으로 신경질을 냈고(교감은 그를 바라보면서 '자네들 싸웠나?'라고 묻기도 했다), 가이드는 그녀에게 총 세 번을 찾아가 '모두들 기다리고 계세요'라고 작은 목소리로 말해야 했다. 그는 가만히 관광버스에 앉아 모스크를 바라보면서 별일 아닐 거야, 별일 아닐 거야, 라고 스스로에게 계속 암시했다. 그래서 그녀가 한 시간 후, 벌겋게 부은 눈으로 '죄송합니다' 꾸벅 고개를 숙이며 관광버스에 올라탔을 때도, 어제 볼링을 치느라 오후 내내 자신의 여자친구를 방치한 것, 그 잘못만을 떠올렸다. 그로부터 일 년이 흐른 후, 그녀는 히잡을 쓴 채 학교에 출근하게 되는데, 그제야 그는 잘못은 자신에게도, 볼링에게도 없다는 것을 명백히 깨닫게 되었다.

그리고⋯⋯ 그것을 깨닫자마자 나를 찾아왔다.

"무슨 다른 사정이 있었던 건 아니고?"

나는 잠깐 걸음을 멈추고 종수에게 물었다. 어스름이 깔리기 시작한 여름 저녁이었다. 매미가 갑자기 울음을 멈출 때마다 날벌레들이 웅웅 바람 소리를 내며 몰려드는 저녁. 달은 가깝고 별은 더 멀게만 느껴지는 저녁. 등 뒤론 어느새 땀에 젖은 티셔츠가 척척 감겨들고 있었다.

"그걸 정확히 모르겠으니까 그렇죠……"

종수는 못내 억울한 표정을 지어 보였다. 귓바퀴 위로 선명하게 깎아 올린 머리칼. 고등학교를 졸업한 지 십오 년 가까이 흘렀지만 종수는 여전히 같은 헤어스타일을 유지하고 있었다. 그는 내 고등학교 이 년 후배였다. 나는 어쩐지 그의 머리칼이 그의 피부 같아 보이기도 했다.

"뭔가 있겠지. 그렇지 않고선……"

그러면서 나는 혼잣말처럼 '무슬림이라, 무슬림이란 말이지, 윤희가……' 하고 중얼거렸다.

윤희로 말할 것 같으면 내 중학교 사 년 후배이자, 잠깐 성가대에 함께 서기도 했던 교회 동생이었다. 그러고 보니 종수가 처음 윤희를 만나 짝사랑에 빠진 곳도 교회였다. P읍 시외버스 정류장 옆에 있는 '은혜교회'에서 우리는 모두 처음 만났다. P읍에 살고 있는 초등학생 중학생 고등학생들은 생애 한 번씩 통과의례처럼 은혜교회를 다니곤 했는데, 그곳에 부모님도 삼촌도 이모도 친구 들도 모두 모여 있었기 때문이었다. P읍 은혜교회 옆엔 1915년 처음 지어진 미국인 선교사 가택이 지금도 잘 보전되어 있다. 그 옆 표지석엔 P읍의 초기 개신교 신자들이 얼마나 모진 박해를 받았는지 자세히 적혀 있기도 했다. P읍은 그런 곳이었다. 지금은 나도 윤희도 교회에 다니지 않고 있지만 종수만 띄엄띄엄 주일예배에 참석한다고 했다.

"형, 그런데 꼭 맥주를 드셔야 하겠어요?"

종수가 반대편 인도와 마주한 상가를 훑어보면서 물었다.

"윤희 늦게 집에 들어온다며? 그럼 그때까지 뭐 하고 있으려고?"

종수가 읍내 외곽에 위치한 부모님의 연립주택으로 나를 찾아온 건 오후 네 시 무렵이었다. 전날 나는 막차를 타고 P읍에 도착했다. 아버지가 작은아버지와 공동명의로 되어 있는 전답을 내 앞으로 돌려놓으려다가 작은 문제가 생긴 모양이었다. 어머니 말에 따르면 읍내 단위농협에 다니는 사촌동생이 아버지를 찾아와 '큰아버지, 이건 경우가 아니지 않습니까?' 고개를 빳빳이 들고 따졌다고 했다. 그 전답은 채 오백 평도 되지 않는 작은 땅이었고, 할머니가 생애 마지막까지 손수 강낭콩과 고추를 키우던 밭이었다. 할머니 무덤은 그 밭 바로 오른쪽 구릉지에 있었다. 아버지는 당신이 할머니를 마지막까지 모셨으니 당연한 권리라고 생각한 모양인데, 나로선 어쩐지 그게 좀 촌스럽게만 여겨졌다. 나는 작은아버지의 마음을 풀어드릴 겸 시외버스 정류장에 내리자마자 정육점에 들러 소꼬리부터 샀다. 내가 P읍에 왔다는 걸 종수가 알게 된 건 아마도 그 때문일 것이다. 정육점에 들렀으니까. P읍은 그런 곳이었다.

"뭐, 탁구를 쳐도 좋고요……"

"탁구? 지금?"

나는 조금 어이없는 기분이 되었다. 하지만, 종수였으니까. 나는 또 그런 생각이 들기도 했다. 대학교 3학년 때이던가, 교회 대학부와 고등부가 기도원으로 연합수련회를 떠난 적이 있었다. 그때 종수가 총무를 맡았는데, 둘째 날 오후부터 그는 체육대회니, 캠프파이어니, 조별 통성기도 모임이니, 하는 프로그램엔 일체 참여하지 않은 채, 오직 숙소에만 머물렀다. 나중에 알고 보니 회비수입 지출내역 중에 삼천오백 원이 비었기 때문이었다. 그는 수첩과 계산기를 옆에 두고 자신의 지갑과 가방을 계속 뒤적거리기만 했다. 그래서 한때 교회에서 그는 '삼천오백 원'으로 불리기도 했다. 삼천오백 원 선배, 삼천오백 원 오빠. 그는 그 별명을 듣고도 별다른 반응을 보이지 않았다.

"맥주를 마실 만한 곳도 없고…… 사람들 눈도 좀 그래서요."

"그래도…… 너무 덥지 않겠니?"

나는 좀처럼 내키지 않았지만, 또 그와 함께 맥주를 마실 생각도 그만 싹 사라지고 말았다.

"에어컨 나와서 괜찮아요."

종수는 내 대답을 듣기도 전에 건너편 상가를 향해 걸어가기 시작했다. 상가 이층에 '88탁구클럽'이란 간판이 보였다. 교복을 입은 아이 한 명이 자전거를 타고 지나가다 멈춰 서서 종수에게 허리 굽혀 인사를 했다. 종수는 짧게 한 손을 들어주었다. 나는 느적느적 종수의 뒤를 따라 탁구장 안으로 들어갔다.

그런데 왜 내가 이렇게 자꾸 종수에게 끌려다니지? 나는 건성건성 탁구채를 고르며 생각했다. 낮에 종수가 찾아와 윤희 문제로 잠깐 상의드릴 게 있다고 했을 때까지만 해도, 그래서 P읍 작은 중심가에 있는 홍농종묘사 옆 카페에 마주 앉았을 때까지만 해도, 나는 그것이 작은아버지 때문이라고만 생각했다. 소꼬리를 사들고 고향을 찾아오긴

했지만, 그러나 막상 작은아버지를 찾아뵐 생각을 하니 주저되는 것들이 하나둘 떠올랐다. 평생 포도농사를 지었던 작은아버지는 이태 전 봄이던가, 늦추위로 인해 새순이 제때 올라오지 않자 예초기를 등에 멘 채 그대로 밭을 갈아엎은 적이 있었다. 대부분 열매가 가장 실하게 열리는 사오 년생 나무들이었다. 그날, 작은아버지는 나무들을 베어버리다가 지지대 역할을 하는 쇠파이프 기둥에마저 예초기 칼날을 들이댔다. 지금도 남아 있는 작은아버지의 이마와 어깨의 커다란 흉터는 그때 생긴 것들이었다. 나는 어쩐지 자꾸 작은아버지의 흉터들만 떠올랐다. 작은아버지의 마음을 풀어드린다고는 하지만, 내가 해결할 수 있는 건 아무것도 없지 않는가. 나는 어쩐지 촌스러운 것은 아버지가 아닌, 내 얄팍한 심사가 아닐까, 하는 생각을 했다. 그래서였는지 몰라도, 나는 점심 무렵부터 계속 방 안에 누워 스마트폰만 만지작거렸다. 그 와중에 종수가 찾아온 것이었다.

종수는 내가 윤희를 직접 만나서 설득해주기를 바랐다.

"내가? 아니, 그게 어디 설득해서 될 문젠가……?"

"저는 그냥…… 일단 그 히잡만 쓰지 않으면 되거든요. 그러면 학교에서도 별문제 없을 거고……"

"네가 말해도 안 듣는 걸 내가 한다고 되겠어?"

"그래도 윤희가 형을 많이 따랐잖아요? 저한테도 종종 형 얘길 했는데……"

나는 그 말을 듣고 종수의 얼굴을 흘끔 한 번 쳐다보았다. 종수는 내 눈을 바라보지 않은 채 빨대로 휘휘, 바닥에 남은 밀크셰이크만 계속 저어댔다. 윤희는 종수에게 과연 무슨 얘기를 어떻게 한 것일까? 혹시 종수는 어떤 오해를 하고 있는 것은 아닐까? 나는 괜스레 마음 한편이 불편해졌다. 하지만 그러면서 또·한편, 갑자기 윤희의 얼굴이 보고 싶어진 것도 사실이었다. 은근한 불에 달궈진 카레처럼 의도하지 않았던 어떤 기대들이 자잘하게 부풀어올랐다가 터지길 반복했다. 어쩌면 그것 때문에 내가 지금 이러고 있는 것이 아닐까? 탁구라니…… 나는 탁구를 제대로 배워본 적도, 좋아한 적도 없었다. 종수와는 따로 연락을 하고 지내는 사이도 아니었다. 그런 내 마음을 아는지 모르는지 종수는 양면 라켓을 손에 쥔 채 탁구대 앞으로 걸어갔다. 탁구장엔 우리 두 사람 외에 다른 손님은 없었다.

3

종수와 내가 탁구장에서 나온 것은 밤 아홉 시 무렵이었다. 우리 두 사람 모두 머리칼은 땀에 흠뻑 젖어 마치 비 맞은 낙엽처럼 이마에 달라붙어 있었고, 귓불은 벌겋게 상기된 상태였다. 나는 조금 현기증이 일었지만, 그래도 바깥바람을 쐬니 한결 정신이 맑아졌다. 꼬박 세 시간 동안 탁구장 안에서만 머물렀던 것이다. 그 시간 동안 종수와 나는 21점 내기 총 일곱 세트 시합을 했고, 중간에 한 번 퇴직한 전직 중학교 체육교사인 탁구장 주인과 함께 짜장면을 시켜먹었으며, 나란히 휴게실 소파에 앉아 8시 뉴스를 보기도 했다. 종수는 수준급 탁구 실력을 갖고 있었는데, 언제 누구에게 배운 거냐는 내 질문엔 대답하지 않았다. 나의 경우엔 겨우 상대방 네트 너머로 통통, 공을 받아넘기는 수준이었다. 그래서 우리의 랠리는 길게 이어지지 않았다. 랠리가 끊길 때마다 나는 왠지 종수에게 미안한 마음이 들었지만, 종수는 그리 개의치 않는 것 같았다. 그는 나를 봐주거나, 건성건성 넘어가는 법 없이, 진지한 얼굴로 라켓을 휘둘렀다. 결국, 나는 한 세트도 이기지 못했고, 탁구게임 비용과 짜장면값을 모두 계산했다. 하지만 그래서 나는 마음이 조금 놓이기도 했다.

"종수야, 너 그런데……"

나는 종수와 함께 P읍 초등학교 뒤편에 있는 윤희네 집을 향해 걸어갔다. 윤희는 그곳 다세대주택 이층에 홀어머니와 함께 살고 있었다. 종수 말에 따르면 윤희는 밤 열 시쯤이나 돼야 돌아올 것이라고 했다. 오늘은 전주에 있는 모스크에서 열리는 금요예배에 참석하는 날이라고.

"너 그런데 지금도 윤희 많이 좋아하지?"

내 물음에 종수는 고개를 천천히 돌려 멀리 P읍 유일의 병원 간판을 바라보았다. 그러곤 조금 시간이 지난 뒤 내게 말했다.

"솔직히…… 잘 모르겠어요."

종수는 고개를 짧게 저었다. 그는 잠시 생각에 잠긴 듯한 표정이 되어버렸다. 함께 땀을 흘리고 난 뒤라 그런지, 나는 어쩐지 종수와 조금 더 친해진 듯한 기분이 들었다. 나는 그와 함께 밤길을 걸었다.

"둘 사이에 종교 문제만 아니면 별문제 없는 거잖아?"

나는 종수보다 반걸음 앞서 걸으며 물었다.

"그게 그렇게 간단한 문제가 아니라서요……"

윤희가 처음 히잡을 쓴 채 출근한 것은 여름방학에 들어간 첫 번째 주 월요일이었다. 교무회의에 조금 늦은 윤희가 자신의 자리로 가 앉자 모두의 눈이 한꺼번에 그쪽으로 쏠렸다. 잠깐 정적이 흐르기도 했다. 그러곤 이내 들려왔던 교무주임의 목소리. '김선생님, 지금 꼴이 그

게 뭡니까? 여기 학교예요, 학교!'

"학교에선 다음주까지 지켜본 다음에 정식으로 징계위원회에 회부할 모양이에요."

"그게 징계사유까지 되는 거야?"

"품위유지 위반인가…… 뭐, 그런 거라고 하더라구요."

종수뿐만 아니라, 다른 교사들도 이전부터 어느 정도 눈치는 채고 있었다고 했다. 윤희가 시간에 맞춰 여교사 휴게실에 작은 담요를 깔고 엎드린 채 기도를 하고 있는 모습을 본 교사들도 여럿 있었고, 교무실 책상 철제 책꽂이에 보란 듯 꽂혀 있는 '꾸란'을 신기한 눈으로 훑어본 선생들도 몇 명 있었다. 윤희는 회식자리에 가도 일체 삼겹살을 먹지 않았고, 점심시간엔 학교 앞 분식집에 들어가 혼자 '진라면'을 사 먹기도 했다. 종수 말에 따르면, 그 라면 분말스프에만 유일하게 돼지고기 성분이 없기 때문이라고 했다. 하지만 그런 것은 그리 큰 문제가 되지 않았던 것도 사실이었다. 때때로 쑤군거리는 사람들이 없는 것은 아니었지만, 드러나는 것은 별로 없었으니까…… 다른 선생들도 불편한 것은 거의 없었다. 하지만 히잡은 그렇지 않았다.

"윤희는 뭐래?"

나는 언덕길 위로 군데군데 불을 밝힌 주황색 가로등을 바라보면서 물었다. 언덕길을 이백 미터쯤 오르고 나면, 그곳에 윤희네 집이 있었다. 내가 한때 방을 얻어 학위논문을 썼던 곳도 그쪽 골목길에 있었다.

"그냥 자연스러운 거래요. 교회에 다니는 것처럼…… 십자가 목걸이 하는 것처럼……"

종수는 중얼거리듯 말했다. 그러곤 다시 미간을 구기며 신경질적인 목소리로 말했다.

"전, 걔가 도대체 나를 좋아하고 있는 건지, 그것도 잘 모르겠어요."

"그런 건 아닐 거야."

나는 고개를 돌리지 않고 말했다.

"처음 사귈 때부터 지금까지 한 번도 자기 속내를 얘기한 적이 없어요."

"걔네 집 사정이 좀 복잡하잖아. 그래서 그럴 거야."

"저는요, 그거 뻔히 알면서도 걔를 좋아한 거라구요. 그럴수록 서로 더 얘기하고 의지하고 그러는 게 맞잖아요. 도대체 왜 날 만나는지……"

종수는 목소리를 더 높였다.

"이젠 진짜 모르겠어요…… 걔가 지금 학교에서 잘리면…… 그 많은 이자를 어떻게 감당하려고…… 내가 다른 거 때문에 그러는 게 아니라고요, 다 그런 게 걱정돼서 그런 거지……"

"잘 설득해봐야지. 내가 한번 잘 얘기해볼게."

나는 종수의 어깨를 가볍게 툭툭, 쳐주었다. 종수는 말이 없었다.

4

우리는 윤희가 살고 있는 다세대주택 일층 현관 계단에 앉아 말없이 언덕 아래를 내려다보았다. 멀리 도로엔 이따금씩 버스가 지나다니고 있었다. 버스가 정류장에 설 때마다 두세 명의 사람들이 느릿느릿 언덕길 쪽으로 걸어올라왔다. 시간은 어느새 밤 열 시가 다 되어가고 있었지만, 윤희의 모습은 좀처럼 보이지 않았다.

나는 목을 길게 빼 불이 켜진 다세대주택 이층을 올려다보았다.

"과일이라도 사올 걸 그랬나?"

종수는 작은 시멘트 알갱이들을 휙휙, 전봇대를 향해 던져댔다.

"올라가지 않고 그냥 여기서 얘기하고 가려고요…… 편찮으셔서 제대로 거동도 못하세요……"

"아직도…… 그대로이신 거지?"

내 질문에 종수는 쓸쓸하게 웃기만 했다.

윤희 어머니가 P읍 오일장이 서는 천변 상가지역에 프랜차이즈 갈빗집을 낸 것은 칠 년 전쯤의 일이었다. 윤희 아버지와 이혼하면서 받은 목돈에, 도 단위 체인점들을 총괄하는 프랜차이즈 지역 본부에서 나머지 자금을 융통해 차린 가게였다. 그게 다 빚이고 이자였는데, 엄마도 나도 그쪽으론 어수룩했으니까, 결론은 뻔한 거였죠…… 언젠가 윤희는 나에게 그런 얘기를 해준 적이 있었다. 장사는 안 되는 게 아니었는데도 매달 빚이 더 느는, 그런 구조였어요. 거기에 더 큰 문제는 윤희 어머니가 프랜차이즈 지역 본부 영업부장이라는 남자와 사랑에 빠져버렸다는 사실이었다. 윤희 어머니보다 열 살 아래 남자였는데, 마감 때마다 들러 이런저런 조언을 해주는가 싶더니, 함께 소주를 한 잔 두 잔 하는 날들이 이어졌다. 그러곤 이내 예정된 수순을 밟아나갔다. 윤희는, 자신의 엄마가 그 남자에게 최선을 다했다고 말했다. 그 남자가 원하는 것들, 그 남자가 바라는 것들, 그 남자가 말하는 것들…… 윤희는 불안했지만, 그렇다고 엄마를 말리지는 않았다고 했다. 엄마가 사흘씩이나 가게 문을 열지 않고 그 남자와 여행을 떠났을 때도, 자신의 명의로 카드를 만들어 그 남자의 치과 진료비를 대신 내주었을 때도, 그 남자가 연락 없이 보름 넘게 나타나지 않아 엄마가 영업용 냉장고 유리문을 깨뜨렸을 때도, 그녀는 그것이 당연하다는 생각을 하곤 했다. 엄마는 엄마일 뿐, 엄마의 사랑도 엄마의 사랑일 뿐. 그녀는 거기에 개입할 수 있는 것은 아무것도 없었다는 말도 덧보탰다. 결국, 윤희 어머니가 가게 보증금을 월세 대신 모두 소진한 채 거의 쫓겨나듯 장사를 접은 것은 그로부터 꼬박 이 년이 지난 뒤의 일이었다. 억대의 빚과, 더 이상 숨길 수 없는 알코올의존증과, 아무도 가져가지 않은 수저 포장지 두 박스, 그것이 그녀 어머니에게 남겨진 모든 것들이었다. 윤희 어머니와 연애를 했던 그 남자는, 장사를 접기 두 달 전부터 전화번호도 바꾼 채 영원히 모습을 감춰버렸다…… 나는 그 얘기들을 모두 윤희에게서 전해들었다. 책상에 앉아 끙끙 복사해온 자료들을 읽어나가다가, 자정쯤 운동화를 꺾어 신고 골목길에 나서보면, 지금 종수와 내가 앉아 있는 현관 계단에 윤희가 무릎을 그러안은 채 이어폰으로 음악을 듣고 있었다. 나는 종종 그 옆에 가 앉았다. 그러다보면 이층에선 윤희 어머니가 부르는, 가사를 알 수 없는 노랫소리가 들려오곤 했다.

"부신기능인가…… 뭐, 그런 게 완전히 망가졌대요. 약을 쓸 수도 없을 정도로……"

종수가 두 손을 맞잡으면서 말했다.

"근데 저렇게 혼자 계셔도 되는 거야? 식사는……"

"윤희가 차려놓고 다니는가봐요. 소주도 드리는 거 같던데요, 뭘……"

"허허, 참."

나는 허탈하게 웃으면서 잠깐 고개를 뒤로 젖혔다. 연무가 끼려는지 밤하늘이 흐릿하게 변해가고 있었다.

그곳에 앉아 있다가 종수와 나는 우연히 아는 사람을 만나기도 했다. 예전에 내게 방을 내준 적 있는, 골목길 끝 이층집의 주인인, 아버지의 친구이자 은혜교회 안수집사이기도 한 최민우 선생이었다. 선생이 우리를 먼저 알아보고 손을 내밀었다.

"아니, 이 사람, 고향에 왔으면 교회부터 먼저 들르지 않고서?"

종수와 나는 자리에서 일어나 허리를 굽혔다. 그리고 약속이라도 한 듯 뒤통수를 긁적거렸다.

"그래, 지금은 서울에서 대학교 선생 한다며? 아버지한테 다 들었네만."

"아직 시간강사인데요, 뭘……"

나는 조금 멋쩍게 웃으면서 대답했다.

"내가 자네 우리 집에서 공부할 때부터 알아봤어. 아무 걱정하지 마. 하나님께서 다 인도해주실 테니까."

최선생은 다시 한 번 내 손을 잡고 말했다. 나는 고개를 숙인 채 짧게 종수 쪽을 곁눈질로 바라보았다. 종수는 고개를 숙인 채 말없이 서 있었다.

"자넨, 오늘 철야예배 안 가나?"

최선생이 이번엔 종수를 바라보며 물었다.

"아, 예…… 일이 좀 있어서요."

"자넨 나중에 나랑 따로 얘기 좀 하세."

종수를 쳐다보는 최선생의 얼굴은 딱딱하게 굳어 있었다.

"이거 나이를 먹으니 점점 초저녁잠만 늘어나서…… 또 철야예배 지각일세."

최선생은 다시 나를 보며 씩 웃었다. 나도 따라 웃어주었다. 최선생은 우리에게 한쪽 손을 들어 보이곤 골목길을 내려가기 시작했다. 나와 종수는 그의 뒷모습이 가로등 너머로 사라질 때까지 계속 지켜보았다. 그러곤, 다시 천천히 자리에 앉으려다가 무춤, 정지상태가 되고 말았다. 어느새 언덕길 중간 무렵까지 올라온 윤희의 모습을 보았기 때문이었다. 하얀색 히잡을 쓴 윤희의 모습을. 그녀는 이쪽을 향해 나릿나릿 걸어올라오고 있었다.

5

우리는 윤희와 함께 골목길 오른쪽 끝을 향해 걸어올라갔다. 옥수수가 나란히 심어진 담장을 따라 오 분 정도 걷다보면 커다란 잣나무가 빽빽하게 자라 있는 야트막한 야산이 하나 나왔고, 그 잣나무 군락지를 지나 다시 일이십 미터만 더 올라가면 누군가의 무덤을 이장한, 그래서 배구코트만 한 평지가 되어버린, 작은 공터가 눈앞에 펼쳐졌다. 종수와 나, 그리고 윤희는 그쪽을 향해 올라갔다. 걷는 도중 우리는 모두 말이 없었다. 윤희와 나는 잠깐 눈이 마주쳤지만, 그녀는 무표정한 얼굴로 이내 시선을 돌려버렸다. 나는 인사라도 건네려다가 그냥 그만두는 편이 더 나을 것 같다는 생각을 했다. 종수와 윤희가 앞장을 서고 내가 그 뒤를 따라 걸었다. 연무는 야산 쪽으로 올라갈수록 점점 더 짙어지기만 했다.

"형, 잠깐만 기다려주실래요."

공터에 도착했을 때 종수가 나를 돌아보며 말했다. 나는 잠깐 윤희 쪽을 쳐다본 후, 고개를 끄덕거렸다. 그리고 다시 잣나무 군락지가 있는 곳까지 내려왔다. 위쪽에선 웅얼거리는 목소리가 작게 들려왔고, 어디선가 맹꽁이 우는 소리도 간헐적으로 들려오기 시작했다.

　나는 발끝으로 툭툭 잣나무 밑동을 건드리면서 그들을 기다렸다. 그러면서 나는, 내가 꼭 이렇게까지 해야 하나, 내가 지금 뭘 하고 있는 거지, 넋두리하듯 혼잣말을 해댔다. 이것도 다 작은아버지 때문인가. 나는 일부러 계속 작은아버지 탓을 하려고 노력했다. 하지만 그것은 잘 되지 않았다. 서늘한 바람이 한차례 얼굴을 스치며 지나갔고, 풀 냄새는 더욱 짙어져 비리척지근하기까지 했다. 나는 고개를 들어 휘휘, 주변을 둘러보았다. 별은 보이지 않았고, 언덕길 아래 간간이 불을 밝힌 집들이 눈에 들어왔다. 어쩐지 나는 지금 이 시간들과, 지금 이 풍경들과, 지금 이 느낌들이 그리 낯설지만은 않은 것 같았다. 이게 뭐지? 나는 제자리에 쪼그리고 앉았다. 안개는 함부로 잣나무 줄기와 가지들을 지우며 돌아다녔고, 나뭇가지 부러지는 소리와 잎사귀들이 한쪽으로 쏠리면서 내는 소리가 연이어 들려왔다. 나는 조금 이상한 기분에 사로잡혔다. 무언가 희미하게 떠오르는 것들이 있었다. 나는 나의 모든 감각을 집중하려고 두 눈을 감았다. 감은 두 눈 위로 조금 전 보았던 불빛들이 빠르게 명멸했고, 소리들은 더 크게 마치 양각한 판화처럼 다가왔다. 그리고 그렇게 몇 분이 지나자 차츰차츰 풀벌레 소리와, 바람 소리는 줄어들었고, 대신 가슴 내부 깊숙한 곳에서 어떤 뜨거운 것들이 계속해서 치밀어올라왔다. 곧이어 나는 그것이 어떤 기억과 맞닿아 있는 것인지 정확하게 떠올릴 수 있게 되었다……
　스무 살, 혹은 스물한 살 때이던가, 교회 부흥회 기간에 맞춰 산상 기도를 하러 P읍 서쪽 숲에 오른 적이 있었다. 그때도 지금과 같은 여름이었고, 자정에 가까운 시간이었다. P읍 서쪽 숲은 초기 개신교 신자들이 박해를 피해 숨어 있던 곳이기도 했다. 그들은 그곳에서 낮에는 구덩이를 파고 숨어지내다가, 밤에는 모두 나와 각자 한 그루씩 나무를 부둥켜안고 간절히 기도를 올렸다고 했다. 산상기도를 인도한 은혜교회 부목사는 우리 대학부도 그들과 똑같이, 그들을 떠올리며 기도를 올리자고 했다. 각자 흩어져 나무 한 그루씩 끌어안고 초기 신자들의 고통과, 그 어떤 고난과 두려움에도 변하지 않는 신실한 믿음을 직접 체험해보자는 말을 했다. 그 믿음이 오늘날 우리 교회를 만든 반석이 되었다는 말도……

나는 계속 쪼그려앉은 상태 그대로 눈을 떴다. 나는 갑자기 벅찬 기분이 들어 숨이 조금 가빠지기도 했다. 그날, 산상기도에서 나는 백 년도 더 되어 보이는 낙엽송을 끌어안은 채 기도를 드리다가 나도 모르게 눈물을 흘리기도 했는데, 그 순간 내가 어떤 보이지 않는 초월적인 존재와, 고통을 받았던 선조들과, 나무 하나를 사이에 두고 서로 연결된 듯한 기분이 들었기 때문이었다. 의미 없이 사라지는 것들이 모두 존귀한 것들로 바뀌고, 무의미하게 흘러만 가던 시간들이 그대로 정지해버린 듯한 느낌. 나는 그 느낌들마저 완벽하게 기억해낼 수 있었다. 삶이 모든 의미들로 가득 차 있던 시간들…… 그러자 내가 지금 이곳에 왜 와 있는지, 누가 나를 이곳으로 이끌었는지 알 것만 같은 심정이 되었다. 아니, 그것들을 몰라도, 아무 상관없을 것만 같았다. 나는 크게 한 번 숨을 들이마셨다. 시원한 공기가 폐부 깊숙이 들어왔다. 그래도 들뜬 마음은 쉬이 가라앉지 않았다. 때마침 종수가 나를 부르러 잣나무 숲 쪽으로 걸어내려오는 것이 보였다. 나는 크게 한 번 기지개를 켠 후, 자리에서 일어났다.

6

"오랜만이네."

나는 공터 한쪽에 팔짱을 낀 채 서 있는 윤희에게로 다가가며 말했다. 하얀색 히잡 때문인지 어둠 속에서도 그녀의 얼굴은 비교적 선명하게 드러났다. 그녀는 여전히 무표정한 얼굴 그대로 무덤이 있던 자리를 바라보며 서 있었다. 뺨이 조금 더 홀쭉해진 것을 빼면 변한 것은 별로 없어 보였다. 종수는 내가 서 있던 잣나무 숲 쪽에서 올라오지 않고 서 있었다.

"그러네요."

윤희는 내 쪽을 바라보지 않은 채 말했다. 나는 그녀와 대여섯 걸음 떨어진 곳에 멈춰 섰다.

"한 삼 년 만인가?"

내 말에 윤희는 아무런 대답도 하지 않았다.

"고향집에 일이 있어서 들렀다가…… 종수도 만나게 되고…… 너 얼굴이라도 한번 보고 가려고……"

"그러셨어요? 그럼, 제가 고마워해야 하는 건가요?"

윤희가 처음으로 내 얼굴을 똑바로 바라보면서 말했다. 나는 애써 계속 미소를 지으려고 노력했다. 내가 대답을 하지 않자, 윤희는 다시 잣나무 숲 반대 방향으로 고개를 돌려버렸다.

우리는 한동안 말없이 서 있기만 했다. 나는 자주 잣나무 숲 쪽을 흘끔거렸다. 그쪽에선 서걱거리는 종수의 발소리가 반복해서 들려왔다. 나는 어쩐지 조금 한기가 드는 것만 같았다. 그래서였는지 몰라도 조금 전 들뜬 마음도 어느새 사라지고 없었다. 대신 나는 이 모든 상황들이 다시 귀찮게만 느껴졌다. 시간만 어이없이 흐르는 기분이었다.

"종수가 네 걱정을 많이 하더라구."

"그래요? 그러면 그 걱정이나 계속 들어주시면 되겠네요."

윤희의 목소리에는 계속 날이 서 있었다.

"윤희야, 나는 지금 너한테 뭐라고 하려고 온 게 아니야."

"그럼 뭐죠? 그냥 얼굴이나 보러 오신 건가요? 그럼 이제 봤으니까 가면 되겠네요."

"윤희야."

나는 말하고 나서 아랫입술을 깨물었다. 그러곤 다시 숨을 깊게 들이마셨다.

"나는 네가 믿는 종교를 존중해. 그걸 갖고 뭐라고 하려는 게 아니라구."

윤희는 고개를 비스듬히 숙인 채 무릎 아래를 내려다보았다. 언제부터인지 몰랐지만, 윤희는 팔짱을 풀고 한 손으로 어깨에 멘 가방 손잡이를 꼭 그러쥐고 있었다.

"나는 이제 교회도 안 다니는데, 뭐. 네가 뭘 믿든 이젠 상관하지 않아."

나는 한 마디 한 마디 정확하게 말하려고 신경을 썼다. 그것은 내 진심이기도 했다.

"다만 현실적인 얘기를 하고 싶은 것뿐이야. 네 미래도, 네 어머니도 생각해야지."

나는 윤희의 얼굴에 잠시 쓸쓸한 기운이 스치고 지나가는 것을 놓치지 않고 보았다. 내 마음속에서 다시 뜨거운 무언가가 꿈틀거리기 시작한 것은 그때부터였다.

"성당에 다니는 사람이라고 다 미사포를 쓴 채 직장에 다니는 건 아니잖니?"

그러면서 나는 윤희에게 칼 포퍼의 반증이론을 말해주려고 했다. 규범이나 가치는 고정된 것이 아니고, 어떤 사안도 반증 가능할 때만 진실이 될 수 있는 것이라고, 히잡을 써야 한다는 규범도 결국은 그런 게 아니겠냐고, 삶은 어쨌든 문제해결의 연속이 아니겠냐고……

"참 대단하시네요."

윤희가 나를 노려보면서 말했다.

"사람이 어떻게 그렇게 뻔뻔할 수가 있죠? 사람이 어떻게 그렇게 인색할 수가 있어요?"

나는 괜스레 얼굴을 한번 쓸어내렸다. 나는 조금 당황했다.

"윤희야, 나는 그게 아니고…… 그러니까 어떤 규범이……"

"정말 이것 때문에 그러는 거예요? 정말 이것 때문에?"

윤희는 한 손으로 자신의 머리 위 히잡을 가리켰다. 그러곤 그것을 목덜미 뒤로 신경질적으로 벗겨버렸다. 숨어 있던 윤희의 굵게 웨이브 진 머리칼이 출렁, 귓바퀴 쪽으로 흘러내렸다.

"이젠 됐나요? 이제 만족해요?"

나는 말문이 막혀버렸다.

"기억을 못하는 건가요, 아니면 아예 기억을 안 하고 사는 건가요? 오빠가 어떻게 저한테 삼 년 만에 찾아와서 그런 말을 할 수가 있는 거죠?"

윤희의 목소리는 점점 높아져갔다. 나는 다시 잣나무 숲 쪽을 바라보았다. 잣나무 숲 쪽으로 웅웅 윤희의 목소리가 퍼져나갔다.

"아니, 나는 지금 네가 무슨 소리를 하는지 도통……"

"그러니까 가세요, 이제 그만……. 더 이상 찾아오지 마시라구요……."

윤희의 눈에 눈물이 그렁그렁 맺혔다. 그녀의 두 다리는 후들후들 떨리고 있었다. 잣나무 숲 쪽에서 종수가 이쪽으로 올라오고 있는 것이 보였다. 그녀는 내 앞을 스쳐 종수 쪽으로 걸어갔다. 그러다가 무언가 생각난 듯 다시 우뚝 멈춰 서서 나를 한번 돌아봤다.

"오빠…… 민호오빠…… 이제 이자놀음 따윈 그만 좀 하고 사세요."

윤희는 그 말을 끝으로 공터 아래로 내려갔다. 종수가 그런 윤희의 팔뚝을 잡으려고 했지만, 윤희는 계속 소리를 지르며 뿌리쳤다. 어떻게…… 네가 나한테…… 저 사람을 데려올 수가 있어…… 어떻게 네가 나한테…… 그럴 수가 있냐고……

나는 가만히 윤희와 종수의 모습을 지켜보면서 그 자리에 서 있었다. 그러자 다시 한 번 지금 이 시간들과, 지금 이 풍경들과, 지금 이 느낌들이 그리 낯설지만은 않다는 생각을 하게 되었다. 하지만 그것이 무엇 때문인지, 나는 더 이상 떠올리려 애쓰지 않았다. 무언가 중요한 연결고리가 내게서 툭, 끊어져버린 것을 깨달았기 때문이었다.

나는 공터 반대쪽 숲길 사이로 터덜터덜 혼자 걸어내려왔다.

7

다음날 오전, 나는 아홉 시 시외버스를 타고 다시 서울로 올라왔다.

작은아버지를 찾아뵙지도, 종수에게 따로 전화도 하지 않은 채, 나는 서둘러 P읍을 떠났다. 시외버스가 인터체인지를 벗어날 때쯤, 나는 차창에 이마를 기대고 멀리 P읍 작은 중심가를 바라보았다. 자잘한 건물들 사이로 은혜교회의 높은 첨탑이 잘 벼린 칼날처럼 우뚝 솟아 있는 것이 보였다. 나는 그것을 물끄러미 바라보면서 반증이 가능하니까, 아직도 저 교회는 저기 서 있는 것이 아닐까, 하는 생각을 했다. 윤희와 종수 생각은 일부러 하지 않았다. 아니, 생각나지 않았다는 것이 더 정확한 표현일 것이다. 나는 두 눈을 감고 있다가 이내 잠이 들어버렸다.

집으로 돌아오니, 아내가 아들과 함께 캐리어에 짐을 싸고 있었다. 올해 여섯 살이 된 아들은 나를 보자마자 폴짝, 허리춤에 매달렸다.

"어, 벌써 왔네요? 나는 내일쯤 올 줄 알았는데?"

아내는 소파 옆에 책상다리를 한 채 앉아서 인사를 했다. 차곡차곡 개켜진 옷가지들이 그 옆에 단정하게 놓여 있었다.

"내가 할 일이 별로 없더라고."

나는 소파에 주저앉으면서 말했다. 아들은 내 등 뒤로 옮겨 와 목을 꽉 끌어안고 놓아주지 않았다. 나는 짧게 비명을 지르기도 했다.

"내가 그랬잖아요, 아버님이 다 알아서 하실 거라고."

아내는 비닐백에 아들의 수경과 수영모자, 수영복 등을 따로 챙겨 넣으면서 말했다.

"벌써 짐을 싸는 거야? 우리 화요일 출발 아닌가?"

"내일하고 모레는 다른 거 준비할 게 많아요. 그리고 원래 여행은 이렇게 캐리어를 쌌다 풀었다, 하는 재미라구요."

나는 앉은 자세 그대로 오른쪽 팔을 폈다 접었다, 스트레칭을 했다.
우리 가족은 화요일 오후 비행기로 푸켓에 가기로 되어 있었다. 내가
시간강의를 하러 다니는 한 대학교 교무처 직원인 아내의 여름휴가는
월요일부터 시작이었다.

"근데, 나요…… 나, 이번에 수영복 하나 새로 사려고 하는데……"

아내가 내 쪽으로 자세를 고쳐앉으며 말했다.

"사면 되지, 뭐. 뭘 그런 걸 나한테 물어?"

나는 목을 뒤로 한껏 젖히며 퉁명스럽게 말했다.

"물을 만하니까 묻지요. 당신, 내가 수영복 몇 년 동안이나 입었는지
모르죠?"

나는 대답하지 않았다. 아들이 캐리어 옆에 있던 아내의 수영복을
두 손으로 들어올려 보였다.

"이거 당신이 고향집에서 논문 쓸 때 결혼기념일 선물로 사준 거잖
아요. 기억 안 나요? 왜, 거 P읍 오일장 섰을 때 산 거라면서."

아내는 피식, 웃으면서 아들이 들고 서 있는 수영복을 바라보았다.
나도 그제야 그쪽으로 눈길을 돌렸다. 내가 저걸 언제 샀나, 싶을 정도
로 촌스러운 분홍색 비키니였다.

"저거, 당신이 용돈 쪼개서 사준 거라서 내가 버리지도 못하고……"

나는 또 무언가 낯설지 않은 기분을 느꼈다. 나는 표정이 딱딱하게
굳을까봐, 그냥 두 눈을 감아버렸다.

"아휴, 근데 이젠 못 입겠어요. 나, 이번에 새로 사도 되죠?"

아내가 밝은 목소리로 물었다.

"그럼 되지. 이번엔 당신 마음에 드는 걸로 사."

나는 그렇게 말하곤 소파 팔걸이에 아예 머리를 기댄 채 누워버렸

다. 두 눈은 계속 감고 있었다. 무언가 서늘한 기운이 내 안에서 퍼져 나가는 것을 느꼈지만, 나는 그것을 애써 무시한 채 허리를 조금 더 웅크렸다. 나는 내가 어쩐지 낡은 사슬 같다는 생각이 들었다. ●

제 8 회
김유정문학상
수상 후보작

이승우
복숭아 향기

<u>이승우</u>

1981년 한국문학신인상에 중편소설 「에리직톤의 초상」이 당선되어 등단했다. 소설집 『구평목씨의 바퀴벌레』『일식에 대하여』『세상 밖으로』『미궁에 대한 추측』『목련공원』『사람들은 자기 집에 무엇이 있는지도 모른다』『나는 아주 오래 살 것이다』『심인광고』『오래된 일기』, 장편소설 『에리직톤의 초상』『가시나무 그늘』『따뜻한 비』『황금 가면』『생의 이면』『내 안에 또 누가 있나』『사랑의 전설』『식물들의 사생활』『그곳이 어디든』『한낮의 시선』『지상의 노래』 등이 있다. 대산문학상, 동서문학상, 현대문학상, 황순원문학상, 동인문학상을 수상했다. 현재 조선대학교 문예창작과 교수로 재직중이다.

1

살아오는 동안 어떤 과일을 좋아하느냐는 질문을 세 번쯤 받은 것 같다. 더 받았을지도 모르지만 기억나는 것은 그 정도이다. 앞으로 한두 번 더 받게 될지 모르겠다. 그렇지만 그것은 그렇게 중요한 일이 아니다. 그런 질문과 답변이 대개 기억하지 않아도 상관없는 아주 시시한 상황에서, 이를테면 지루한 시간을 때우거나 부자연스러운 분위기를 덜 부자연스럽게 만들어야 할 필요가 있을 경우에나 이루어지곤 하기 때문이다. 가령 알게 된 지 얼마 안 된 두 사람이 공교롭게도 약속시간보다 먼저 나와 다른 일행을 기다리면서 띄엄띄엄 주고받는 의미 없는 화젯거리 같은 것. 의식이 담긴 질문이 아니기 때문에 대개의 경우 질문자는 대답한 사람이 어떤 대답을 했는지조차 기억하지 못한다. 실제로 같은 질문을 두 번 한 사람도 있었다. 지루함을 덜기 위해 이런 질문밖에 *끄집어내지* 못하는 사람이야말로 지루하기 짝이 없는 사람이라고 할 수 있겠지만, 달리 생각하면 지루함을 덜기 위해 굳이 지루하지 않은 어떤 것을 *끄집어내는* 수고를 해야 하는지 의문이긴

하다. 그러니까 도대체 사람들은 그런 따위 질문을 왜 하는 것일까, 하고 질문할 필요가 없는 것이다.

생각해보면, 그런 질문을 받을 때면 나는 항상 곧바로 대답하지 못하고 더듬거렸는데, 물론 대답하기 어려운 질문이어서는 아니었다. 그 순간 딱히 좋아하는 과일이 떠오르지 않았기 때문인데, 딱히 좋아하는 과일이 있는데도 떠오르지 않았다면 문제일 수 있지만, 딱히 좋아하는 과일이 없으므로(그렇다고 딱히 싫어하는 과일이 있는 것도 아니므로) 이상하다고 할 수 없는 일이었다. 이상한 것은 딱히 좋아하는 과일이 없음에도 불구하고, 그리고 그런 질문을 받으면 어떻게 대답을 하겠다는 작정을 사전에 한 적이 없음에도 불구하고(그런 작정을 누가 한단 말인가!), 매번 대답이 같았다는 것이다. 나는 매번 복숭아라고 대답했다는 기억을 가지고 있는데, 대답을 한 그 순간에는 물론, 지금도 내가 특별히 복숭아를, 그러니까 포도나 사과나 감을 좋아하는 것보다 더 좋아한다고 생각하지 않는다. 도대체 사람들은 그런 질문을 왜 하는 것일까, 를 궁금해하지 않은 것처럼 도대체 나는 왜 그런 질문을 받을 때마다 한결같이 복숭아라고 대답하는 것일까, 도 궁금해하지 않았다. 아니, 내가 늘 복숭아를 골랐다는 사실도 의식하지 못했다. 나의 삶은 그럴 만큼 지루하지 않았다. 지루해할 겨를이 없었다고 해야 할지 모르겠다.

희망하는 근무지를 3지망까지 표기하게 되어 있는 근무지 선호도 조사서를 한참 들여다보고 있을 때 문득 그 생각이 났다. 이해하기 쉽지 않은 타이밍이었다. 삼 개월의 인턴 기간이 끝나고 다음주면 바뀐 신분으로 계속 출근하게 될지 다른 직장을 알아보러 다녀야 할지 결정이 나는 시점이었다. 대부분 졸업예정자였지만 나처럼 한두 해 전에 대학을 졸업하고 여기저기 이력서를 내며 시간을 보낸 취업 재수생도 여럿 있었다. 열두 명 가운데 절반은 대기업에서 인턴 경험을 한 것으로 만족하고 짐을 싸야 하는 상황이었다. 물론 근무지 선호도 조사에 어떤 표기를 하느냐가 결정적인 역할을 할 거라고 말한 사람은 없었다. 그렇지만 아무 역할도 하지 않을 거라고 생각하는 사람도 없었다. 나는 서울을 중심으로 하여 일그러진 역부채꼴 모양으로 퍼져 있는 지도 위의 도시들을 짚어보며 생각에 잠겼다. 도시들은 동쪽과 서쪽과 남쪽에 걸쳐 있었다. 어떤 도시는 가깝고 어떤 도시는 멀고, 어떤 도시는 아주 멀었다. 그 도시들 가운데 하나를 선택하는 건 간단한 일이 아니었다. 어떤 과일을 좋아하느냐는 것과 같은 종류의 한가한 질문이 아닌 건 분명했다. 딱히 선호하는 도시가 없다는 건 비슷했지만, 그렇다고 해도 그 순간이 그 한가한 질문과 답을 연상할 계제는 아니었다. 이상한 것은 그 일이 연상되자 선호하는 근무지를 묻는 질문이 좋아하는 과일이 무엇이냐는 질문과 마찬가지로 처음 받은 것 같지 않게 느껴졌다는 점이다. 언제인지 모르지만 전에 어떤 근무지를 선호하느냐는 질문을 몇 차례 받은 적이 있는 것 같았다. 물론 그럴 리 없었다. 기억에 없는 것이 확실한데도 그런 기분이 드는 건 자연스러운 일이 아니었다. 자연스러운 일이 아닌데도 근무지 선호도 조사라는 게 선호하는 과일에 대한 질문만큼 시시하고 사소하게 여겨지기까지 했다. 나는 지도 위에 적힌 도시들의 이름을 왼쪽에서 오른쪽으로 순서대로 한 번, 그리고 반대방향으로 한 번 천천히 발음해보고, 망설임 끝에 남서쪽 끝에 있는 M시를 골랐다. 꽤 긴 망설임 끝에 골라놓고는, 애초에 그 도시를 고르기로 되어 있었다는 생각을, 고른 다음에 했다. 아마도 복숭아 때문이었겠지만, 몇 번씩 조사를 하더라도 변함없이 M시에 표기했을 거라는 생각이 무슨 확신처럼 뒤따라왔고, 그 생각은 과거 몇 번의 조사에서도 늘 같은 답을 한 것 같은 기분과 뒤섞였다.

2

복숭아에 대해서는 몰라도, M시에 대해서는 할 말이 전혀 없다고 말할 수 없다. M시는 내가 태어났다고 들은 곳이다. 내가 M시에서 태어났다는 기억이 있는 것은 아니지만 어머니가 고의든 실수든 틀리게 말한 것이 아니라면 내가 그 도시에서 태어난 것은 사실일 것이다. 어머니가 나를 어디서 낳았는지 기억하지 못한다면 모를까, 그렇지 않다면 틀리게 말했을 리가 없다. 그런데 어머니가 아들을 어디서 낳았는지 기억하지 못한다고 가정할 이유가 없으므로 틀리게 말했다고 의심할 이유도 없다. 그런데도 그런 의심이 아주 들지 않는 것은 아닌데, 왜 그러느냐고 묻는다면 할 말이 마땅하지 않다. 두 가지 정도의 생각이 막연하게 떠올랐다가 사라지곤 하는데, 그 하나는 여태 M시에 가본 적이 한 번도 없다는 것이고, 다른 하나는 어머니로부터 그 이야기를 들은 게 아주 오래전이라는 것이다. 서른 살이 다 되도록 자기가 출생한 도시에 한 번도 가본 적이 없다는 건 이상한 일은 아니지만 평범한 일이라고 할 수도 없다. 물론 M시가 지나가다가 들를 정도의 거리가 아닌 것은 사실이다. 작정하지 않으면 가기 힘든 도시라는 점을 감안할 때 나오는 결론은 작정하고 간 적이 없다는 것이다. 작정할 이유가 없어서 작정하지 않았을 수도 있지만, 작정할 이유가 있는데도 작정하지 않았을 가능성도 배제할 수 없다. 그 경우에는 작정할 이유보다 더 큰 작정하지 않을 이유가 있어야 할 것이다. 더 큰 그 이유를 나는 모른다. 그 이유가 나에게 있지 않기 때문이다.

M시에 가본 적이 없다는 사실보다 더 미심쩍게 여겨지는 것은 내가 그 도시에서 태어났다는 그 말을 정말로 들었는지 명확하지 않다는 것이다. 아주 어렸을 때 언젠가 들었을 뿐 나이가 든 다음에는 그 비슷한 이야기를 들은 것 같지 않다. 나이가 들면서 출생과 유아기에 대한 추억을 화제로 어머니와 대화를 나누는 일이 줄어들게 되는 일반적인 예를 상기하면 이해할 수 없는 것은 아니다. 그런데도 어쩐 일인지 나는, 어머니가 왜 어느 순간부터 M시에 대해 이야기하지 않는 것일까, 하는 생각을 가끔 했다. 그 일을 자연스럽고 일반적인 경우로 간주하지 않으려 했던 모양인데, 구태여 이해하지 않으려는 의지 같은 걸 갖고 있었던 것인지, 그렇다면 왜 그랬는지 설명하기가 쉽지 않다.

내 기억에 의하면, 어머니는 아버지가 신문사에 근무했다고 말했다. 나는 얼굴도 모르는 아버지의 직업에는 관심을 기울이지 않았었다. M시가 아득한 것처럼 신문사도 아버지도 아득했다. 조금 큰 다음에 그 일이 떠올라, 아버지가 신문기자였어요? 하고 물었을 때 어머니는 그런 걸 왜 묻느냐는 듯 뚱한 표정을 하고 내 얼굴을 쳐다보았다. 아버지가 신문사에 근무했다면서요? 하고 재촉하자 누가 그러더냐고 오히려 반문했다. "전에 그랬잖아요. 내가 M시에서 태어난 것은 두 분이 거기 살았기 때문이라고 하면서 그때 아버지가 신문사에 근무했다고." 어머니는, 내가 그랬나? 하고 대수롭지 않게 대꾸하고는 텔레비전의 채널을 돌렸다. 채널이 세 개밖에 없는 텔레비전 화면이 페이지처럼 화라락 넘어갔다 돌아오기를 반복했다. 한 방송 채널에선 검은 드레스를 입은 여자가수가 나와 노래를 부르고 있었고, 다른 두 곳은 연속극을 내보내고 있었다. 어머니의 손은 어느 곳에서도 쉽게 멈추지 않았다. "국어시간에 신문기사를 가지고 공부했는데, 문득 아버지가……" 아버지가 신문사에서 근무했다고 어머니가 말했다는 사실을 상기시키려는 나의 시도는 어머니에 의해 제지당했다. 어머니에게는 의도가 없었는지 모르지만, 나는 어머니가 신문기자가 되고 싶으면 어렸을 때부터 책을 많이 읽어야 한다며 평소보다 조금 빠른 어조로 이야기할 때 어떤 의도를 느꼈다. 영락없는 초등학교 교사의 어투였고, 그래서 나는 그녀가 아들이 아니라 그녀 반의 학생들에게 설명하고 있는 것 같은 인상을 받았으며, 알게 하기 위해서가 아니라 질문을 막기 위해 설명하고 있는 것 같다는 느낌을 받았다. 가령 어머니는 펜이 칼보다 강하다는 잘 알려진 경구를 인용하면서, 여기서 칼보다 강한 펜은 문학이 아니라 언론이라는 취지의 말을 했는데 그것을 비롯해서 그날의 많은 말들이 어머니의 말이라기보다 교사의 말에 가까운 것으로 기억되어 있다. 어머니가 언론의 강함을 강조하기 위해 든 펜과 칼의 비유는 내 안에서 문학의 약함을 선언하는 문장으로 굴절되어 박혔다. 간혹 학교 선생님들로부터 글을 잘 쓴다는 칭찬을 들었음에도 불구하고 작가가 되어 살려는 생각을 한 번도 진지하게 해보지 않은 데에는 어머니-교사로부터 들은 그 말의 영향이 있었을 것이다. 중고등학교 국어 선생에게 칭찬 몇 번 들었다고 다 작가가 되는 것이 아니라는 걸 생각하면 가망 없는 일에 한눈팔지 않게 해줘서 다행이라고 해야 할지.

"네 아버지를 잃고 그곳을 떠났으니까 그렇지 않겠냐? 돌아보고 싶지 않은 거겠지." 나중에 외삼촌으로부터 그 말을 듣고 막연하지만 어머니를 이해할 수 있을 것 같다고 생각했는데, 그 생각은 어머니에게 그때 이야기를 다시 묻거나 상기시키지 않는 배려를 실천하게 만들었다.

아버지를 잃고 M시를 떠난 후 어머니는 초등학교 교사로 살았다. 내가 인식하기 시작할 때부터 어머니는 혼자였고, 초등학교 교사였다. 초등학교 교사가 아닌 어머니를 생각하지 못한다는 것은 초등학교 교사 이전의 어머니를 상상하지 못한다는 뜻이고, 그것은 또 M시에서의 어머니를 상상하지 못한다는 뜻이기도 하다. 아니, M시와 어머니는, 적어도 내 의식 속에서는 어떤 식으로도 연결되지 않았다. 어머니와 M시는 같은 범주 안에 들어 있는 것으로 생각된 적이 없었다. 그곳은 지구상에 실재하는 지명이라기보다 천 년쯤 전에 번성했다는 풍문 속의 어떤 도시처럼 막연하고 아득한 인상을 주는 곳이었다. 천 년쯤 전에 번성했다는 막연하고 아득한 도시가 문득 머리 위에 가득 쌓인 천 년의 먼지를 털고 일어서는 법도 있는가. 내가 근무하기를 원하는 지사를 묻는 설문지에 M시를 적은 것은 그런 일에 비유할 수 있는 일이라고 나는 생각했다.

3

천 년의 먼지를 털고 일어선 풍문 속의 고대 도시에 대한 환상은 M시에 대한 그동안의 나의 무관심이 부당한 억압이고 의도적인 봉쇄였을 수 있다는 데까지 생각을 끌고 갔다. 나는 내가 왜 그 많은 과일들 중에서 늘 복숭아를 선택했는지를 생각하고, 내가 왜 그 많은 도시들 가운데 M시를 선택했는지를 애써 생각했다. 그 생각은 곧바로 M시를 천 년 전의 아득한 풍문 속의 도시로 만들어놓은 이유를 묻게 했다.

나는 그곳에 가본 적이 없다. 그곳에 가지 않은 것은 천 년을 거슬러갈 수 있는 길이 없었기 때문이다. 천 년은, 가기에는 너무 먼 거리였다. 가지 않기 위해서 천 년의 세월과 풍문이라는 차단막이 필요했을까. 나는 그 차단막을 제거하는 것이 잘한 일인지 확신할 수 없었다. 아니, 차단막이 완전히 제거되었는지도 확신할 수 없었다. 다만 어째서인지 이런 생각은 들었다. 어머니는 아마 아들이 스스로 이 차단막을 찢고 천 년의 먼지를 털어내기를 원하지 않았을까. 그런 순간을 기다려오지 않았을까. 어머니에게 M시에서 일하게 되었다는 이야기를 할 때 내 속에서는 기대와 설렘이 만든 잔잔한 파장이 일었다. 초등학교 선생님에게 칭찬 듣기를 기대하는 소년의 마음 같은 것이 있었다. 선생님의 숨은 생각을 용케 알아차린 데 대한 뿌듯함을 애써 드러내지 않으려는 표가 아마 났을 것이다. 그러니까 나는 오랫동안 묻혀 있던 M시를 발굴해낸 내 공을 교사인 어머니가 치하할 거라고 기대했다. 그랬으므로 어머니가, 하필 그 먼 데로, 하는 반응을 보였을 때 나는 좀 당황했다. 나는 M시를 강조해서 발음하며 내가 그곳을 자원했다고 말했다. "하기야 요새는 교통이 워낙 좋으니까 뭐. 어디서든 열심히 하는 게 중요하지." 내가 한 달에 한 번은 꼭 올라오겠다는 말을 하자 어머니는 그 도시와는 아무런 인연이 없는 사람처럼 무덤덤하게 말했다. 내가 선호하는 근무지로 서울을 택했다면 과연 취직이 되었을까 스스로에게 질문을 던져본 적이 있는데, 고개가 바로 끄덕여지지 않았다. 그럴 능력이 있었다고 하더라도 나는 서울이 아니라 M시를 선택했을 거라고, 그건 능력의 문제가 아니라 운명의 문제였다고 변명하며 나는 그 질문을 문질렀다.

M시에 가면 M신문사부터 가볼 참이에요, 하는 말에도 그녀는 거긴

왜? 하고 밋밋하게 반문했다. 나는 머리 한쪽이 얼얼해지는 걸 느꼈는데 그것이 일종의 배신감에 따른 반응이라는 걸 나중에 깨달았다. 하지만 어머니는 정말 아무것도 모른다는 표정이어서 순간적으로 내가 무언가 착각하고 있는 것은 아닌가 의심하게 했다. 아주 오래전의 기억은 백 퍼센트 신뢰할 수 없는 일이기도 했다. 나는 무구해 보이는 어머니의 얼굴을 바라보다가 M신문사요, 거기 알잖아요, 하고 되물었는데, 어떻게든 기억을 떠오르게 하겠다는 의지를 가진 추궁이라기보다는 옹색한 상황을 모면하기 위해 얼버무리는 것에 가까웠다. 아버지가 그 신문사에 근무했잖아요? 하는 단순한 질문이 만들어지지 않았다. 입에 붙지 않은 외국어 단어가 그런 것처럼 아버지라는 단어는 입에 올려본 적이 없어서 발음되지 않았다. 어머니는 추궁받지 않았으므로 답하지 않았다. 그녀는 언제부터 출근하느냐고 물었다. 나는 일주일 후라고 답하고, 그전에 내려가서 회사 근처에 원룸을 얻을 거라고 대답했다. "내려가기 전에 삼촌한테 인사하러 가라." 그 말을 하고 어머니는 장을 보러 가겠다며 일어났다.

어머니가 시키지 않았어도 삼촌을 찾아갈 생각이었다. 어머니가 어릴 때부터 의지하며 살아온 유일한 혈육인 삼촌은 내 취직을 어머니 못지않게 기뻐해줄 것이었다. 그러나 단순히 취직 인사를 위해 삼촌댁에 갈 마음을 먹은 건 아니었다. 나는 이미 천 년 전의 먼지를 뒤집어쓴 상태였다. 자욱한 먼지들은 공중에 떠오르기 전까지 그 먼지들이 들러붙어 있던 대상을 주목하게 했다. 먼지가 날리지 않았으면 보이지 않았을 것들. 보이지 않았으면 보지 않았을 것들. 그러나 보였으므로, 보인 다음에는 보지 않을 수 없었다. 나는, 세월의 먼지를 뒤집어쓴 채 발굴되기를 기다리고 있는 더 많은 유물들을 향해 다가가고자 했다.

나는 이 충동이 다소 낯설었지만 제어해야 한다고 생각하지 않았고, 제어하고 싶지 않았다. 아니, 제어할 수 있는 것으로 생각하지 않았다. 그것은 어딘가로부터의 거역할 수 없는 어떤 부름처럼 여겨졌다.

　외삼촌은 내가 도움을 청할 수 있는 유일한 사람이었다. 외삼촌은 이제야 그런 걸 묻느냐고 읽을 수도 있고 이제 와서 새삼스럽게 그런 걸 묻느냐고 해석할 수도 있는 표정을 지었다. 여태 기다리고 있었던 것인지 더 이상 기다리지 않기로 한 것인지 판단하기가 쉽지 않았다. "신문사에 근무한 사람은 네 어머니다." 그렇게 모호한 표정을 지은 채 삼촌이 한 말은 나를 어리둥절하게 했다. 나는, 아버지가 아니고요? 라고 물었고, 삼촌은, 아버지가 아니고, 라고 확인해주었다. "길지 않았다. 한 사 년? 결혼을 하고 바로 그만두었으니까." 나는, 아버지가 M신문사에 근무했다는 말을 어머니로부터, 아주 오래전에 들은 것으로 기억하고 있는데, 내 기억이 잘못되었을까요? 하고 묻지 않을 수 없었다. "들은 사람이 잘못 기억하고 있을 수도 있고, 말한 사람이 잘못 말했을 수도 있겠지. 하지만 그건 뭐 큰 차이가 아니다." 삼촌은 그렇게 말했다. 그게 왜 큰 차이가 아녜요? 하고 항의하고 싶은 것을 눌러 참았다. 그게 왜 큰 차이가 아니라는 건지 설명하려는 삼촌의 의중이 보였기 때문이다. 삼촌은 이야기의 순서를 고르는 듯 눈동자를 가운데로 모으며 입술을 달싹였는데, 그 모습이 내게는 입맛을 다시는 것처럼 보였다. 그러고 보면 삼촌은 내가 세월의 묵은 먼지를 털어내며 발굴에 나서기를 기다리고 있었던 것 같기도 했다.

4

어떤 이야기는 자주 말해지고, 어떤 이야기는 덜 말해지거나 전혀 말해지지 않기도 한다. 자주 말해졌는데도 말해지지 않은 것이나 마찬 가지인 이야기가 있고 전혀 말해지지 않았는데도 자주 말해진 것으로 간주되는 이야기가 있다. 어떤 이야기는 말해져야 할 시간에 말해지고 어떤 이야기는 말해지지 않아야 할 시간에 말해진다. 말해질 시간에 말해진 이야기는 살지만, 혹은 살리지만, 삶으로써 살리지만, 말해지 지 않을 시간에 말해진 이야기는 죽는다, 혹은 죽인다, 죽임으로써 죽 는다. 어떤 이야기는 살고 살리기 위해 말해질 시간을 기다린다. 그것 은 수순이 중요한 바둑의 한 수와 같다. 바둑알을 어떤 자리에 놓는 것 이 중요한 것이 아니고 언제 놓느냐가 중요하다. 똑같지는 않지만 외 삼촌은 이런 내용으로 이야기를 시작했다. 과거를 불러내는 그 나름의 의식처럼 생각되는 말이었다. 내가 그런 것처럼 그 역시 어딘가로부터 어떤 부름을 받고 있다는 생각을 했다. 그가 여태 아껴온 한 수를 기다 리는 마음의 긴장이 만만치 않았다.

M시에 있는 대학을 갓 졸업한 이십대의 젊은 여자는 지역 신문사 에 입사했다. 1985년이었다. 신문사 사주는 일제강점기 때 방직공장 을 차려 부를 축적한 부친의 재정적 후원으로 국회의원 배지를 단 적 이 있는 정치인이었다. 유권자의 지지를 받아야 하는 지역구에 세 번 도전해 세 번 모두 떨어지고 난 후 정당의 유력 인사에게 잘 보여 겨우 전국구 의원이 되었다. 그러나 두 번은 아니었다. 부도 직전의 신문사 를 인수해서 정치적 재기를 노렸지만 평판과 능력이 따라주지 않았다. 애초에 신문사를 운영할 능력도 사명감도 없는 사람이었다.

입사한 지 이 년이 채 안 된 스물다섯 살짜리 젊은 여자를 마음에 들어한 사람은 국회의원 이력을 가진 신문사 사장이었다. 그는 신문사 사장일 뿐 아니라 싼 땅에 연립주택을 지어 파는 소규모 건설회사 사장이기도 했으므로 신문사에는 얼굴을 잘 보이지 않았다. 자주 나타난다 해도 신입 기자와 접촉할 기회가 잦을 리 없었다. 그녀와 접촉한 사람은 사장의 두터운 신임을 받는, 국회의원 시절 보좌관 출신의 비서실장이었다. 비서실장은 그녀에 대한 모든 것을 조사했고, 조사한 모든 것을 보고했다. 그가 조사하고 보고한 사람은 그녀만이 아니었고, 그때가 처음도 아니었다. 그러나 사장이 흡족해한 사람은 그녀가 처음이었다고 비서실장은 전했다. 부모가 일찍 돌아가신 것과 집이 가난한 것을 포함해서 우리가 가진 만만한 조건들이 아마 마음에 들었던 모양이다, 하고 삼촌은 자조 섞인 어조로 말했다. 그 오빠가 변변치 않은 직업을 가지고 있어서 더 그랬겠지, 하며 삼촌은 한숨을 내쉬었다. 지금은 부동산 중개업을 하고 있는 삼촌은 그때 무슨 직업을 가지고 있었는지 말하지 않았다. 그때도 부동산 중개업을 하고 있었는지 어땠는지 몰랐지만 나는 묻지 않았다.

사장이 개인적으로 보자고 한다는 연락을 받았을 때 그녀는 잔뜩 긴장했다. 사내에는 사장에 대한 나쁜 소문들이 돌고 있었는데, 무식하고 권위적이고 여자를 몹시 밝히며 화가 나면 장소와 때를 가리지 않고 직원들의 정강이를 걷어찬다고 했다. 소문들 가운데는 유독 여자와 관련된 것이 많았는데, 예컨대 그가 지나간 동네마다 첩이 하나씩 생긴다든지 자기 아들의 연인을 어떻게 해서 난리가 났다는 유의 소문에는 과장된 것은 있어도 근거가 없는 것은 없다는 평가가 따라붙었다.

어느 날 비서실장이 그녀를 도시 외곽으로 데리고 갔다. 포도나무와 배나무와 복숭아나무가 심어진 과수원 한가운데 이층짜리 양옥집이 있었다. 음식이 차려진 방에는 사장과 사장을 닮지 않은 젊은 남자가 같이 앉아 있었다. 사장은 그 젊은 남자를 자기 아들이라고 소개했다. 지금은 K그룹에서 말단 사원으로 근무하지만 장차 자기를 이어 M신문사와 M건설회사를 이끌어 갈 거라는 말도 했다. 똑똑하고 유능한 정 기자 같은 사람이 우리 회사의 자부심이라고 치켜세우고는 자기 아들을 잘 도와달라고 했다. 다른 이야기를 더 하긴 했지만 그 이야기 말고는 특별히 기억할 만한 것이 없었다. 그녀는 자기가 유능한 기자라고 생각하지 않았기 때문에 의아하고 낯간지러웠다. 눈에 띌 만한 특별한 활동을 한 적이 없었다. 그녀는 자기를 지극히 평범한 사람이라고 생각했다. 무엇을 어떻게 도와달라는 건지 이해할 수 없는데다가 자기에게 누군가를 도울 능력이 있다고 생각하지 않았기 때문에 아무 대꾸도 하지 못했다. 젊은 남자는 말없이 앉아 밥을 먹었다. 옆에 누가 있다는 걸 의식하지 못한 것처럼 고개도 들지 않고 말도 하지 않았다. 말을 하지 못하는 사람인가 의심이 들 정도였다.

사장이 아들의 혼사, 라기보다 혼사를 통해 자기 집안에 들어올 새 식구에 관심이 많은데, 그녀를 좋게 보아서, 며느리로 들이고 싶어한다는 말을 한 사람은 비서실장이었다. 그녀는 자기를 어떻게 알고 그러느냐고 반문했지만, 비서실장은 자기가 조사하고 보고했다는 말을 하지 않았다. 비서실장이 침묵했기 때문에 그녀는 속으로 사장이 자기에게 보인 (것으로 추측할 수 있는) 호의에 대해 생각했다. 입사한 지 구 개월쯤 되었을 때 비서실 근무를 권한 적이 있었다. 물론 그녀는 거절했다. 한번은 그녀가 취재한 소외 계층 청소년을 위한 기업의 문화 후원에 대한 기사를 칭찬한 적이 있었다. 다른 두 기자가 함께 참석했지만 사장실에서 차를 마시는 내내 사장이 유독 자기를 주의깊게 살폈던 게 기억났다. 사장의 싱가포르 여행에 비서실장과 함께 동행했던 일도 떠올랐다. 아시아평화언론포럼인지 하는 행사였는데 그녀는 취재기자 신분이었다. 사장에 대한 추한 소문에 익숙해 있었으므로, 이 늙은이가 나를 어째볼 마음을 먹고 있나, 하는 생각을 하지 않을 수 없었으므로 잔뜩 긴장하며 3박 4일을 보냈다. 그 여행 중에 가족관계나 취미, 교우관계, 학교 때의 활동이나 앞으로의 계획 같은 사적인 질문을 받았다. 해외에 나와 있겠다, 자리가 자리이니만큼 그럴 수 있다고 생각했다. 그게 다였다. 긴장할 일은 일어나지 않았다.

　그 집안이 대단해서 그런 건 아니었다, 네 엄마를 믿는 마음이 더 컸지, 하고 말하면서 삼촌은 말꼬리를 흐렸다. 그 말 속에는 그런 집안으로 시집보내는 것을 마다할 이유가 없었다는 뜻이 들어 있었다. 부모가 돌아가시고 두 남매만 남아 있었기 때문에 다섯 살 나이 차가 나는 오빠는 그녀에게는 아버지나 다름없었다. 네 엄마만 나를 그렇게 생각한 것이 아니라, 나도 네 엄마를 그렇게 생각했다, 세상 천지에 우리 둘밖에 없었다, 하고 삼촌은 감회에 젖어 말했다. 좋은 혼처다 싶어 넌지시 말을 건넨 적이 몇 번 있었는데 그때마다 관심 없다며 고개를 저었기 때문에 그녀가 먼저 결혼 이야기를 꺼낸 것은 의외였지만 그만큼 반갑기도 했다. 더구나 상대가 M시의 터줏대감이나 다름없는 집안의 외아들이라는데 반대할 이유가 없었다. 그때를 회상하면서 삼촌은 갑자기 침울해졌다. 약간의 침묵 후에, 다른 게 죄가 아니다, 욕심도 죄고 미혹도 죄고 분별력 없는 것도 죄다, 하고 자조 섞인 어조로 말했다. 나는 그렇다 해도 그애가, 네 엄마 말이다, 그 똑똑한 애가 왜 그랬

는지, 하면서는 고개를 저었다. 나는 삼촌이 갑자기 늙어버린 것같이
느껴졌다.

5

어느 날, 출근한다고 나간 남자가 점심시간도 되기 전에 집으로 돌
아와 난리를 피우기까지 어떤 우려할 만한 일도 일어나지 않았다고
삼촌은 말했다. 그때까지 세상은 평온하고 조용했다. 잔물결도 일지
않았다. 아니, 잔물결도 일지 않았을 리 없다. 바둑 대국이 끝나고 한
수 한 수 복기하다보면 대국 중에는 보지 못했던 수를 보게 되고 상대
방이 둔 수에 감춰진 의도를 읽게 되는 것과 같다, 항상 뒤늦게 깨닫는
다, 세상사란 게 바둑판과 같다, 하고 주름진 얼굴의 삼촌은 한숨을 쉬
며 말했다.

문을 박차고 들어온 남자는 대뜸, 고백해, 하고 소리쳤다. 영문을 모
르는 아내는 뭘요? 하며 남편의 얼굴을 쳐다보았다. 그때 그녀는 남편
의 눈이 붉은 기운으로 불타고 있는 것을 보았다. 그것은 한 번도 본
적이 없는 눈이었다. 사람의 눈이라고 할 수 없는 눈이었다. 그녀가 주
춤하는 사이에 남자가 눈앞의 백자 항아리를 집어들었다. 아니, 집어
들지 못했다. 그는 항아리를 들고 그녀를 향해 던지려고 했다. 그러나
그가 두 손으로 잡자마자 그 백색의 둥근 항아리는 파사삭 소리를 내
며 부서져버렸다. 그걸 보고 그녀는 남자의 눈에 일고 있는 붉은 기운
이 살기라는 걸 알았다. 남자는 피 묻은 손을 흔들며 그녀에게 달려들
었다. 그 손에 잡히면 백자 항아리처럼 파사삭 소리를 내며 부서져버

릴 것 같아서 그녀는 재빨리 문을 열고 시어머니 방으로 달아났다. 시어머니 등 뒤에 숨어서 그녀는 저 사람이 이상해요, 이상해요, 다른 사람 같아요, 사람 같지 않아요, 하며 벌벌 떨었다. 그 방까지 쫓아들어와서 추악한 욕을 해대며 죽여버리겠다고 고함치는 아들에게 어머니가 타이르듯 말했다. "귀현아, 너 왜 이러니? 정신 차려라. 네 아내다. 네 아내라고. 이러면 안 되지. 이러면 안 되는 거잖아, 귀현아." 아들은 소리 지르며 몸부림치고, 엄마는 아들을 끌어안고 울며 넘어졌다.

소동은 오래가지 않아 그쳤지만 그녀에게는 악몽과도 같이 긴 시간이었다. 어머니가 준 물약을 먹고 반 시간가량 자고 일어난 그는 평상시와 같은 모습으로 돌아왔다. 조용했고 침울했다. 정신을 차린 그는, 내가 뭐에 씌었었나봐, 하고 말했지만 그 이후로 뭐에 씌었다고 할 수밖에 없는 일이 빈번하게 일어났다. 처음에는 어쩌다가 한 번, 나중에는 거의 매일. 그녀는 자주 사람 눈 같지 않은 남편의 눈을 보아야 했고, 고백하라는 말과 죽여버리겠다는 말을 들어야 했고, 목을 졸려야 했고, 가끔은 기절해야 했고, 벌벌 떨며 지내야 했다. 임신을 한 후에는 더 심해졌다. 그런 일이 있을 때면 남자의 아버지는, 이 미친 새끼, 차라리 죽어버려라, 폭언을 하며 아들을 무지막지하게 때렸고, 그러면 아들은 꼼짝없이 맞기만 했다. 어머니는 며느리의 등을 토닥이며 눈물을 찍었다.

한동안 나한테 와 있기도 했다, 네 엄마 얼굴만 보면 잡아먹으려고 하니까 어떻게 할 수가 없었다, 하고 말하는 삼촌의 얼굴은 이야기를 시작할 때보다 늙어 보였다. 왜 그런 건데요, 도대체 왜 그런 건데요? 하고 나는 흥분해서 물었다. "그러게 말이다. 나도 흥분해서 따졌었다. 대체 왜 그러느냐고." 삼촌이 그 집안 사람들로부터 들은 대답은 아내를 너무 사랑해서 그런다는 것이었다. "그게 말이 돼요?" 나는 삼촌이 내 앞에서 그런 말도 안 되는 변명을 늘어놓기라도 하는 것처럼 소리 쳤다. 삼촌은 그런 나를 가만히 바라보고 있다가, 나도 그게 말이 되느냐고 항의했다, 하고 조용히 말했다. 말이 되지 않았지만 아내에게만 집착하고 아내를 향해서만 폭력을 행사한 것은 사실이었다. 폭력이 사랑의 증거는 아니지만 사랑이 폭력의 구실 노릇을 하고 있는 것은 틀리지 않은 것처럼 보였다. 남자도 자신의 제어하지 못하는 폭력 충동 때문에 괴로워했다. 그런 일이 생길 때면 자기도 어쩌지 못한다고, 그러니까 그런 조짐이 보이거들랑 도망가라고, 자기 눈에 띄지 말라고 충고하기까지 했다. 그래 놓고 눈에 보이지 않으면 쌍욕을 섞어 고래고래 소리 지르며 그녀를 찾아다녔다. 날이 갈수록 상태가 심해졌고, 결국 정상적인 생활이 불가능해졌다. 남자는 병원을 오가며 치료를 받았고, 집에 있을 때는 갇혀 지냈다.

"그 집안 사람들은 결혼하고 나서 그 몹쓸 병이 생겼다며 원인을 네 엄마에게 돌리려 했는데, 난 그걸 믿을 수 없다." 외삼촌은 그런 흉악한 일이 눈앞에서 벌어지고 있는 것처럼 주먹 쥔 손을 부르르 떨었다. "도대체 그애가 뭘 어쨌다는 말이냐." 의처증으로 몰고 가기 위해 아내에 대한 남자의 남다른 애정을 강조하는 의도의 불순함과 부당함을 비난하면서 삼촌은 결혼 전부터 그 사람의 정신이 온전하지 않았을 거라는 의심을 내비쳤다. 우연히 의처증과 유사한 증상을 보이긴 했어도, 그리고 결혼 후에 악화되었는지는 몰라도 그때 발병한 것은 아닐 거라고, 처음부터 그걸 속이고 만만한 집안의 괜찮은 여자를 골라서 서둘러 결혼시킨 거라고 주장했다. 그런 의심을 할 만한 근거가 없는 것도 아니었다.

과수원이 있는 집에서 식사를 한 다음 주말에 그들의 첫 번째 데이트가 예정되어 있었는데, 남자는 그 약속을 지키지 않았다. 이튿날 비서실장이 매우 정중하게 남자의 사과 메시지를 전했다. 남자는 회사 일로 급히 해외에 출장을 갔다고 했다. 급히 출국을 해야 해서 연락을 할 여유가 없었다고, 약속을 지키지 못해 몹시 죄송스러워한다고 말했다. 열흘쯤 후에는 출장이 장기화되고 있다는 전언이, 이번에도 비서실장을 통해 왔다. 그로부터 일주일이 지난 후에 사장이 그녀를 불렀다. 사장은 아들 대신 정중히 사과하며 사정을 전했다. 그쪽 해외지사 일이 순조롭게 돌아가지 않는 듯하다, 처음엔 단기 출장이었는데, 체류 일자가 길어지더니 마침내 그곳으로 발령이 난 것 같다, 적어도 삼 년은 그곳에 있을 것 같다, 참으로 미안하다. 그녀는 사장이 필요 이상으로 미안해한다는 인상을 받았다. 당사자도 아니고 아버지가 나서서 그렇게 변명하고 사과까지 할 만한 사안이 아니라는 판단은 다른 추측을 하게 했다. 혼사에 대한 사장의 의사가 간접적으로 전달된 적이 있다고 해도 그렇게 부담을 느껴야 할 만큼 진전된 사이가 아니었다. 고작 한 번 만났을 뿐이고, 본격적인 데이트를 해보지도 않았다. '관계 끝'을 선언하기 위해 사장이 굳이 하지 않아도 되는 변명을 하고 있는 것뿐이라고 그녀는 생각했다. 그런데 그게 아니었다. "우리 애가 일이 이렇게 된 걸 아주 안타까워해요. 정 기자가 아주 마음에 든 모양이에요. 알겠지만 나도 물론 그렇고. 그래서 말인데, 정 기자가 원한다면……" 정 기자가 원한다면 되도록 빨리 날짜를 잡아 결혼식을 올렸으면 한다며 사장은 너그러운 미소를 지어 보였다. 삼 년씩 해외에 혼자 나가 있는 것이 안심이 안 되고, 또 노모가 손자 결혼을 원한다는 말도 덧붙였다. 삼 년이나 결혼을 미루기가 어렵다는 것이었다.

188

나의 아버지에 대해 말하는 것이 곧 나에 대해 말하는 것이 되기 때문에 말하기가 어려웠다고 삼촌은 말했다. 그것이 말해질 시기와 관련된 언급이라는 걸 나는 알아들었다. 그 모든 것이, 그러니까 다 거짓이었을까요? 하고 묻고 나서 나는 움찔했는데, 그 순간 그 질문이 내 존재가 거짓에 기반하고 있느냐는 것으로 치환되어 들렸기 때문이었다. 나는 내 존재가 거짓에 기반하고 있다는 선고를 받을까봐 두려웠다. 삼촌 역시 내가 느끼는 것을 느끼고 있는 게 분명했다. 그는 나를 외면하기 위해 눈을 감고 한참 동안 있었다. 그러나 그렇게 오래는 아니었다. 확신에 찬 내용에 비해 그의 목소리는 이상하리만큼 흔들렸다. "나는 그렇게 생각한다. 나는 네 아버지가 K그룹에 다녔다는 걸 믿지 않는다. 물론 외국 출장 갔다는 것도. 네 아버지의 증상이 단순한 의처증이라는 걸 믿지 않는 것처럼." 확인하는 게 어려운 일이 아니었을 텐데요, 하고 묻고 싶은 걸 참았다. 내가 참고 있는 걸 알아차린 듯 삼촌이 말했다. "확인하는 게 어려운 일은 아니었다. 확인하고 따지고 그랬어야 하는데, 그러지 못했다. 네 어머니가 원하지 않았기 때문이다." 왜요? 하고 나는 곧바로 물었다. "그러게 말이다, 왜 그랬을까?" 삼촌은 그렇게 자문한 다음, 그 바보 같은 것이, 네 어머니 말이다, 그 사람이 참 불쌍하다고 했다, 그렇게 시달리면서도, 하기야 네 아버지야 무슨 잘못이 있겠냐, 제일 불쌍한 사람이 그 사람이지, 라며 한숨을 쉬었다. 그러다가 곧 이어서, 그래도 그렇지, 그게 할 짓이냐, 자기 자식 안됐다고 남의 자식을 이용해, 그게 한 여자의 인생을 완전히 꼬이게 만드는 일인데, 하며 한탄하다가, 하긴 그 덕에 네놈이 세상 빛을 보긴 했다, 너를 태어나게 하려고 그런 억지스런 일이 일어나야 했던 것인지, 하며 가슴을 쓸어내렸다. 수십 년이 지났는데도 다스려지지 않는, 복잡하고 혼란스러운 삼촌의 마음이 그대로 전달되는 듯했다.

6

　굳이 그럴 필요가 없다고 하는데도 삼촌은 직접 차를 몰고 M시까지 나를 데리고 갔다. 삼촌 집에서 M시까지는 오십 킬로미터 정도 떨어져 있었다. 나는 하룻밤 자고 이튿날 일찍 M시로 가서 원룸을 알아볼 참이었다. 혼자 할 수 있다는데도 자기가 가야 한다며 차에 올라탔다. 하기야 삼촌이 같이 집을 보러 다녀준다면 이 지역 물정을 잘 모르는 나에게는 큰 도움이 될 것이었다. 인터넷에 들어가 검색을 해보긴 했지만, 도시의 방위도 잘 파악하지 못하는 상황이라 어느 동네에 가서 어떤 집을 구할지 막막한 상태였다. 나는 삼촌이 하는 대로 따르기로 했다.

　시가지로 들어가고 얼마 지나지 않아 삼촌은 도로변에 차를 세우고 조수석 문을 반쯤 열었다. 저게 그 신문사 사옥이었다, 하고 손가락으로 가리킨 곳에는 어떤 은행 간판이 걸려 있었다. 지금은 무슨 의류 회사 사옥으로 변해 있을 거다, 하며 삼촌은 혀를 쯧쯧 찼다. M신문사는 세 차례 주인이 바뀐 다음 수년 전 다른 신문사와 통합이 이루어져 이름까지 사라졌다고 했다. 육층짜리 건물은 외벽 도장을 최근에 새로 한 듯 말쑥한 모습이었다. 세월의 때가 벗겨져나간 말끔한 겉모양이 위화감을 자아냈다. 나는 낡고 부서지고 먼지에 덮인 오래된 유적지를 상상했는지 모르겠다. 아니면 아예 흔적도 남기지 않고 이 지상에서 사라져버렸기를. 기억하고 추억할 아무런 단서도 남기지 않고 없어져버렸기를. 어디선가 불자동차 지나가는 소리가 들렸다. 나는 귀를 막았다. 귀를 막아도 사이렌 소리는 작아지지 않았다. 양쪽 검지를 귓구멍에 집어넣었다. 다른 소리가, 더 크게 들렸다. 고백해. 더러운 화냥년. 저 늙은 놈이랑 붙어먹었지?

그 비극적인 사건이 저 건물 안에서 일어났다. 해가 질 무렵 사장실 문을 벌컥 열고 남자가 들이닥친 것은 1989년 여름, 어느 무덥던 날 저녁이었다. 정상적인 사회생활이 불가능한 남자 대신 그녀가 신문사에 출근한 지 한 달도 채 되지 않았을 때였다. 사장실 안에는 사장과 그녀와 비서실장이 있었다. 남자는 다짜고짜 그녀를 끌고 옥상으로 올라갔다. 다른 때와 달리 손에 칼을 들고 있어서 쉽게 저지하기 어려웠다. 남자는 칼을 여자의 목에 대고 부르짖었다. "고백해. 더러운 화냥년. 저 늙은 놈이랑 붙어먹었지? 시아버지란 작자가 네 더러운 뱃속에 더러운 씨를 심었지? 이 추악한 것들." 사장이 씩씩거리며 이 미친 자식, 보자 보자 하니까 이제 회사까지 와서, 하며 아들의 뺨을 후려쳤다. 언제나 아버지의 호통과 매질이 아들의 발작을 멈추게 했었다. 아버지 앞에서 아들은 언제나 꼼짝도 하지 못했다. 아버지는 평소처럼 했다. "죽어버려라, 죽어버려." 평소처럼 폭언을 하고 폭력을 썼다. 그날도 아버지의 위세 앞에 움츠러들어야 했다. 그럴 거라고 기대했다. 사장도 그랬고 그녀도 그랬다. 그러나 그날은 달랐다. 죽어버려라, 죽어버려. 그의 손이 위아래로 움직였다. 그의 손에 들린 칼도 위아래로 움직였다. 비명이 하늘로 치솟고 세 사람의 옷이 붉은 피로 뒤덮였다. 석양이 그들을 휘장처럼 덮었다.

"네 어머니가 왜 가만있었느냐고 물었지? 왜 그 모든 걸 그저 견디기만 했느냐고?" 창문을 닫고 다시 차를 운전하면서 삼촌이 물었다.

나는 고개를 돌려 삼촌의 얼굴을 쳐다보았다. 삼촌은 굳은 얼굴로 앞만 보고 운전했다. "나도 그게 오랫동안 궁금했다. 네 엄마가 그렇게 호락호락할 사람이 아닌데, 왜 그랬을까?" 삼촌은 또 말을 끊었다. 자동차 속도가 빨라지는 게 느껴졌다. 액셀러레이터를 밟은 발에 저절로 힘이 들어가는 것 같았다. 나는 어리둥절한 표정으로 삼촌의 옆얼굴을 바라보고, 삼촌은 굳은 얼굴로 앞만 바라보며 운전했다. "네 엄마는 속아서 결혼한 것이 아니기 때문이다. 네 엄마가 그랬다. 나는 속지 않았어요. 모르고 결혼한 게 아니에요. 어처구니가 없었다. 그게 무슨 말이냐? 내가 물었지. 알고 있었다고요. 다 알고 결혼한 거라고요. 내가 다시 물었다. 다 알다니 뭘 알았다는 거냐? 네. 엄마가 대답했다. 다요. 다." 그리고 삼촌은 다시 입을 다물었다. 나도 묻지 않았다. 나는 굳은 얼굴로 앞을 보았고 삼촌도 굳은 얼굴로 앞만 보고 운전했다. 자동차가 나무울타리가 둘러쳐진 이층집 앞에 멈출 때까지.

삼촌은 말없이 대문을 열고 들어갔다. 들어오라는 말은 하지 않았지만 나는 뒤를 따라 들어갔다. 공기 중에 퍼져 있던 과일향이 콧속으로 스며들었다. 나는 나도 모르게 숨을 들이켰다. 삼촌은 현관문이 닫힌 이층 양옥집을 지나쳐 복숭아나무 사이로 걸어들어갔다. 집 안에 복숭아밭이 만들어져 있는 건 흔한 일은 아니지만 놀랄 일이라고 할 수는 없었다. 그러나 집 안에 무덤이 있는 건 흔하지 않을 뿐 아니라 놀라지 않을 수 없는 일이었다. 그러나 놀라고 있을 수만도 없었다. 앞서 걷던 삼촌이 그 무덤 앞에 멈춰 섰기 때문이다. 인사해라, 하고 삼촌이 말했다. 나는 풀이 발목 높이만큼 자란 봉분을 눈에 힘을 주고 노려보았다. 삼촌이 어떤 설명인가를 해주기를 바라는 마음과 삼촌이 어떤 설명인가를 하면 어떻게 하지, 하는 우려의 마음이 교차했다. 나는 내가 무엇을 원하는지 도무지 알 수 없었는데, 그것은 아무것도 말해주지 않아도 다 알 것 같으면서 또 모든 걸 말해준다 해도 아무것도 모를 것 같았기 때문이었다. "네 어머니가 이 과수원만을 원했다. 다른 것은 아무것도 원하지 않았다. 아무것도. 이 과수원 안에 네 아버지 묘를 만들고 저 집에서 너를 낳고 삼 년을 살았다." 삼촌은 무릎을 굽히지 않고 서 있는 내 뒤에서 가만가만 말했다. 머리로는 몸을 낮춰야 한다고 생각했지만 내 몸은 시멘트를 바른 듯 꿈쩍도 하지 않았다. 나는 마음속이 하얗게 캄캄해지는 걸 느꼈다. 하얗게 밝아지는데 아무것도 보이지 않는 걸 느꼈다. 뒤를 돌아볼 수도 없었다.

삼촌이 아직 뒤에 있다는 걸 삼촌이 하는 말이 알려줬다. 이 집에 처음 와서 밥을 먹던 날, 어머니는 둘만 남은 방 안에 처음 만난 남자와 한 시간 동안 같이 있었다고 삼촌이 말했다. 식사를 마친 후 둘이서 이야기를 더 나누라고 하고 사장과 비서실장이 먼저 자리를 떴다는 것이다. 그날 그 한 시간 동안 무슨 이야기를 나누었을까? 남편의 폭력을 피해 친정에 와 있는 동생에게 저 집안의 파렴치한 사기행각을 폭로하고 더 늦기 전에 빠져나오라고 설득했을 때 그녀가 한 말은 이런 것이었다. "그럴 수 없어, 오빠. 과수원집에서 처음 보았던 날, 음식 차려진 상에 얼굴을 대고, 그 사람, 울었어. 자기는 누군가의 남편이 될 수 없는 사람이라고 하면서, 아버지가 감추고 속여서 억지로 결혼시키려고 한다면서, 자기도 끌려나왔고 나도 끌려나온 거라고 하면서, 이런 일이 처음이 아니라고 하면서, 아버지가 어떤 사람인지 알고 자기가 어떤 사람인지 알면 결코 이 상황을 받아들일 수 없을 거라고 하면서, 이러면 안 되는 거라고 하면서, 제발 거부하라면서, 그러면서, 고개도 들지 않고, 내 얼굴은 단 한 번도 쳐다보지 않고 그냥 울먹였어. 그런데 왜 그랬을까, 나는 그 사람이, 받아들여졌어. 천지를 뒤덮은 복숭아 향기 때문이었을까, 그 사람이 어찌나 측은하던지 마음이 저절로 그쪽으로, 마치 넝쿨손이 그런 것처럼, 쭉 뻗어나가는 걸 어쩔 수가 없었어. 나도 모르게 그만, 상 위에 떨어져 있는 그 사람 얼굴을 손으로 받쳐서 내 무릎에 올려놓고 야윈 등을 가만가만 쓰다듬었어. 그런 채로 한 시간을 있었어. 천지에 복숭아 향기만 가득했지. 취하는 것 같았어. 복숭아 향기 탓인지 어딘가 다른 데서 온 것 같은 묘한 분위기의 그 사람 인상 때문이었는지 모르겠어. 살과 뼈의 감각과는 다른 느낌을 주는 사람이라고 느꼈는데, 그것도 복숭아 향기에 홀려서 그랬는지 몰라. 그런 느낌이 내 마음을 물처럼 흐르게 했는지 몰라. 그때 이런 생각을 했어. 아, 사람의 운명이란 게 이렇게 정해지는가보구나."

어느 순간 나는 내 몸이 낮춰져 있는 것을 깨달았다. 무엇이 내 마음을 그쪽으로 뻗어가게 했을까. 나는 무릎을 꿇고 고개를 숙이고 있었는데, 내가 무릎을 꿇고 고개를 숙인 대상이 무덤 속의 아버지인지, 순간 속에 깃든 환각에 견인되어 일생을 바친 어머니의 운명인지, 아니면 그 운명에 흩뿌려진 복숭아 향기인지 알 수 없었다. 삼촌이 무슨 말인가를 했는데, 내게는 살과 뼈를 가진 것 같지 않은 사람의 목소리가 공중을 날아다니는 것처럼 들렸다. "여기서 살아라. 그동안 내가 여태 과수원을 돌봐왔다. 어머니도 아마 여기 돌아오는 게, 네가 있으니까, 차차 힘들지 않게 될 거라는 생각이 든다만……" ●

제 8 회
김유정문학상
수상 후보작

전성태
성묘

전성태

1994년 실천문학신인상을 받으며 등단했다. 소설집 『늑대』 『국경을 넘는 일』 『매향』, 장편소설 『여자 이발사』, 산문집 『성태 망태 부리 봉태』, 인권르포집 『길에서 만난 세상』과 어린이를 위한 책으로 『구텐베르크』 『장화홍련전』 등이 있다. 신동엽창작상, 채만식문학상, 오영수문학상, 현대문학상을 수상했다.

병사가 물품 목록을 들고 진열대를 오가는 동안 박 노인은 계산대에 앉아 빠끔한 미닫이문으로 뒷방 텔레비전에서 눈을 떼지 못했다. 케이블 채널의 재방송 드라마였는데, 처녀 때 딸 낳아 남의 집에 버린 여자가 뒤늦게 어미 행세하겠다고 나타나며 드라마는 끝났다. 썩을년, 하고 뒷방에서 그런 신음쯤 나올 법한데 조용하고, 정작 욕지거리를 내뱉은 이는 박 노인 자신이었다. 욕을 해놓고도 노인은 예고편까지 지켜보았다.

병사가 계산대에 잡화를 부려놓았다.

몸 틀고 앉자 노인은 허구리가 뻐근하였다. 가게 선반에 앉았던 텔레비전이 뒷방 문갑 위로 간 건 아내 심씨가 고추밭에서 허리를 삐끗하고 나서였다. 허릿병은 나잇병이라고 파스 붙이고 침도 맞고 해서 웬만해졌는데도 이레나 아랫목으로 버드러진 건 저게 심통이 나서 그러지 싶었다. 앓는 소리가 이 나이 되도록 농사 못 벗은 신세타령이고, 점방 할멈에 신물이 난다는 소리였다.

올해는 허리가 펑계지만 바람 서늘해질 무렵이면 연례행사처럼 도지는 버릇이었다. 저 드러눕는 병은 제풀에 풀리지 않는 이상 불도저로 떠다밀어도 소용없으니, 박 노인은 가만두고 보았다. 군의관 강 중위는 꾀병도 엄연한 병증이라고 흰소리를 했다. 자기가 청평에서 근무할 때 그런 병사들을 여럿 침상에 받아보았다는 것이다. 영어로 병명을 뭐라 했는데 그게 일종의 꾀병이라고 했다. 꾀병인 줄 번히 알면서 어떻게 환자로 받아주느냐고 못미더워했더니 그럴 만한 심리적 문제가 다 있어서 그렇단다. 꾀병 부리는 사병들은 며칠 쉬게 했다가 원대복귀를 시키거나 더러 전출을 보낸다는데 말이 나왔으니 말이지 마누라쟁이가 이번에도 정 성이 가시면 대전 딸아이에게 보내서 올겨울을 나볼까 하는 생각도 들었다. 밤늦도록 텔레비전 켜놓고 뒤척이는 꼴도 보기 싫었다.

병사는 양담배 두 보루를 더 주문했다. 박 노인은 로봇처럼 버티고 선 이등병을 돋보기안경 너머 거들뜬 눈으로 쳐다보았다. 공병대 선임하사가 보급대에 예초기를 수령하러 가면서 떨구고 간 신병이었다. 안경 낀 희멀건 얼굴에 군복이며 군화까지 새물내가 물씬하여 흔한 말로 자세가 나오지 않을뿐더러 병영체험 온 학생처럼 앳되어 보였다. 하긴 가게를 드나드는 군인들이 막냇동생 같았다가 아들 같았다가 이제는 손자처럼 여겨지는 세월을 그는 살아내고 있었다.

"자대배치는 언제 받았나?"

"2주차 됐습니다."

물품 목록을 꼭 쥐고 병사가 대답했다. 군기가 바짝 들어서 농 한마디 들어갈 틈도 없어 보였다. 쫌밥이 그럴 때이기도 하지만 선임들에게서 승리상회 영감이 주임상사까지 지낸 군인 출신이라는 소리를 들었는지 모른다.

"그럼 주특기가 야전공병?"

"운전병입니다."

아마 전역이 넉 달 남은, 육공 트럭 모는 이 병장이라는 아이의 후임인 모양이었다.

"이제 노상 보겠구먼. 시간이 언제 갈까 싶지? 그래도 가게 앞에 트럭 받쳐놓고 전역하게 됐다고 인사하는 날이 금방 온다네."

병사는 대답을 않고 입술을 사려물었다. 설핏 눈자위가 붉어졌다.

박 노인은 위장크림과 선크림 바코드를 찍었다. 일회용 면도기 묶음, 흰색 면양말 세 켤레, 초코바, 카페인 음료, 훈제 치킨, 자일리톨 껌에다가 양담배가 각 한 보루씩이었다.

"수선 맡겨놓은 거 있다고?"

노인은 돋보기안경을 걷어들고 병사에게 물었다. 아내가 드러눕고 나서 수선감을 받은 기억이 없었다. 병사는 물품 목록을 찬찬히 들여다보았다.

"수송부에서 맡긴 병장 전투모가 세 개입니다."

노인이 뒷방에 대고 소리쳤다.

"이봐, 공병대 오바로크 받았어?"

역시나 대답이 없었다. 노인은 재봉틀 작업대를 뒤적였다. 그는 세탁물처럼 쌓인 군복 더미 옆에서 나란히 포개진 전투모를 찾아냈다. 세 개가 맞았다. 모두 손 한 번 대지 않아 낡은 상병 계급장이 그대로 붙어 있었다. 노인은 대번에 고리눈이 되었다.

"일손을 거두었으면 주문을 받지나 말지, 이게 뭔 짓이야!"

해놓고 노인은 기계적으로 벽에 걸린 달력을 건너다보았다.

"올 추석에 휴가 나가는 애들 것 같은데……"

노인은 혀를 찼다. 읍내 세탁소에라도 맡겨서 해놓을 셈이었다. 노인은 병사에게 말했다.

"내일 저녁참까지는 해놓겠다고 전하게."

노인은 손끝에 쉬 잡히지 않는 비닐봉투 주둥이를 비벼서 탁 털었다. 오늘 공병대가 적군 묘지 벌초 작업에 들어갔다. 덩달아 노인도 마음이 바빠졌다. 노인은 두 달 전까지만 해도 적군 묘지 옆댕이에 붙은 고추밭 주인이었다. 이십 년 넘게 그 밭에서 고추농사만 줄곧 지었다. 그 밭가로 적군 묘지가 들어선 게 15년 전이었다. 노인도 밭 한 귀퉁이를 묘지로 내놓았다. 적군 묘지에는 전쟁 때 죽은 북한군과 중국군 유해는 물론 남파 공작원들 유해도 묻혔다. 북한군 묘역은 150여 기가 조성된 이래 늘지 않고 그대로였지만, 중국군 묘역은 전사자 유해 발굴사업이 진척되면서 해마다 수십 기씩 늘고 있었다. 이전에 조성한 묘역이 꽉 차서 노인은 올여름 밭을 완전히 내놓아야 했다. 고추를 다 거두고 나면 공병대에서 묘지 닦이에 들어갈 것이다.

그런 묘지를 끼고 농사를 짓다보니 성가신 일이 한두 가지가 아니었다. 두더지가 많아졌다. 밭갈이해서 골라둔 땅이 하룻밤 새에도 들썩들썩했다. 묘지 구경 오는 사람들이 예사로 밭고랑을 타고 건너다녔다. 외지인 발길 타는 밭둑이 성할 리 없고 더러는 작물에도 손길이 탔다. 근래에는 중국인 성묘객들이 부쩍 늘었다. 중국인들은 꼭 지전(紙錢)을 태우는 풍습이 있는데 군부대에서 화재예방 차원에서 못 태우게 해 뿌리고 간 지전이 밭으로 날아와 고춧대에서 종이꽃을 피웠다. 공병대 선임하사들은 돈 따는 고추밭이라고 입방정 놀리지만 가을걷이 끝내고 갈퀴로 긁어 태우자면 밭가 한구석이 무슨 낙엽 소각장 같았다. 지전을 두고는 욕만 할 수 없었다. 노인도 가게에서 지전을 팔았다.

그런 건 아무것도 아니었다. 무덤들이 주는 심리적 압박감이 굉장했다. 보통 원혼들인가. 젊어서 총과 포탄에 쓰러진 원혼들이었다. 고향 어름에도 못 가고 적지 북향에 묻혀 이름 없이, 찾는 발길 없이 세월에 깎이고 있었다. 그런 유해들 옆에 끼고 날마다 농사를 지어야 하는 사람 심정은 겪어보지 않으면 몰랐다. 꺼림칙하고 무서웠다. 악몽에 시달렸다. 특히나 북한군 묘역에 서면 마음이 더없이 복잡하고 심란했다. 한때 세상을 뒤흔든 간첩사건의 주인공들이 제 이름을 한 줄기 목비(木碑)에 새기고 낮은 땅에 누워 있었던 것이다. 목비 하나하나를 새겨볼 때마다 텔레비전으로 본 그 무섭고 끔찍한 사건들이 어제 일처럼 떠올랐다. 사형수들의 무덤 앞에 서면 이런 마음이 들까? 그렇다고 군인들에게 매장만 하지 말고 천도재라도 지내서 원혼을 달래보라고 주문할 수 없었다. 인도주의에 입각해 적군 묘지를 조성했다지만 엄연히 적군인데 군인들에게 고개 조아려 추모하라고 할 수는 없었다.

그 일을 노인이 했다. 새로 무덤이 들어서면 이튿날이라도 소주 한 잔씩 올렸다. 순전히 곁에서 밭 부쳐먹고 사는 농부의 심정으로 자기 마음 편하자고 한 일이었다. 죽은 자에게 사연도 묻지 말고 죄도 묻지 않기로 했다. 명절 때면 묘역 상석에 조촐하게 제수음식을 차려 성묘도 했다. 묘지기가 가을걷이하고 남 조상 시향 지내는 셈 쳤다. 그렇다고 남에게 알릴 일도 아니었다. 남모르게 몇 년 하다보니 자연 관할부대 선임하사 몇은 알게 되었다. 저희들도 특별한 묘지를 관리하다보니 늘 꺼림칙한 마음이 있었을 테다. 자기들 못하는 일을 노인이 대신한다 여기고 묵인해주었다. 그러다가 어느 해부터는 자기들끼리 봉투를 만들어서 제상 보는 데 보태라고 건네기도 했다. 넬모레 새, 부대가 벌초 작업을 마치면 노인은 마지막이 될지도 모르는 제상을 차릴 생각이었다.

비닐봉투 하나로는 부족했다. 노인은 봉투를 하나 더 끊어냈다. 병사는 노인 앞에 교육생처럼 지켜보고 서 있었다.

"자네는 뭐 필요한 물건이 없나?"

병사는 무슨 말인지 몰라 뚱한 표정으로 쳐다보았다.

"심부름 말고 자네 것 말일세."

"네. 없습니다."

그러나 병사는 슬그머니 몸을 돌려 진열대로 걸어갔다. 병사는 콤팩트형 3색 위장크림 하나를 가져와 조심스럽게 내밀었다. 재고 많은 물건이 있어서 노인은 떠보았다.

"저기 꺼먼 튜브형도 많이 쓰던데……"

"제가 피부가 지성이라서 피부 트러블이 있습니다."

병사는 제 몫의 위장크림을 따로 계산하고 군복 하의 주머니에 넣었다.

시절에 따라 병영에서도 유행하는 사제 물품들이 있게 마련인데 요즘 애들은 선크림과 위장크림을 사제로 쓰려고 했다. 웬만한 물건은 인터넷으로 구매해서 장사가 전 같지는 않았다. 그나마 심씨가 사철 쉬지 않고 재봉틀을 돌려서 해내는 의복 수선과 이런 유행 사제품 판매가 그나마 매출을 냈다. 그리고 4월 한식 무렵과 10월 추석 무렵이면 중국인 성묘객들이 더러 찾아서 제수용품을 사갔다. 노인은 중국어를 전공했다는 병사를 수소문해서 '祭神用的供獻'이라고 쓴 안내문까지 유리문에 내붙였다.

뒷방에서 텔레비전 소리만 막막하게 들려왔다. 종전 60주년을 맞아

방한한 영국군 노병들을 다룬 다큐멘터리가 재방되고 있었다. 아내 심씨가 저런 프로그램을 들여다보고 있을 사람은 아닌데 조용한 걸 보니 잠귀신이 든 모양이었다.

팔순 노병들은 참전군인 특유의 자부심이 표정에 배어 있었지만 노인들에게 군복은 남의 옷처럼 어색해 보였다. 박 노인도 장롱에 정복 한 벌과 전투복 한 벌을 보관하고 있었다. 그는 죽을 때는 30년을 걸친 군복을 입고 묻히고 싶었다.

비닐봉투 두 개를 만들어놓고 그는 병사에게 물었다.

"컵라면 하나 먹겠나?"

병사는 당황해서 아닙니다, 하고 고개를 저었다.

"선임하사가 돌아오려면 한참 남았는걸."

벽시계 바늘은 오후 네 시로 오르고 있었다.

"먹고 싶은 걸로 골라오게나."

이등병은 길거리를 내다보고 다시 몸을 돌렸다.

"괜찮습니다."

그러나 얼굴에는 어떤 기대감과 곤혹감이 가득했다.

"김 중사가 초코파이 하나도 입에 대지 말라고 엄포를 놓던가?"

병사는 속내를 들킨 사람처럼 당황해서 얼른 입을 떼지 못했다.

"아닙니다."

노인은 성끗 웃었다.

"그 사람이 늘 쓰는 장난이지. 자네한테 잠시나마 휴식을 주느라 심부름을 시켜놓고 간 거야. 생각해보게. 물품 구매야 쪽지를 던져놓고 가면 내 알아서 다 챙겨놓을 텐데 괜히 자네를 떨궈놓고 갔겠나. 그렇지 않아?"

병사의 눈동자가 흔들렸다. 그렇게 지칫거리며 섰다가 병사는 컵라면 진열대로 걸어갔다. 진열대 앞에서 마치 한 번의 기회가 주어진 사람처럼 한참 망설이다가 라면 하나를 골라왔다. 주머니를 뒤적거리는 걸 노인은 손사래를 쳤다.

"그냥 먹게. 이제 자주 볼 테니 내가 고객한테 사은품을 주는 거네."

병사는 시식대로 물러났다. 그는 라면이 익기를 기다리며 가을 햇살부신 창밖으로 몸을 맡기고 앉아 있었다. 기운 햇살이 강물에 반사되어 병사의 뒷모습은 실루엣으로나 보였다.

노인은 병사에게 김치 한 접시를 내놓았다. 병사는 자리에서 벌떡 일어났다가 앉았다.

마당과 도로에 걸쳐 깔아둔 비닐 멍석에서 고추가 말라가고 있었다. 첫물로 거둔 고추는 이미 투명한 암적색을 띠었고, 두 물째 거둔 고추는 한 숨 죽어 꾸덕꾸덕했다. 올 고추농사도 잘되었다. 노인은 두 무더기로 갈라서 말린 고추를 골고루 뒤적여주었다. 더러 노인네 고추를 보고 빨갱이들 곁에서 자라 때깔이 난다고 농치는 사람들도 있었다.

병사가 가게 밖으로 나와 공중전화기를 들었다. 통화 연결이 안 되는지 이내 수화기를 내려놓았다. 병사는 다시 전화를 걸었다. 이내 잘 지낸다, 걱정 말라는 소리만 반복하다가 끊었다. 부모인 모양이었다. 그러나 병사는 정작 목소리를 듣고 싶은 사람과는 아직 통화를 못한 눈치였다. 전화번호를 눌렀다가 수화기를 내려놓기를 반복했다. 병사는 가게를 들락거리며 서너 차례나 더 전화를 걸었으나 번번이 힘없이 돌아섰다.

승합차 한 대가 올라와 길가에 멈추었다. 조수석에서 캐주얼 차림을 한 젊은 사내가 내려서 노인에게 다가왔다.

"어르신, 말씀 좀 여쭐게요."

노인은 고추 멍석에서 몸을 일으켰다. 사내는 가슴패기에 여행사 명찰을 달고 있었다.

"이 근방에 중국군 묻힌 묘지가 있다던데요?"

노인은 승합차를 바라보았다. 노인과 조무래기들까지 포함하여 일가로 보이는 사람들 대여섯 명이 이쪽을 바라보고 있었다. 중국인 성묘객들인 모양이었다.

"적군 묘지를 찾는구먼?"

"아…… 네. 그렇지요. 중국군 묘지요."

노인은 손가락을 세워 옥수수밭과 소나무숲이 만나는 길가 언덕을 가리켰다. 그들이 이미 지나온 길이었다.

"길에서는 잘 안 보여. 숲 끼고 있는 작은 둔덕 있지? 그걸 넘어가라고. 중공군 묘지들은 오른편에 있어."

노인에게 중국은 언제까지나 중공이었다.

"눈앞에다가 두고 뱅뱅 돌았네요. 내비 찍고 왔는데도 도통 찾을 수가 있어야죠."

사내는 몸을 돌려 승합차를 향해 중국말로 소리쳤다. 뒷좌석 차창으로 얼굴을 뺀 중국 노인이 두 손을 맞잡아 들고 반가워했다. 사내가 몸을 돌려서 노인에게 말했다.

"육이오 때 조선으로 간 형님이 돌아오지 않았답니다."

"다 무명으로 묻혀 있는데 가본들 어디서 찾누? 괜히 맘만 더 상할걸."

"글쎄요. 일정에도 없는 곳을 데려다달라 해서 당황했지 뭐예요. 그나저나 동네 경치가 참 좋네요."

가이드 사내가 강과 산을 둘러보았다. 노인이 말했다.

"혹시 제수용품 필요한 거 없나?"

"참, 향 있습니까?"

"지전도 있고 월병에 백주까지 있다네."

"이것저것 준비해 왔더라고요. 기다려보세요."

그래놓고 사내는 승합차에 대고 뭐라고 소리쳤다. 이번에는 아들로 보이는 중년 사내가 차창으로 고개를 빼서 대답했다. 두 사내 사이에 중국말이 오고 간 끝에 가이드 사내가 돌아섰다.

"백주도 필요하다는데요. 애들 과자도 좀 사고요."

노인이 가게로 앞장섰다.

유리문에 붙은 광고를 눈여겨본 가이드 사내가 물었다.

"많이들 오나보죠?"

"조선족들이 좀 되고 한족들은 많지 않아. 어제 가보니 추석 앞이라 제법 많이 다녀갔더라고."

"소문은 들었지만 직접 성묘객을 모셔보는 건 첨인데요."

"한 번은 오지 두 번은 안 오더라고. 하긴 이름 없는 무덤이라도 보고 가면 원이 좀 풀릴는지 모르지. 중공이 살 만해진 건 사실이야. 세상도 참 많이 변했고. 누가 중공군 성묘객을 맞을 줄 알았겠나."

노인은 비닐봉투를 사내에게 안겼다.

"담에 또 오자는 여행객 있으면 이리 데려와. 연희동까지 가서 웬만한 제수용품은 다 갖다놨으니까."

노인은 가게 앞까지 사내를 따라나섰다.

"지전은 태우지 말라고 이르게. 불날까봐 군부대랑 군청에서 전전긍긍이야."

승합차가 멀어져 묘지 쪽에 닿는 모습을 지켜보고 나서 그는 가게로 돌아섰다.

신병 아이는 시식대에서 턱을 괴고 졸고 있었다. 김 중사가 생각보다 늦는다는 생각이 들었다.

노인은 뒷방을 기웃해 들여다보았다. 텔레비전이 저 혼자 놀고 있나 싶어서였다. 침침한 아랫목 이불 더미에서 코 고는 소리가 들렸다. 텔레비전 리모컨은 아내의 손끝에서 떨어져 방바닥에 놓여 있었다. 노인은 무릎걸음으로 문지방을 넘어가 리모컨을 당겨오다가 아내를 들여다보고는 그만 납작해졌다. 심씨는 머리에 무슨 누런 천을 둘러써서 얼굴까지 싸매고 있었다. 마치 염을 끝낸 시신 같았다.

"뭐하는 짓거리야!"

심씨가 화들짝 놀라서 머리에 둘러쓴 걸 벗겨내는데 남정네들 입는 사각팬티였다. 심씨는 퉁퉁한 눈을 못 뜨고 잠꼬대처럼 물었다.

"왜요?"

"노망났어?"

심씨가 손에 쥔 팬티를 심상하게 보고는 옆으로 밀쳐놓았다. 투실한 허리에 느슨하게 두른 복대가 가슴까지 치올라서 눈꼴사나웠다. 그녀는 몸을 옆으로 굴려서 앓는 소리를 내며 손을 뻗어왔다. 박씨는 손가락 하나 까딱하지 않았다. 심씨는 간신히 앉으며 복대를 당겨 맸다. 그녀는 째리는 눈길로 역정을 냈다.

"내 허리가 뚝 부러져야 시원하겠소?"

"남우세스럽게 그걸 왜 둘러쓰고 자빠졌냐고?"

심씨는 시끄럽다는 듯 손사래를 쳤다.

"머리가 지끈지끈 패서 좀 둘렀소."

"젠장, 머리 아프면 약을 먹든가. 빤스 둘러써서 두통 잡았다는 소리 는 내 살다 처음 듣네."

"이녁이야말로 첩질도 아니고 웬 신발을 끌고 방에 들었소? 드러워 라."

그제야 노인은 몸을 뒤로 밀어서 신발을 털어 벗었다.

"더럽긴? 그것 둘러쓴 것보다 더할까. 상사병으로 죽은 황진이 총각 귀신이 씌었나, 그걸 왜 둘러쓰느냐고 그래? 실성했어?"

"넨장, 효과도 없구먼. 삼만 원짜리 걸레감을 사 왔네그려."

심씨는 팬티를 노인에게 툭 던져 안기고는 편두통 앓는 여자처럼 옆머리에 손을 올려 지끈 눌렀다. 노인은 날아온 걸 털어서 펴보았다. 강보만 하게 컸지만 틀림없었다. 뒤집어 봐도 팬티였다. 그는 참을 수 없는 적의로 팬티를 움켜쥐었다.

"암만해도 병원에 가봐야겠네."

"참, 이 양반이…… 난 당신 시킨 대로 한 것뿐이오."

"내가 뭘 시켜?"

"작년 겨울에 읍내에 효도공연단 들어왔소, 안 왔소? 은나노 그런 것 입힌 속옷이라고 당신 손으로 사온 거 기억 안 나요? 치수를 105호 로 사와서 지청구를 했더니 당신 입으로 뭐라 했간? 유망한 중소기업 체 특허품이다, 전자파도 차단해주는 기능 있다, 은나노가 나와서 머 리에 둘러쓰고 자도 좋다, 자기 입으로 선전해놓고는 인제 누굴 실성 한 사람 취급하네."

듣고 보니 어렴풋한 소리였다. 공연 구경만 하고 앉았기에 염치없고 남자들한테 좋다는 말에 솔깃해서 사 온 것이지만 막상 남의 눈 피해 서 열어보니 치수가 너무 컸다. 무안한 김에 사회자라는 놈이 읊은 말을 변명으로 둘러댔더랬다.

"넨장, 말이 그렇지…… 그걸 둘러쓰라고 만들었을까."

내외는 서로 반쯤 틀어 앉아서 한숨을 내쉬었다. 노인은 말문을 튼 이상 놓아주고 싶지 않았다.

"드러누워 있으니 성한 사람도 안 쑤시고 배겨? 나가서 바람도 쐬고 몸뚱어리를 움직여야 허리도 펴지, 원."

벽에 기댄 심씨가 한숨을 쉬며 꺼졌다.

"어쩌오, 생겨먹은 바탕이 약골인데."

"그 말본새는 평생 살아도 왜 적응이 안 되는지 몰라."

"내 말이 그 말이오."

그래놓고 심씨는 드러누웠다.

"암튼 저녁참에는 읍내에 좀 나갔다 와야 하니까 가게 좀 봐."

"……"

"시향 준비하려고 그래. 올해는 돼지머리랑 떡도 맞추고 전역한 선임하사들도 좀 부르려네."

"인제 땅도 내놨는데 그 짓을 왜 해요?"

"그러니까 마지막으로다 좀 차려보겠다는 거지."

"참 정성이오. 훈장 받겠네."

"다 나 편하자고 하는 짓인가?"

심씨는 휘뚝 일어나 앉았다. 허리 통증은 역시 아닌 모양이었다.

"자기 몸 편한 짓은 그렇게 재바르면서 왜 나한테는 그 모양이오. 30년을 자기 맘대로 이 골짜기 저 골짜기로 끌고 다닌 양반이오, 당신이. 전국에 있는 삼거리라는 동네를 일곱 군데나 살아본 년 있으면 나와보라고 해. 다방레지들도 그렇게 안 살아봤을걸. 이제 자식들 가까

운 데로 나가 살면 좀 좋소. 안산 큰애도 옆으로 오라 하지, 대전 딸애
도 세내준 아파트 내주겠다고 하지, 두 내외 몸만 쏙 빠져나가면 될 걸
이 골짜기에 뭘 묻어놨다고 말뚝질을 하느냔 말이오. 여기에 고향 선
산이 있어, 부쳐먹을 전답이 남았어. 구멍가게도 그래요. 오늘 닫아도
아쉬워할 사람 하나 없는 데서 뭔 돈벼락을 맞겠다고 지키고 앉은 속
을 모르겠네."

심씨는 밭은 입에 침을 삼켰다.

"연금이 안 나와, 손 벌리는 자식이 있어, 내가 뭐가 아쉬워서 이 나
이에 이 골짜기에서 낮에는 고추고랑에서 개미한테 뜯겨, 밤에는 침침
한 눈으로 미싱을 돌리냔 말이오. 뭔 이런 팔자가 있는지 몰라. 당신이
나를 사람 취급한다면 이리는 안 하지. 열여섯에 객지 가서 미싱 돌리
다가 직업군인 신랑 만난 것도 원통해 죽겠는데, 이 나이까지 군부대
나팔에 깨고 자고 해야 쓰겠소? 입이 있어도 할 말이 없을라."

드디어 심씨는 눈물을 쏟았다. 무릎을 손으로 쓸며 울었다. 이건 노
인이 예상치 못한 상황이었다. 노인은 헛기침을 놓으며 슬그머니 뒷방
을 나왔다.

네 시 반 군내버스가 들어왔다. 휴가와 공용출장에서 복귀하는 인근
부대의 병사들이 여남은 명 내려서 가게로 몰려들었다. 조용한 가게가
이내 소란스러워졌다.

병사들이 썰물처럼 가게를 빠져나갔다.

노인은 병사들이 컵라면을 먹고 사라진 시식대를 치웠다. 그러고 보
니 이등병이 보이지 않았다. 노인은 가게 마당으로 나서보았지만 흔적
이 없었다. 맡은 아이를 잃은 사람처럼 노인은 더럭 겁이 났다.

얼마나 가게 주위를 서성거렸을까. 김 중사에게 알려야지 하고 가게

로 들어설 때였다. 병사가 나타났다. 그는 강가 언덕으로 올라왔다. 걸음이 태연했다. 노인은 호통을 치려다가 입을 다물었다. 물로 낯을 씻었는지 얼굴이 젖어 있었다. 젖은 데가 얼굴만이 아니었다. 눈자위가 붉었다. 노인은 모른 체했다.

병사는 시식대가 제자리인 듯 그곳에 도로 박혀 앉았다.

김 중사는 다섯 시가 넘어서 돌아왔다.

이등병은 비닐봉투를 챙겨서 육공 트럭으로 달려갔다.

김 중사가 떠나지 않고 가게로 들어섰다. 그는 낡은 예초기 정비가 늦어졌고, 신형 예초기를 세 대나 수령했다고 말했다.

"벌초 작업이 좀 당겨지겠네."

노인이 말했다.

"예. 한 이틀 빼이치면 끝나겠어요. 근데 주임상사님!"

하고 김 중사는 노인을 불러놓고 목소리를 한껏 낮추었다.

"올해도 거기에 꽃이 올까요? 김 대위 말이에요."

북한군 묘역의 묘지 하나를 두고 이르는 말이었다. 김광식 대위는 1992년 서해 반잠수정 침투사건 때 사살된 여섯 명의 무장 침투조 중 하나였다. 중국군 묘역과는 달리 북한군 묘역에는 성묘객이 없었다. 있을 리 없었다. 그런데 재작년과 작년 이맘때 김광식 묘지 앞에 국화 다발이 놓이는 일이 벌어졌다.

처음 국화다발을 발견한 이는 벌초 작업을 지휘하던 김 중사였다. 김 중사가 시든 국화다발을 들고 노인의 고추밭으로 내려왔다. 밭일을 하며 성묘객들을 노상 지켜보는 노인이었으므로 김 중사는 뭘 아는지 탐문하느라 그랬겠지만 기분이 묘하다는 표정이었다. 노인도 마찬가지였다. 간첩 무덤에 놓인 국화라…… 그때는 서로 놀랐지만 어떤 철

없는 관광객이 감상에 젖어 벌인 일이거니 추측하고 말았다. 연고자가 아니더라도 꽃다발을 놓을 수 있는 것이다.

그런데 작년에도 그 묘지 앞에 국화다발이 놓였다. 이번에는 박 노인이 식전에 밭을 둘러보다가 발견했다. 이남에 무덤 연고자가 있다는 의미였다. 노인은 미궁에 빠진 느낌이었다. 이를 어떻게 해석해야 할지 노인과 김 중사는 심란해졌다.

"남파된 간첩의 소행이 아닐까요?"

"그건 너무 소모적이지 않나? 적지에서 죽은 공작원 무덤에 꽃다발을 갖다놓으라고 공작원을 보냈다는 소리인데, 정신 나간 소리지."

"아니, 군인은 반드시 고향으로 돌아와야 한다는 소리도 있잖아요. 그러니까 이 사람들은 그쪽에서 영웅일 테니 유해를 수습하려는 시도가 있을 수 있어요."

"뼈 도둑질을 한다는 소린가?"

"그렇죠."

"뼈 도둑질을 하면서 흔적은 왜 남겨? 국화 때문에 우리가 지금 이러고 있잖은가?"

"그건 그러네. 그럼 혹시 이런 가정은 어떠나요? 그때 남파된 공작원이 총 여섯이 아니라 더 있었다, 혹은 말이에요, 여섯이 다 사살된 게 아니다, 생포된 공작원이 있었다, 이제 자유의 몸이 된 전직 공작원은 죄책감에 시달리다가 동료의 무덤을 찾는다."

"영화 같은 소리네. 나는 말일세, 동료라기보다 가족이 아닐까 싶어. 요새 이쪽에 정착한 탈북자가 좀 많은가. 저 김 대위한테도 가족이 있었을 거란 말이지. 노모라든가, 형제라든가, 결혼을 했다면 아내라든가 말이야. 또 아는가, 남파될 때 어린 자식이 있었는데 그 아이가 커

212

서 북을 탈출했는지?"

"그건 드라마네요. 그래도 저 사람 정도면 그 유족들을 북에서 어쨌든 돌봤을 텐데 말이죠. 넘어올 이유가 있겠어요?"

"모르는 소리. 저 사람들이 왜 여기에 묻혀 있는데? 자기 공작원이라고 인정을 안 하니까 여기 버려져 있는 것 아니냐고. 우리 쪽에서도 북파 공작원을 인정 안 해줘서 당사자들도 힘들게 사는데 그쪽이라고 다를까."

끝도 없는 추론이 결론도 없이 한 해를 넘기고 그맘때에 이르렀다.

"글쎄, 올해도 한번 지켜봐야지."

가게 앞까지 따라나서며 노인이 말했다. 김 중사는 중얼거렸다.

"참 궁금하단 말이야. 대체 누가 성묘를 다녀가지? 며칠 병력을 매복시켜볼까요?"

"거기에 꽃다발 바친다고 죄는 아니잖은가? 우리 호기심 채우자고 그런 일을 벌여?"

"궁금해서 그러죠."

김 중사는 떠날 채비를 했다. 트럭에 오르기 전, 그는 봉투를 건넸다.

"올해는 관두지."

"편하게 받으세요. 양 상사랑 형님들한테는 제가 전화를 드리려고요. 박 상사님도 오시겠다던데요."

노인은 김 중사의 팔을 끌어 세웠다. 노인은 트럭에서 등을 돌리고 속삭이듯 말했다.

"현역들은 빠지는 게 어떨까? 괜히 오해받을까 걱정이네."

"우리도 마음이 불편해서 그러죠, 뭐."

"김 중사. 그리고 저 신병 말일세. 신경 써서 보살펴. 여자 문제가 있는 것 같아."

"그렇죠? 예상은 했는데 한번 떠봐야겠어요."

"몇 달 지나면 툴툴 털겠지만 티 내지 말고 다독여줘. 아무것도 안 보이는 때 아닌가."

"걱정 마세요. 다음 주에도 한 녀석 더 보낼게요. 편모슬하에서 자란 아이인데 너무 말이 없어서 속을 알 수가 없네요."

"그래. 어서 가게나, 오늘 일직 선다면서."

트럭이 떠났다.

산 그림자가 내리고 있었다. 노인은 고추 멍석을 거두었다.

가게 안팎으로 전등을 켜고 노인은 읍내 나갈 준비를 했다. 심씨는 어두워진 방에서 다시 잠들어 있었다.

"죽 좀 사다 줄까? 입맛 돌리는 데는 삼거리 족발도 괜찮을 듯싶고."

아랫목에서 끙, 돌아눕는 기척이 들렸다. 괜한 걸 물었는지 모른다. 제집 식구한테는 왜 이리 서툰가, 노인은 열패감이 들었다. 노인은 오늘 아내가 제 속마음을 다 벌려 보여주었다고 여겼다. 그간 몰랐거나 새삼스러운 것도 없었지만 아내의 진심을 알게 된 것 같았다. 이제 자신이 대답할 차례였다. 아내 말대로 여기를 떠날 수 있을까? 못 떠날 것도 없었다. 어차피 떠도는 인생이었다. 그러나 노인은 문득 두려움에 떠는 자신의 얼굴을 마주한 느낌도 들었다. 아내의 오열을 지켜보며 자신이 몇 남지 않은 인생의 계단 하나를 툭 밟고 내려선 기분이 들었다.

노인은 가게를 나서며 오늘은 이만 문을 닫을까 궁리했다. 그러나 이내 마음을 바꿨다. 어쨌든 아내가 일어나 문지방으로 넘어오길 바랐다. 집에서 나온 게 자신이 아니라 어떤 사나운 기운인 듯싶었다. 문득 그는 남의 집에서 나와 여행길에 든 사람처럼 외로움이 몰려들었다.

골짜기 아래에서 버스가 올라왔다. 노인은 김 중사가 주고 간 봉투를 꺼내보았다. 10만 원이 들어 있었다. 이런 일들, 적군의 묘지에 제물을 올리는 아주 생경하고 특이한 경험들에 대해 그는 생각했다. 군인으로서, 시민으로서 왠지 감당이 안 되지만, 그러나 은밀하게 자연스럽게 행해지는 이 일들에 대해 생각했다. 이게 인간적인가? 그래서 나는 사람인가? 그는 이런 수수께끼 같은 질문에 거듭 시달렸다.

버스가 닿았다. 병사들이 내리고 노인은 올랐다. 병장 하나가 버스 계단에 서서 소리쳤다.

"가게에 할머니 계시죠?"

노인은 잠시 망연히 섰다가, 들어가보라고 손을 까불렀다. 병사들이 우르르 가게로 몰려갔다. 노인은 제집이 보이지 않을 때까지 고개를 틀고 눈을 떼지 않았다. 그것은 참으로 거대한 산 밑에 앉은 작은 불빛이었다. 아무것도 아니었다.

적군 묘지 초입에서 버스가 멈추었다. 처녀 하나가 버스로 올라섰다. 인근에서는 못 보던 처녀였다. 흰 남방에 청바지 차림이었고 등에는 작은 배낭을 메고 있었다. 이런 평일에 애인을 찾아온 면회객일 리 없고, 이 골짜기로는 인가도 없었다. 처녀는 노인 맞은편에 앉았다. 군인을 애인으로 두기에는 조금 나이 들어 보이기도 했다. 노인은 어떤 직감에 몸이 경직되었다.

버스는 노인과 처녀만을 태운 채 강가를 달려갔다. 노인은 힐끔힐끔 훔쳐보았다. 처녀는 이어폰을 끼고 스마트폰에 고개를 박은 채 아무 곳에도 눈길을 던지지 않았다. 국화를 안고 적군 묘지에 오르는 처녀를 그려보았다. 공연한 상상 같았다. 적군 묘지는 누구든 한 번쯤 구경해보고 싶은 곳일 수도 있었다. 서울에서 한나절 만에 다녀올 수 있는 관광지 같은 곳. 어떤 사연도 없이 외진 섬을 찾아갔다가 알 수 없는 인생을 보고 오는 젊은이들처럼 처녀도 그런 여행길로 찾을 수 있는 곳이었다. 기억에는 오래 남지만 인생에는 아무런 영향도 없는 한나절의 여행을 처녀는 다녀오는지도 모른다.

올해도 김 대위 무덤 앞에 국화가 놓인다면, 그래서 내일 아침에라도 자신이 꽃을 발견한다면? 노인은 생각했다. 아까부터 드는 생각이지만 노인은 자신이 그 꽃을 남모르게 치울 것 같았다. 김 중사도 마찬가지일 것이다. 누구도 국화를 목격하지 못할 테고, 그래서 누군가의 성못길은 계속될 수 있을 것이다. 그제야 노인은 처녀에게서 놓여나 편안하게 눈을 감았다. ✿

ⓒ김병관

편혜영
식물 애호

<u>편혜영</u>

2000년 서울신문신춘문예에 단편소설 「이슬털기」가 당선되어 등단했다. 소설집 『아오이가든』 『사육장 쪽으로』『저녁의 구애』『밤이 지나간다』, 장편소설 『재와 빨강』『서쪽 숲에 갔다』가 있다. 이상문학상, 한국일보문학상, 이효석문학상, 오늘의 젊은 예술가상, 동인문학상을 수상했다. 현재 명지대학교 문예창작학과 교수로 재직중이다.

오기가 눈을 떴을 때 어렴풋이 흰옷이 보였다. 오기 씨, 오기 씨. 그의 이름이 들렸다. 부드럽고 상냥한 목소리였다. 오기가 의식을 잃었다 찾았다 하여 급하게 수술을 받은 지 팔 일 만이었다.

교통사고였다. 충돌하는 순간 누군가에게 심하게 얻어맞는 느낌이었다. 나무 둔기가 아니라 정이나 장도리같이 날카로운 쇠붙이로. 두 다리와 갈비뼈, 쇄골이 부러졌다. 얼굴이 찢겼고 치아가 부러졌다. 한마디로 오기의 몸은 너덜너덜해졌다. 그는 부서진 턱으로 말하려고 애썼다.

"아내는요?"

간호사는 아무 대답도 할 수 없었다. 오기의 말은 입밖으로 나오지 않았다. 턱이 바람에 나부끼는 깃발처럼 불안정하게 흔들렸다. 간호사는 그의 말을 이해하려고 입을 뚫어지게 쳐다보았으나 알아들을 수 없었다. 오기는 입을 다물어버렸다. 그의 눈에서 눈물이 흘렀다. 사고 당시에는 피가 흐르던 눈이었다. 오래전에는 아내를 보며 얇은 종이처럼 슬며시 주름을 잡아 웃던 눈이었다. 간호사는 난감해하다가 의사를 부르러 나가버렸다.

오기는 링거로 목숨을 부지했다. 시간이 지나 호흡기는 뗄 수 있었지만 여전히 유동식에 의존했다. 얼마 후 재활치료를 시작했다. 감각이 돌아오려면 시간이 많이 걸릴 거라고 했다. 열심히 치료를 받았다. 평행봉을 잡고 서 있었다. 발을 놀리는 것은 꿈도 못 꿨다. 물리치료사가 도왔고, 두 팔로 평행봉을 잡았다. 몸을 지탱하고 잠시 버텼다. 감각 없는 두 다리가 봉제인형의 것처럼 흔들렸다.

얼굴은 완전히 망가졌다. 기계로 굽다가 터진 풀빵 같았다. 아내라면 그렇게 말했을 것이다. 깔깔거리고 웃으면서. 하지만 누구도 오기의 얼굴로 농담하지 않았다. 종종 병원 복도에서 마주치는 아이들은 오기를 뚫어져라 쳐다보았다. 이해심이나 배려심 없이 순전히 두려움에 가득 찬 눈빛이었다. 무섭다면서 엄마 뒤에 숨는 아이도 있었다. 부모나 보호자가 애써 아이들의 시선을 돌리게 했다. 쳐다보는 거 아니야. 조그만 목소리로 아이들에게 주의를 줬다.

거의 여섯 달 동안 집에 가지 못했다. 타운하우스에 위치한 오기의 집에는 한 달에 한 번은 잔디를 깎아줘야 할 만큼 잘 자라는 정원이 있었다. 오기는 자주 꿈을 꿨는데, 꿈에서 작은 수풀들이 무너진 집을 뒤덮고 있었다. 엄청나게 자란 잡초와 가시덤불이 벽을 타고 올라갔다. 아내가 돌보는 정원에서는 있을 수 없는 일이었다. 아내는 정원 일을 즐겼다. 집 안의 커튼은 사시사철 같은 걸 하고 있어도 누구나 지나다니면서 볼 수 있는 정원은 잘 정돈해두었다.

정원은 넓지 않았지만 장미를 주축으로 계절마다 마리골드나 구절초, 라벤더 따위로 색을 내 아기자기한 맛을 풍겼고 특히 여름철에 예뺐다. 누구나 손이 많이 간 정원이란 걸 알아볼 수 있었다. 나중에야 오기는 아내가 정원에 애착을 갖는 이유가 눈에 띄는 것을 좋아하지 않아서임을 깨달았다. 방치하면 오히려 관심을 끌게 되니 식물을 심고 다듬어왔던 것이다.

교통사고는 오기가 제한속도를 넘어서면서 일어났다. 국도에서 제한속도를 넘는 일은 다반사였으므로 오직 그것 때문이라고는 할 수 없었다. 오기는 본래 참을성 있는 운전자였다. 차들이 앞질러도 개의치 않고 거대한 트레일러나 트럭에게는 언제나 차선을 양보했다.

경찰과 보험회사는 블랙박스 영상을 참고했다. 오기의 차에는 '다보여'라는 이름의 블랙박스가 장착되어 있었다. 운전을 할 때면 블랙박스 이름을 가지고 아내와 농담을 나눴다. 덜 보여, 안 보여, 좀 보여, 너 보여, 나 보여…… 아내는 '나 보여'가 마음에 든다고 말하곤 했지만 그날은 아무 말도 하지 않았다. 경찰과 보험회사는 오기의 잘못이 크다고 판단했다.

오기의 차는 과속으로 달리다가 어느 지점에서, 마치 급발진 사고가 일어난 것처럼, 갑자기 튀어나갔고 앞차를 의식하고는 급하게 핸들을 꺾었지만 늦었다. 오기가 나무 둔기가 아니라 장도리 같은 것으로 얻어맞았다고 생각한 것은 어떤 면에서는 맞았다. 그는 차내에서 심하게 부딪혔다. 에어백이 터지고 거기에서 나는 희미한 약품 냄새를 맡았다. 그걸 깨닫는 순간 얼굴이 뜨거워지고 몸 여기저기가 흔들리며 차와 함께 언덕을 굴렀다.

오기는 거의 죽었다고 생각했다. 무거운 절망감과 동시에 편안한 느낌이 그를 감쌌다. 왜 벌써 끝나버렸지 하고 생각했다. 끝나서 다행이라는 안도감도 없지 않았다. 오기는 곧 몸이 위로 떠올라 에어백에 얼굴을 처박고 피를 흘리며 엎어져 있는 자신을 내려다보게 되리라고 생각했다. 차에서 튕겨져나가 언덕배기 아래로 굴러버린 아내를 찾을 수도 있을 것 같았다. 그러나 그는 철근처럼 꿈쩍도 하지 않았다. 고통스러운 무게감 때문에 살아 있다는 것이 실감났다. 오기는 자신이 기이하고 끔찍한 걸 경험했음을 깨달았다. 틀림없이 아내는 그런 자신을 내려다보고 있었으리라.

오기의 생각과 달리 정원은 그다지 황폐해지지 않았다. 장모가 슬픔 속에서 그럭저럭 그 일을 했다. 그녀는 집 안도 치웠다. 아내의 짐 말이다. 버린 것은 아니고 일부를 자기 집으로 옮긴 것 같았다.

어떤 것은 손대지 않고 그대로 두었다. 결혼식 때 주고받은 보석이나 이후 틈틈이 건넨 목걸이 같은 것들. 그건 돈이나 마찬가지라고 장모가 말했다. 깔끔한 성격이었다. 특히 금전적인 것과 관련하여 괜한 오해를 받고 싶어하지 않았다. 병원 사람들이 모두 돌아가자 장모가 그것을 보여주었다. 아내의 보석이 무엇이었는지, 어느 것이 자신이 선물한 것이고 어느 것이 다른 사람에게 받은 것인지 구별할 수 없었다.

장모는 뭔가 하고 싶은 말이 있는 것 같았다. 좀처럼 보석이 담긴 상자를 치우지 않았다. 오기가 덜덜 떨리는 턱으로 왜 그러느냐고 묻자 장모가 미안하다는 듯 말했다.

"이거 말일세."

푸른색 알이 박힌 반지였다. 커다란 것은 아니고 새끼 손톱보다 작았다.

"이거 하나만 내가 가지고 있어도 되겠나. 걔가 맨날 이것만 끼고 있었어."

사고 나던 날에도 아내가 끼었던 것이라고 덧붙였다. 오기는 처음

보는 반지였다.

늦은 밤이 되어서야 오기는 제 방에 홀로 남았다. 인사를 건네듯 눈으로 방 구석구석을 둘러보았다. 익숙한 침대에 눕기까지 얼마나 많은 시간이 걸렸던가. 병원에 오래 있었다는 얘기가 아니었다. 장모는 간이침대에 실려 집 안으로 들어선 오기의 손을 잡고 울었다. 처음에는 지친 듯 부드럽게 흐느꼈다가 나중에는 어린아이처럼 큰 소리로 울었다. 오기가 이만큼이나 회복된 것이 다행이어서 우는 게 아니었다. 오기가 이렇게나 망가진 것 때문에 우는 것도 아니었다. 죽은 딸 때문이었다. 함께 앰뷸런스를 타고 병원에서 온 사람들은 오기를 편안하고 넓은 침대로 옮길 수 없었다. 장모는 오래 울었다. 간이침대가 들어설 길을 막아선 채. 마치 오기가 집에 들어서지 못하게 막는 것처럼 보였다. 장모가 자신을 걱정한다는 것을 오기는 알았다. 동시에 그녀가 자신을 비난한다는 것도 알았다. 그녀의 유일한 자식을 잃어버린 것은 오기의 잘못이었다.

결혼 전에 아내의 부모는 오기에게 엄격하게 군 적이 있었다. 오기가 스무 살에 부모를 여의었다는 사실 때문이었다. 장모는 고아와 결혼한다는 것을 두고 여러 차례 아내를 나무랐다. 몇 번인가 오기를 보았는데, 못마땅한 기색을 숨기지 않았다. 오기는 결혼 무렵 장모가 한 말을 잊지 않고 있었다. 아내는 신경쓰지 말라고 했지만 오기는 그럴 수 없었다. 장모는 오기에게 부모가 없는 것에 괜히 자격지심을 갖지 말라고 했다. 위로하는 말이 아니었다. 신혼집 문제로 고집을 부리는 걸 힐난하는 말이었다. 결혼한 후에는 괜찮았다. 간혹은 부모가 없는 게 다행이라고 할 때도 있었다.

낯선 여자가 우는 장모를 말리고 간이침대가 지나갈 수 있게 했다.

간병인이었다. 간병인은 현관 옆 작은방에 머물 것이었다. 당분간 입주 형태로 있을 예정이었다. 면접을 보고 급여를 조정하고 거처를 정리하여 작은 침대와 간단한 옷장 하나를 마련해준 것은 모두 장모였다. 오기 주위에 그런 일을 해줄 사람은 그녀밖에 없었다. 장모는 말하자면 오기에게 남은 유일한 가족이었다.

장모가 다시 온 것은 며칠 후였다. 이번에는 울며 들어서지 않았다. 아무리 운다고 해도 얼굴이 풀빵처럼 터진 오기만이 살아남았다는 걸, 딸은 돌아오지 않는다는 걸 깨달은 듯했다. 동행이 있었다. 목사였다. 목사는 오기의 손을 거리낌 없이 잡았다. 오기는 저항하지 못했다. 땀이 차는 목사의 두 손이 오기의 손을 감쌌다. 목사와 같이 온 신도 몇 명이 빙 둘러서서 그 광경을 지켜보았다. 목사가 기도를 시작하자 모두들 눈을 감았다. 오기는 눈알을 굴렸다. 손을 놓으라고 말하고 싶었지만 치료 중인 턱이 조금 떨릴 뿐이었다. 목사의 기도는 외운 것이 아니라 즉흥적인 것이었다. 그런데도 길고 자세하고 절실하다는 게 오기를 놀라게 했다. 무엇보다 목사가 운다는 사실에 놀랐다. 오기가 한 번도 본 적 없는 목사였다. 아내가 고등학교 시절 부모와 함께 다닌 교회의 목사라고 했다. 그렇기는 해도 아내를 못 본 지 이십 년도 더 되었는데, 여전히 아내를 잘 아는 것처럼 기도하고 추모했다. 아내가 교회에 다니지 않던 시절을 간절히 회개했으며 하느님의 품으로 돌아가게 된 것을 애도하고 축복했다. 목사가 그의 아내를 가리켜 '어린양'이라 칭하고 하느님의 부르심을 받았다고 할 때에 장모가 울음을 터뜨렸다. 울음소리 때문에 이어지는 목사의 기도는 거의 들리지 않았으나 기도를 마칠 때 그녀는 울음을 그치고 여러 신도와 함께 아멘 하고 말했다. 기도를 끝낸 목사는 병풍처럼 둘러선 신도들과 찬송가를 불렀고 짧게 성경을 봉독했다. 목사는 오기에게 계속해서 말을 걸었다. 주님이 함께 할 것이라고 했다. 오기는 홀로 있고 싶었다. 누군가와 함께 있어야 한다면 간병인으로 족했다. 간병인은 그를 간섭하지 않았다. 그가 여러 번 불러야 겨우 한 번 들여다보았다. 목사는 장모에게 오기가 세례를 받을 때까지 주기적으로 방문하겠다는 약속을 하고서야 돌아갔다.

홀로 남은 오기는 끽끽대는 목소리로 말하는 것을 연습했다. 턱이 아프고 침이 흐르고 발음이 부정확했다. 그래도 못 알아들을 정도는 아니라고 생각했으나 간병인은 하기 싫은 일은 못 알아듣는 척했고, 장모는 그의 말을 듣기도 전에 다 알아서 할 테니 힘들게 말하지 말라고 다독이는 것으로 오기의 의사표현을 일축했다.

확실히 예전만큼 턱이 아프지는 않았다. 음식물을 씹는 일은 여전히 힘들어서 자극이 가지 않는 음식으로 끼니를 때워야 했지만 튜브를 통해 영양분을 섭취할 때보다는 나았다. 느릿느릿 소화기능을 회복할 수 있을 것이다. 퇴원할 때 의사는 예후가 좋다고 말했다. 꾸준히 물리치료를 하고 정기검진에 응하면 의족을 하더라도 지팡이를 짚고 걸을 수 있을 테니 안심하라고 했다. 안심이라니. 의사는 오기가 아무리 노력해도 의족을 하고 지팡이에 의지해야 한다고 통보한 셈이었다. 당연히도 쇠약해지고 체중이 감소할 줄 알았으나 그렇지 않았다. 아직 신경이 회복되지 않아 마비된 것이나 마찬가지인 하반신은 그렇게 됐지만 상반신은 점점 비대해졌다. 그 때문에 혼자 거동하는 일에 좀 더 시간이 걸릴 수도 있었다.

거울을 달라고 했을 때 간병인은 무척 의아한 표정을 지었다. 이내 그게 무슨 의미인 줄 알겠다는 듯 씩 웃으며 거울을 가져다줬다. 간병인이 이해한 게 무엇인지 오기로서는 알 도리가 없었다. 오기는 거울을 통해 퉁퉁 부은 얼굴과 오른쪽으로 찌그러진 턱을 보았다. 종잇장처럼 얇은 흉터 조직 더께가 감싸고 있는 얼굴은 쳐다보기 힘들었다. 머리통에는 까슬까슬한 머리카락이 5밀리미터쯤 자라 있었다. 아주 갓난아기였을 때를 제외하고 그렇게 자른 적이 없었는데, 이제 평생 머리를 기르지 못할 것이다. 그는 고작 마흔 살이 조금 넘었는데, 앞으로 원하는 때에 홀로 오줌을 누러 화장실에 가는 게 유일한 희망이 되고 말았다. 혼자서는 샤워를 할 수도 없고 술을 마실 수도 없고 학생을 가르칠 수도 없는 삶을 살게 될 것이다. 어쩌면 영영. 그런데도 장모는 종종 한숨을 내쉬며 자네는 살아서 얼마나 다행인가, 하고 말했다. 오기가 진심으로 아내를 부러워하는 걸 알 리 없었다.

간병인은 무례했다. 함부로 오기의 바지를 벗겼고 성기에 연결된 관을 뽑아 덜렁덜렁 들고 가서는 오줌통을 비웠다. 그러는 동안 오기의 벌거벗은 하반신을 방치한 건 물론이었다. 어느 날 오기는 그녀가 시꺼멓게 쪼그라든 성기를 보고 웃는 것을 보았다. 오기는 당황해서 허벅지를 오므렸는데, 그녀는 그 사이로 손을 넣어 가볍게 다리를 벌리고는 거침없이 튜브를 잡아뺐다. 간병인은 오기보다 나이가 조금 많았다. 처음에는 그렇게 보이지 않았다. 그녀는 덩치가 컸고 머리를 둥글게 파마했고 사투리를 썼다. 오기를 거뜬히 안아 화장실 변기에 앉힐 수 있을 정도로 힘이 셌고 근육질 팔에는 햇볕에 노출되어 생긴 점이 많았다.

간병인이 오기를 향해 고개를 숙일 때 축 처진 젖가슴이 벌어진 티셔츠 사이로 보였다. 간혹 그녀는 더 깊이 고개를 수그렸고 그러면 젖가슴이 오기에게 닿을 때도 있었다. 아이를 넷쯤 낳은 후 중력의 법칙에 순응하여 축 처진 젖가슴이었다. 그런데도 어느 날 오기의 성기가 맹렬히 솟아올랐다. 간병인은 처음에는 얼굴을 붉혔고 나중에는 낄낄 댔다. 제 방으로 돌아가서도 웃는 소리가 오기의 방에까지 고스란히 들렸다.

오기는 간병인을 해고하지 않았다. 그녀는 무례하고 투박하고 밤이면 잠을 자느라 끙끙 앓는 오기를 방치했고 끼니때면 밍밍하고 식은 죽을 주었지만, 자주 오기를 향해 고개를 숙였고 젖은 머리에서 나는 샴푸 냄새를 맡게 했고 간혹 젖가슴을 닿게 해주었다.

간병인을 해고한 것은 장모였다. 처음에 장모는 차분한 목소리로 간병인의 나쁜 버릇을 지적했다. 간병인은 옷장에 위스키를 숨겨두었다. 오기가 영국 출장을 다녀오면서 사온 것이었다. 위스키는 절반 넘게 비어 있었다. 깊은 밤 술을 마시는지 오기는 간병인에게서 술냄새를 맡은 적이 없었다. 장모는 간병인이 끼고 있는 반지가 낯익다는 것도 알아챘다. 아내의 반지 중 하나라는 것이다. 간병인이 변명하는 소리가 들렸다. 그것은 장모를 더 화나게 했다. 장모는 당장 간병인의 방을 뒤졌고 거기에서 나온 짐의 일부를 못마땅한 듯 던지기 시작했다. 간병인에게 창녀라거나 도둑이라고 욕했다. 간병인은 참지 못하고 소리를 질렀다. 몹시 억울한 일이라고 했다. 반지는 '저 병신 새끼'가 준 것이라고 했다. 장모의 손을 억지로 잡아끌어 오기에게 확인하러 왔다. 오기는 덜덜거리는 턱을 좌우로 흔들었다. 간병인은 누구에게랄 것도 없이 이런 일이나 한다고 함부로 대하지 말라고 소리쳤다. 오기는 침대에 누워 두 여자의 목소리를 다 들었다. 간병인이 자신을 '병신'이라고 한 것보다 장모가 그것에 호응하듯 간병인에게 평생 병신들 뒤치 닥거리나 할 팔자라고 한 것에 충격을 받았다.

오기는 그런 장모를 처음 보았다. 그녀는 몹시 히스테릭했다. 그간의 교양 있고 점잖고 예의바른 성정은 온데간데없고 무식하고 막돼먹은 노인이 되기로 작정한 것 같았다. 간병인이 그와 장모를 향해 욕을 퍼부으며 짐을 싸서 나간 후에도 장모는 화내는 일을 멈추지 않았다. 돼먹지 못했다, 천박하다, 입만 열면 거짓말이다, 술주정뱅이다, 그러니 병신들 뒤치닥거리나 하고 산다 등등.

장모를 이해할 수도 있었다. 그녀는 몇 년 전 다정다감하고 자상하던 남편을 잃었고, 얼마 전에는 하나뿐인 딸을 잃었다. 하지만 아니었다. 아내도 그렇게 했다. 가끔 신경 쇠약 직전의 여자처럼 굴었다. 오기가 의심스럽다고 했고 무슨 말인가 하면 계속 발뺌한다고 화를 냈다. 그리고 나서는 생리 직전이었다거나 자신이 받자 툭 끊기는 한밤의 전화 때문에 예민해졌다고 둘러댔다. 아내는 장모에게 큰 키를 물려받았다. 검고 숱이 많은 눈썹과 머리카락도 물려받았다. 장모에 비해 아내는 피부가 흰 편이었다. 장모가 혈색 좋은 대장부 같아 보인다면 아내는 핏기 없는 빈혈 환자처럼 보였다. 그래도 아내가 살아서 시간을 견뎠다면 장모와 꼭 같아졌을 것이다.

간병인이 해고된 후 당분간 장모가 그 일을 맡기로 했다. 장모는 침대에 누워 있는 오기를 내려다보며 한숨을 내쉬었다.

"사람 찾기가 어디 쉽나. 믿을 만한 사람 구할 때까지 내가 고생해야지 어쩌겠나. 늙어서 자식 앞세우고 이게 다 무슨 고생인가. 내가 벌을 받나보네."

장모는 간병인 방에 머물지 않았다. 그 방은 곧 구할 예정인 간병인이 지내야 할 방이었다. 싸구려 조립식 침대와 간이옷장이 있는 방 대신 아내의 방에 머물렀다. 그 방에 침대는 없었으나 아내에 관한 모든 것이 있었다. 오기는 장모가 그 방에서 뭘 하는지, 얼마나 오래 머무는지 몰랐다. 장모가 온 후로 방은 늘 열려 있었지만 오기가 그 방에 들어가는 일은 없었다. 그래도 그 방에 대해서는 훤히 기억났다. 예전에는 종종 들어가서 책상 앞에 앉아 있는 아내의 어깨에 손을 올리기도 했다.

아내는 집에 있는 동안 줄곧 그 방에 머물렀다. 벽면에 칸이 많은 서가가 있고 당연히 서가는 책으로 가득 차 있었다. 방 한가운데 아내가 여러 차례 이태원을 들락거리며 고른 책상이 놓여 있었다. 한쪽 벽면에는 역시 앤티크 전문점에서 산 장식장이 있었는데, 그 위에 사진 액자가 죽 놓여 있었다. 그와 아내의 사진보다 전혀 상관없는 사람의 사진이 많았다. 예쁘거나 고집 세 보이는 외국 여자들 사진이었다. 누구냐고 오기가 물어보면 아내는 신이 나서 액자 속 사람들에 대해 설명했다. 어떤 여자는 글을 쓰는 사람이었는데 자살했고, 어떤 여자는 춤을 추던 사람이었는데 얼마 전 병으로 죽었다. 화장품 광고모델도 있고 유명한 저널리스트도 있었다. 오기가 아는 여자도 있고 모르는 여자도 있었다. 오기는 단번에 그 여자들의 공통점을 찾았다. 죄다 성공한 여자들이었다. 생판 모르는 사람에게 영향을 끼칠 정도로 성공한 여자들.

장모가 오기를 돌봤다. 식사를 가져다줬다. 식후에 여섯 알씩 약을 줬다. 하루에 세 번 오기의 소변통을 비워주고 간혹 침구와 옷을 세탁했다. 간병인은 그 모두를 맨손으로 했는데, 장모는 장갑을 꼈다. 오기가 만진 것에는 가급적 손을 대지 않으려고 했다. 오기가 큰 질병에 걸렸고 그것에 옮기라도 한다는 듯이. 오기가 사용한 물컵을 집을 때도 일회용 위생장갑을 끼거나 행주를 대고 집었다.

오기에게 차도가 있었다. 정 힘들 때면 누운 채로 성기에 튜브를 꽂고 소변통을 사용했으나 가급적 홀로 화장실에 가서 소변통을 이용하려고 애썼다. 하반신을 장모에게 내맡기고 싶지 않다고 생각하자 그럭저럭 하게 되었다. 침대 아래 매트리스를 깔아달라 부탁했고—장모는 못마땅한 얼굴로 이웃에 사는 교회 권사를 불러 그 일을 함께 했다—몸을 굴려 그리로 떨어진 후에 기다시피 침실에 딸린 화장실로 갔다. 매트리스에 누워 지내게 된 후로는 몸을 굴릴 필요도 없었다. 간병인에게 계속 의지했다면 상상도 할 수 없는 일이었다.

장모는 자주 외출했다. 주로 교회에 갔지만 슈퍼마켓에도 가고 은행에도 가고 보험회사에도 가야 한다고 했다. 그럴 때면 오기는 소변통을 내려놓고 바닥을 기어 천천히 거실로 나갔다. 장모가 온 후로 집 안에서 휠체어를 쓸 수 없었다. 간병인이 몸을 일으켜주면 얼마간 휠체어에 앉아 있을 수 있었는데, 장모는 휠체어의 위험성을 지적하고 치워버렸다. 집 안 곳곳에 문턱이 있고 그것에 걸릴 경우 앞으로 고꾸라질 수밖에 없다는 것이다. 그러다간 그나마 무사한 신경이 다 마비될 거라고 했다.

거실에서 처음 유선전화를 사용할 때 오기는 좌절감을 맛봤다. 사고 이후 그는 일상에서의 사소한 좌절을 계속해서 경험했는데도 전화 통화를 하면서 상대의 이름조차 제대로 한번에 부를 수 없다는 것 때문에 괴로웠다. 그의 목에서는 끅끅거리며 철판에 긁히는 소리가 한참 나다가 뒤늦게 의미 있는 소리가 튀어나왔다.

오기는 주저하며 자신을 보러 와달라고 부탁했다. 실은 이 말을 해야 할지 오랫동안 망설였다. 병원에 있을 때 간혹 문병 오는 사람이 있었다. 학교 동료들과 동창들이었다. 그중 한 무리에 그녀가 있었다. 오기는 부끄럽고 화가 나고 미안해서 아무 말도 하지 않았다. 사고 때문에 그녀와의 약속을 지키지 못했다. 이제는 그녀가 약속을 지키지 않을 것이다. 그녀는 일행과 함께 돌아갔고 다시는 병원에 오지 않았다.

"어디로 가죠?"

그녀가 어렵게 물었다. 그런 것쯤은 알아서 생각하면 안 되나 싶어 울컥 서운해졌다. 집주소야 학교에 알아보면 되고 일행을 만드는 것쯤은 일이 아닐 텐데. 오기는 그녀의 질문에 대답하지 못했다. 슈퍼마켓 비닐봉지를 들고 장모가 들어섰다. 오기는 간혹 장모가 늙은 아내인 듯 느껴졌는데, 지금이 그랬다. 오기는 깜짝 놀라 수화기를 내려놓았다. 어색하게 웃으며 장모에게 날도 더운데 고생했다고 말했다. 장모가 소리나게 비닐봉지를 내려놓으며 찬 바람이 묻은 스카프를 풀었다.

오기는 장모를 등지고 천천히 방으로 기어갔다. 장모가 수화기를 들어 버튼을 단 한 번 누르는 걸, 아마도 그것이 리다이얼 버튼임을 모르는 척했다. 얼마 후 오기는 장모가 외출한 틈에 거실로 나왔다가 유선 전화가 먹통이라는 걸 알았다. 오기는 다소 침울해졌으나 이 번호로 전화가 올 가능성이 있는지 가늠해보고는 기분을 풀었다.

사고가 나기 전 오기는 무척 바빴다. 학교 일은 물론이고 생태 관련 대안잡지를 창간하려고 했다. 자금을 대줄 사람들과 예상 필자들까지 만나야 할 사람이 많았다. 아내는 늘 오기에게 약속을 지키라고 했다. 오기는 아내에게 아홉 시까지 간다고 하고 자정이 넘어 들어갔다. 주말을 함께 보내자고 했는데 생각지 못한 약속이 생긴 게 한두 번이 아니었다.

집에 돌아오면 아내는 불도 켜지 않은 채 제 방에 들어가 책상의자에 몸을 웅크리고 앉아 있었다. 오기는 아내가 자기에게 보여주려고 그렇게 한다고 생각했다. 오기의 차가 들어오는 불빛을 보고 방으로 들어갔을 거라고. 오기가 잠들면 아내도 스르르 들어와 잤다. 아침에 오기는 아내가 깨지 않도록 조용히 출근 준비를 했다. 오기는 친구들과 자주 술을 마셨고, 오래전 추억을 곱씹었고, 간혹 여자가 있는 주점에서 노래했고, 차를 타고 놀러가기도 했다.

지금은 할 수 없었다. 오기가 만나는 사람은, 장모를 제외하면, 일주일에 한 번씩 집에 들르는 물리치료사와 이 주에 한 번씩 심방기도를 하러 오는 목사가 전부였다.

물리치료사는 부드럽고 안정적이고 능숙한 솜씨로 오기의 몸을 만졌다. 손을 들라거나 숨을 크게 쉬라거나 힘을 빼라는 물리치료사의 부드러운 명령을 듣고 울음을 터뜨린 적이 있었다. 물리치료사는 결코 오기의 몸을 주무르는 손길을 멈추지 않고 괜찮아질 거예요, 라고 했다. 그 말대로 될 리 없지만 적어도 오기의 마음은 곧 가라앉았다. 물리치료사는 치료가 끝난 후에 바로 돌아가지 못했다. 오기는 사람들이 쉽게 불행을 외면하지 못한다는 걸 배웠고, 물리치료사에게 자신의 불행한 나날에 대해, 희망도 절망도 없는 나날에 대해, 덜덜 떨리는 턱을 움직여 열심히 털어놓았다. 물리치료사는 가벼이 대꾸하거나 묵묵히 들어주었다. 그것도 잠시, 치료 시간이 길어진다 싶으면 어김없이 장모가 문을 벌컥 열었다. 그러면 물리치료사는 조용히 가방을 챙겨 일어섰다. 치료사가 돌아가고 나면 장모가 힐난하는 투로 말했다. 일도 안 하고 멍하니 앉아서 딴생각이나 한 주제에 돈을 받아 처먹다니. 물리치료사는 시간 단위로 돈을 받았다. 오기의 말이 길어지면 초과수당을 받을 수 있었다.

심방 오는 목사에게 장모는 매번 두툼한 헌금봉투를 내밀었다. 틀림없이 오기가 벌어놓은 돈일 터였다. 오기가 절대로 하지 말자고 다짐한 것 중의 하나가 종교단체에 헌금을 기부하는 일이었다. 오기는 세이브더칠드런이나 유니세프 같은 국제자선단체를 통체 여러 명의 아이들을 후원해왔다. 그가 후원하는 단체 중 한 곳에서 후원금을 착복한 일이 발각되었을 때 간접적인 자선 방법에 회의를 품기도 했으나 후원을 중단하지는 않았다. 가난하지도 않고 얼굴이 까맣지도 않고 어려서부터 커피농장에서 노동을 해야 하는 것도 아니고 글자를 못 배운 것도 아닌 목사에게 후원을 해야 하는 일은 오기가 생각하기에 끔찍한 낭비였다. 오기는 간신히 헌금에 대한 환멸을 억누르고 손을 잡기 위해 고개를 수그린 목사에게 오랫동안 연습해온 말을 힘겹게 속삭였다. 여기서 나가게 해주세요. 목사는 고개를 들어 조용히 주위를 둘러보고 마침 방으로 들어온 장모에게 말했다.

"어허허, 우리 형제님이 얼른 나아서 바깥바람을 쐬고 싶으신가봅니다."

장모가 부끄럽고 수줍은 투로, 그럼요, 얼른 그렇게 돼야지요, 하고 고개를 끄덕였다. 목사는 지금까지보다 더 길게 기도하고 성경을 봉독하고 신도들과 찬송가를 부른 후 돌아갔다.

아무도 없을 때면 오기는 커튼을 걷고 밖을 내다봤다. 차가운 벽에 등을 비스듬히 기대고 앉아 유리창을 통해 정원을 내다보는 일, 그것이 오기의 외출이었다. 집에 있을 때면 장모는 아내의 방에 있거나 정원에 있었다. 처음에는 지나치게 자란 곁가지들을 자르는 정도로만 일을 했다. 그러던 것이 울타리 쪽을 손질하고 조금씩 안쪽을 다듬는 식으로 일이 늘었다.

정원에 있는 장모를 보면 간혹 소름이 끼칠 때가 있었다. 처음에는 왜 그러는지 몰랐는데 계속 바라보면서 이유를 알게 되었다. 장모는 식물을 가꾸는 게 아니라 정원을 검사하는 것처럼 보였다. 우선 장모는 정원에 심겨진 식물들을 뽑았다. 죽은 것도 있고 다음해 봄을 기다리는 것도 있었다. 식물을 뽑고 나서는 둥글게 파인 구멍을 이리저리 들여다보았다. 땅을 손으로 조금 더 판 다음 쪼그리고 앉아 자세히 살펴보기도 했다. 거기 식물의 잔뿌리나 돌멩이 말고 뭐가 더 있다고 생각한 걸까. 확인하듯 구멍을 일일이 들여다보았고 아무것도 없다 싶으면 뽑아놓은 식물을 구멍에 대강 꽂아두었다.

언젠가부터는 정원 가장 외진 곳에, 오기가 창에 얼굴을 바짝 붙여야 보이는 곳에 조금씩 구멍을 파기 시작했다. 겨울이었고 땅은 딱딱했고 삽이 무거워서 잘 파지지 않았다. 여러 번 같은 자리를 두드리면 결국 굳은 땅도 물러지는 법이어서 장모는 이내 조금씩 흙을 퍼올릴 수 있게 되었다. 처음에는 작은 묘목을 심을 정도의 깊이였다. 아내라면 구멍의 크기만으로 묘목의 크기나 식물의 종류 같은 걸 짐작했겠지만 오기는 알 수 없었다. 장모는 물리치료사나 목사가 오는 날은 커다란 방수포를 덮어 구멍이 파인 자리를 감췄다.

정원을 모두 갈아엎을 작정인 걸까. 정원에 숨겨진 무엇인가를 찾고 있는 것일까. 식물보다는 땅 속 구멍을 더 골똘히 들여다보는 장모를 보면 그런 생각이 들었다. 아내와 관련한 것일까. 장모는 줄곧 아내 방에 머물렀고, 거기에는 아내가 쓴 메모 같은 게 많을 것이다. 아내는 늘 뭔가 썼고 오기가 보기에는 쓸데없는 것들로 가득 찬 노트를 여러 권 가지고 있었다. 오기는 그 질문에 답이 있을 거라고 생각했고 그 답을 상상하다보면 소름이 끼쳤다.

오기에게 치료가 불가능한 장애가 생겨서 그렇게 생각하는 것인지도 몰랐다. 오기의 심사는 꼬일 대로 꼬였다. 못 쓰게 된 다리와 괴물처럼 재생피부로 덮인 얼굴로는 미래를 생각하기 어려웠다. 오기를 찾던 많은 사람들이 일시에 사라졌다. 부르면 오기야 하겠지만 더 이상 친교는 불가능했다. 오기는 친구들의 동정을 받을 것이고 친구들은 불행 앞에서 눈치를 볼 것이다. 그들이 형식적인 얘기나 나누다가 시간에 쫓겨 허둥지둥 돌아가고 다시 부를 때까지 나타나지 않을 것을 생각하면 오기는 구역질이 치밀었다.

금고를 파묻어도 좋을 정도로 구멍이 커진 날, 정원 일을 마친 장모가 그의 방으로 들어왔다. 장모는 오기의 머리맡에 서서 흙이 묻은 두 손을 탁탁 부딪혀 털었다. 흙이 들어가지 않게 오기는 눈을 감아야 했다.

"저렇게 땅을 좀 갈아놔야 봄에 뭘 심든가 할 수 있다네. 안 그러면 다 죽어버리지."

오기가 내내 정원을 내다보고 있던 걸 아는 것 같았다. 오기는 고개를 끄덕였다. 그는 가드닝에 대해 아는 바가 없었다.

"하지만 지금 저깟 식물들이 문제겠나."

오기는 이번에도 고개를 끄덕였다. 사고 이후 가장 큰 문제는 언제나 오기였다. 오기의 회복 말이다.

"돈 말일세. 계산을 해봐야 할 때라네."

장모는 그대로 거실로 나가버렸다. 오기는 장모를 기다렸다. 한참 지나도 돌아오지 않았다. 오기 스스로 계산을 해보라는 속셈 같았다. 오기는 장모의 수작을 알고도 모르는 채 넘어가야 한다는 게 놀라웠다.

그후로도 장모는 돈 얘기를 꺼내려다 말기를 몇 차례 반복했다. 그런 화제가 민망해서가 아니라 오기가 자신의 처지를 객관적으로 깨달도록 시간을 주는 것 같았다.

오기가 앰뷸런스를 타고 병원에 정기검진을 다녀온 날 장모가 또 그 얘기를 꺼냈다. 언제 변덕을 부려 입을 닫아버릴지 모르므로 오기는 의사의 말을 곱씹는 일로 장모의 힐난을 견뎠다. 의사는 근육치료와 함께 피부이식과 치과치료를 병행해야 한다고 말했다. 그래야 최소한 제대로—침을 흘리지 않고 턱을 덜덜 떨지 않는다는 의미였다—말을 할수 있고 혐오감을 주지 않으면서 외부활동을 할 수 있을 터였다. 물론의사는 혐오감이라는 말 대신 '자연스럽게'라는 말을 썼다.

"자네가 앞으로 이 상태로 최소 이십 년을 산다고 가정해봤네."

그 말이 오기의 몸을 훑어보는 장모의 시선과 함께 공허하게 툭 떨어졌다. '최소 이십 년'은 평균수명에 턱없이 못 미치는 나이였으나 지금으로서는 영겁처럼 까마득하게 느껴졌다.

"휴, 긴 시간이야. 정말 긴 시간이지, 이십 년은."

장모도 비슷한 생각을 하는 것 같았다.

"내가 그때까지 산다는 보장도 없네."

그건 아니었다. 장모는 건강해 보였다. 오기보다 건강했다. 적어도 그녀는 오줌은 편히 눌 수 있는 처지였다.

"간병비에 각종 공과금, 병원비 등등을 합쳐서 한 달간의 최소 생활비를 산정해봤네. 자네도 월급을 받아봐서 알겠지만, 급여생활자는 해마다 봉급이 올라도 이제 우리한테는 그런 게 없네. 대출금 이자가 오르면 몰라도…… 나는 최소한의 물가인상률 같은 건 반영하지도 않았네. 그런데도 불구하고 한 달에 드는 비용이 자그마치……"

장모가 계산기를 오기의 눈 앞에 바짝 가져다댔다.

"봤나? 봤으면 봤다고 말을 해봐."

오기는 장모를 봤다. 하도 가까이 계산기를 들이대서 거기에 찍힌 숫자는 보이지도 않았다. 장모가 눈을 부릅떴다. 대답을 듣기 전에는 계산기를 치우지 않을 작정 같았다. 오기는 할 수 없이 고개를 끄덕였다.

"더 중요한 건 이거지. 우리가 얼마를 쓰는지가 아니라 얼마나 쓸 수 있는지. 그러려면 우리에게 총 얼마가 있는지 알아야 해."

장모는 줄곧 '우리'라고 말했다. 명백히 오기의 재산임에도.

"이 집하고 자네하고 내 딸 명의로 된 예금을 다 더했지. 얼마 안 되더군. 주택 대출도 너무 많고. 집을 팔아서 갚는 게 낫지 싶어. 이자 나가는 걸 생각하면 확실히 그래. 어쨌거나 거기에 자네의 퇴직금을 합했네."

장모가 모르는 게 있었다. 오기는 퇴직한 것이 아니었다. 학교에서는 병가를 줬다. 그가 스스로 퇴직의사를 밝히기 전에는 잘릴 리 없었다. 문병 온 학장이 그렇게 말했다. 학장은 얼른 나아서 학교로 돌아오라고 했다. 오기는 몸이 괜찮아지면 출근할 수 있는 학교가 있었다. 휠체어를 타고 움직일 정도가 되면, 침을 흘리지 않고 말하게 되면 수업도 할 수 있을 것이다. 누구나 명예퇴직을 당하는 마당에, 침대에 하루종일 누워 있어야 하는 처지에도 정년까지 다닐 직장이 있는 것이다. 그 사실에 오기는 종종 감격했다.

"참."

장모가 뒤늦게 생각났다는 듯이 방을 나가려다 말고 멈춰 섰다.

"학교 말일세. 내가 퇴직 신청을 했네. 자네가 복귀하려면 아무래도 시간이 많이 걸릴 테니 말이야."

그러고는 방문을 꽝 닫았다. 오기는 이미 누워 있어서 더는 쓰러지지 못한다는 사실에 위안을 받았다. 돌아갈 곳을 잃었다. 지금 잃은 건 아니었다. 교통사고가 나면서 잃었다. 혹은 그보다 훨씬 더 전에. 얼마나 오래전부터 이 모든 걸 결국 잃게 될 줄도 모르고 애써 달려온 건지 가늠하기 힘들었다.

아내는 이미 다 알고 있었다. 오기가 곧 모든 것을 잃게 될 거라고 했다. 자신이 그렇게 만들 거라고도 했다. 아내는 몹시 화가 나 있었고 오기에게 설득당할 여지가 없어 보였다. 아내는 오기를 자극했다. 위험을 무릅쓰고 운명을 향해 돌진하게 만들었다. 아내의 말이 맞았다. 아내가 그렇게 만든 게 아니라 오기 스스로 그렇게 했다는 게 다를 뿐. 그 일로 오기가 자신의 것이라고 믿었던 것은 모두 제 것이 아니게 되었다. 오기에게 남은 것은 힘을 못 쓰는 너덜거리는 몸뚱이와 그것을 의지할 침대뿐이었다.

간병인 없이 장모가 돌보는 생활이 계속됐다. 장모는 여전히 죽을 주었고 식후에 먹을 약을 조금씩 늘렸다. 은행이나 보험회사 등에 외출하던 것을 화원이나 꽃시장을 다니는 것으로 바꾸었다. 돈이 없다고 한탄하면서도 오기는 분간할 수도 없는 식물을 사들이기 시작했다. 아마도 갈아엎은 땅에 심을 것들일 터였다. 뿌리를 둥근 흙덩이로 감싼, 제법 자란 나무들이 정원에 들어찼다.

간격이 뜸해진 물리치료사가 오랜만에 들렀다가 그 광경을 보고 깜짝 놀라 물었다.

"정원을 싹 갈아엎으신 거예요? 혼자서요?"

"딸애가 가장 아끼던 곳이에요. 봄에는 꽃을 좀 피워야죠."

장모가 대답했다.

오기는 물리치료사가 어서 방으로 들어오기를, 들어와서 정원의 깊고 넓게 파인 구멍에 대해 자세히 말해주기를 기다렸다. 물리치료사는

238

바깥이 추운지 코가 빨개져서 들어왔다.

"봄이면 아주 근사해지겠어요. 정원이요."

가방을 내려놓고 외투를 벗으며 물리치료사가 말했다. 오기는 그가 침대 곁으로 다가오자마자 먹지 않고 베개 밑에 숨겨둔 약을 보여줬다.

"보세요, 제 약이에요. 한 번에 여덟 알이죠. 보통 이렇게 많이 먹나요?"

물리치료사가 깜짝 놀라 대답했다.

"정말 많군요. 이거 정말 문제라니까요. 지난번에 제가 결막염 때문에 안과치료를 받았는데, 겨우 눈곱 조금 낀 거 갖고 한 번에 여섯 알반을 먹었다니까요. 약 먹다 배부르긴 처음이었어요."

물리치료사가 익살맞게 웃었다. 오기가 목소리를 낮춰 말했다. 물리치료사는 오기의 꺽꺽거리는 소리를 알아듣지 못했다. 할 수 없이 조금 목소리를 높였다.

"먹기만 하면 졸려요. 참을 수 없을 정도로요."

"주무셔야죠. 통증을 이기려면 주무셔야 해요."

"이게 도움이 될까요?"

"그럼요. 이렇게 안 먹고 가지고 있는 것보다야 먹는 게 훨씬 낫죠."

오기는 참을성을 가지고 그를 설득하려는 생각을 포기하고 자신을 병원으로 데려가달라고 부탁했다. 물리치료사는 일단 오늘치 치료를 받자며 오기를 도와 몸을 엎드리게 했다. 오기는 엎드린 채로 장모의 꿍꿍이를 털어놨다. 물리치료사는 어떤 대꾸도 하지 않았지만 오기는 그가 몹시 놀라고 충격을 받았다는 것을 알 수 있었다. 묵직한 침묵이 그 증거였다. 물리치료사가 자신의 말을 아파서 내지르는 신음쯤으로 받아들였다는 것은 다시 똑바로 누워서야 알게 되었다. 장모가 방문을 열고 오기가 치료받는 것을 지켜보고 있었다는 것도.

"오늘 유난히 아프신가봐요. 많이 끙끙대시네. 그러세요?"

물리치료사가 장모를 의식해 물었다. 오기가 그렇다고 대답했다. 부자연스럽게 입을 놀리느라 오기의 말은 과연 신음 소리처럼 들렸다.

치료를 마치고 나서 물리치료사는 여느 때보다 다정히 인사하며 얼른 쾌유하시라고 말했다. 오기는 제 말을 알아듣고 특별한 신호를 보내는 게 아닐까 생각했으나 곧 그가 장모와 나누는 얘기를 듣고는 작별인사라는 걸 깨달았다. 장모는 이럴 작정으로 오기에게 생활비 얘기를 털어놓았다. 오기는 간병인에 이어 물리치료사를 잃었다.

물리치료사가 돌아간 후 장모는 정원으로 나갔다. 오기는 커튼을 걷고 심지 않은 나무로 가득한 정원을 내다보았다. 잎도 꽃도 없는 헐벗은 나무들이 흙 묻은 뿌리를 기둥 삼아 서 있었다. 묘목을 심은 구멍이 검고 깊어 보였다. 다른 것들은 묘목을 심기에 적당한 크기였는데, 정원의 가장 외진 곳에 있는 구멍은 유독 깊고 커다랬다. 그 구덩이에 심을 만한 것은 눈에 띄지 않았다.

장모가 묘목을 들어 뿌리를 감싸고 있는 비닐을 벗기다 말고 고개를 돌려 오기를 쳐다보았다. 장모는 그렇게 한참 동안 오기를 보았다. 오기는 직감적으로 장모가 그날 무슨 일이 있었는지 알고 있다는 걸 느꼈다. 그러고 보니 장모는 한 번도 오기에게 사고가 나던 날의 얘기를 꺼내지 않았다. 어떤 것도 묻지 않았다. 장모는 다시 식물 쪽으로 차가운 눈을 돌렸다. 오기는 허튼 생각을 잠재우기 위해 장모는 그저 식물을 좋아할 뿐이라고 생각하기로 했다. 왜 좋아하는지는 좀처럼 떠오르지 않았다. ❀